U0955377

精心写精品

韩鸿周新闻作品集

韩鸿周 著

黄桂花 \ 整理

JINGXIN XIE JINGPIN

Han Hongzhou news collection

经济日报出版社

图书在版编目（CIP）数据

精心写精品 / 韩鸿周著. -- 北京：经济日报出版社，2017.8

ISBN 978-7-5196-0160-7

Ⅰ. ①精… Ⅱ. ①韩… Ⅲ. ①新闻-作品集-中国-当代 Ⅳ. ①I253

中国版本图书馆 CIP 数据核字（2017）第 164306 号

精心写精品

作　　者	韩鸿周
整　　理	黄桂花
责任编辑	郭明骏
责任校对	薛银涛
出版发行	经济日报出版社
社　　址	北京市西城区白纸坊东街 2 号
邮政编码	100054
电　　话	010-63584556（编辑部）　63516959（发行部）
网　　址	www.edpbook.com.cn
E-mail	edpbook@126.com
经　　销	全国新华书店
印　　刷	
开　　本	710×1000 mm　1/16
印　　张	19
字　　数	311 千字
版　　次	2017 年 7 月第一版
印　　次	2017 年 7 月第一次印刷
书　　号	ISBN 978-7-5196-0160-7
定　　价	42.00 元

版权所有　盗版必究　印装有误　负责调换

序

行为与价值

陈　颖

贵州都市报的青年女记者黄桂花，当初在黔东南日报工作时，得到过老记者韩鸿周的带引。如今，为感恩，她把老韩——我曾经的同事——的新闻作品编成了一本书，由经济日报出版社出版，叫《精心写精品》。有感如此稀有的善行，我乐意就本书写点自己的看法。

人生在世的价值，是由自己的行为决定的，有什么样的行为就有什么样的价值。“精心写精品”，是韩鸿周的目标行为，从业新闻几十年，坚定不移，百折不挠。他的人生价值，就在“精心写精品”之中。这是我的总印象。

往事随即浮出。20 世纪 80 年代末的一天，州委的一个领导同我谈报社的队伍建设时，对每个业务骨干逐一作了点评。说到韩鸿周，他只讲了一句话：“像韩鸿周这样只做事不惹事又有正义感的同志多一些才好。”没想到，他对报社的情况这般了如指掌，令我惊叹不已。

韩鸿周能调入黔东南报社成为专业记者，没有文凭和年龄优势，全凭他做过的事。新闻界的同行都知道，省级以上的专职记者，要想在人民日报上发表一篇稿件有多难，县以下的业余通讯员就更不用说了。而韩鸿周在黎平县委当通讯干事期间，就在《人民日报》、新华社、《农民日报》《中国法制报》《中国文化报》、中央人民广播电台等中央和地方报刊发表作品数百篇。当时，用人唯文凭论、唯年龄论已成潮流，很多单位进人，必须有大专文凭，年龄在35 岁以下。但州委这位领导认为，用人，要看文凭更要看能力，要看年龄更要看人品，要看身体更要看道德。我非常赞同这种见地，所以，州委组织部不拘一格用人才，把年近40 岁、在抗越自卫反击战中受过伤的韩鸿周调入了黔东南报社。从此，他成了这家地方党报的采编人员，吃起了新闻饭。

到报社后，韩鸿周对新闻的把握更加敏感，采访更加勤快。

1987 年的一天，北京一所名牌大学的一个研究生来黔东南调研，州委宣传部要报社和电视台的头头作陪，当新闻科的同志提出带她到县里去看看时，她说："不用了，县里有什么新闻?"我一听，吃了一惊。联想到各级报纸上来自基层尤其是广大农村的新闻太少，感到培养新闻人才的大学太看不起基层了。我当即决定在黔东南报上开设《乡乡出新闻》专栏。韩鸿周和廖奇勋率先请战，于是就派他们两个把全州 16 个县市的每个乡镇采访了一遍。历时一年多，行程 7300 多公里，发稿 250 多篇。

这个系列报道，引起了广泛的好评，在首届全国民族好新闻评选中，经过三级筛选，最终由首都专家定评为最高奖——特别奖（共两个）。新华社在全国率先报道了评奖结果。

接着，看到中央要求尽快解决农村党支部瘫痪半瘫痪问题的文件后，我又决定开设了《今日村寨堡垒》专栏，历时一年，报道了 100 个农村党支部的现状，韩鸿周又是率先请缨的记者，他发的稿件近一半。这个专栏荣获了贵州省和全国地市报好新闻一等奖。

如今重读韩鸿周采写的《乡乡出新闻》和《今日村寨堡垒》，令我感慨不已，这样记录苗乡侗寨的基层新闻，是中国新闻史上绝无仅有的，为后人留下了珍贵的史料。从书中《来信摘登》《扶正压邪》《凡人写真》《扶贫攻坚》《改革创新》等专题中，都能读出作者的道德良心和新闻素养。其中有多篇被首都新闻专家称为"难得的精品"。

我认为，新闻精品的问世需有两个必备条件：一是有一流的报道对象，二是有一流的采编高手，二者缺一不可。在新闻与精品之间画等号的人，大都具有以下政治和业务素质：

——悟性强。他们的思维特别敏捷，眼光特别敏锐，善于在现象中抓住本质，在纷繁中理清头绪，在光明中发现灯下黑，在黑暗中找到光明点，在平凡中悟出不平凡，常常写出人人眼中所有、人人笔下所无的独到新闻。他们既能号准现实脉搏，又能预见发展趋势，总是将最有价值的作品献给读者。

——胆量大。改革年代，各种新思想、新事物、新情况、新问题层出不穷，事态变化，瞬息之间。面对错综复杂的人间万象，哪些该大力提倡，哪些该加以引导，哪些该予以抨击，哪些该允许探索，有的人心中没底，只好人云亦云跟着起哄。有的人悟性强，看得清，认得准，但没有胆量和魄力表明自己的观点，只好等别人开了第一腔，才跟着附和。能出精品的行家里手则不然，他们看准的事，为了党和人民的利益，敢于担风险，当机立断亮观点，那些在社会上产生轰动效应的新闻作品无不出自他们之手。

——才智高。他们无时无刻不在实践着两个字：创新。辩证法在他们手中运用自如，分寸把握恰到好处，艺术处理令人叫绝。他们总有本事拨粗疏为精密，变模糊为鲜明，化呆板为生动，脱俗套为新颖。他们打破常规写新闻，不拘一格选新闻，经他们之手采编的新闻无不精彩别致、引人入胜，为广大读者击节称赏。

——视野广。他们眼观六路，耳听八方，广泛收集新闻界的发展信息，用心研究左右同行的优势，心记党性原则，耳听民众呼声，眼观市场风云，调动一切手段抓“人无我有”的独家新闻，抓“人有我精”的重头作品。他们抓出的新闻总是先人一步，高人一筹。

没有正气、不讲良心的媒体从业者，是不可能写出新闻精品的。有些由报刊、广电、网络的“媒体人”，变成了媚权贵、媚富豪、媚娱乐圈这星那星的“媚体人”，他们已经没有心思写作弘扬正能量的精品了。

习近平总书记希望中国媒体人“做党和人民信赖的新闻工作者”。而那些不讲职业道德、整天以稿谋私、搞有偿新闻，甚至炮制假新闻、造谣生事、唯恐天下不乱的人，怎么可能得到党和人民的信赖？

韩鸿周在《默默奉行战友的赠言》中说：我守住了做人做事的底线，守住了自己的道德良心。我的目标就是多写有益于党和人民的好新闻。在任何情况下，我都敢于仗义执言，不会趋炎附势，更不会与邪恶同流合污。我的肉体虽然弱小，但我的心灵抗压能力十分强大，因为我一直保持着一个正直军人应有的浩然正气。只要正气在身，魔鬼见我也畏三分！

此话出自一辈子都在基层新闻单位追求新闻精品的记者之口，令我百感交集。

成语说：开卷有益。我觉得那要看读什么样的书。读坏书，是“开卷吸毒”；读无聊的书，是开卷浪费生命；只有读古今中外的好书，才会开卷有益。在我看来，《精心写精品》里所写的内容，已成了历史，但对第一次读到它的人来说，仍然是新闻。对媒体的专业采编和业余通讯员，对新闻研究专家、新闻院校师生和新闻工作的领导者，都会有参考价值和启迪作用。

为了不断提高德才素质，当个好记者，多写好新闻，几十年来，韩鸿周购买了上万册书刊刻苦学习。直到古稀之年，他的书架上，才出现自己写的这本书。

韩鸿周已退休十年了，但他一直忘不了他采访过的苗乡侗寨，忘不了黔东南的父老乡亲，尽管自己是个平头百姓，既无权又无钱，可总想再为故乡做点什么。这个因战争而失聪的老兵、老记者，如今生活在无声的世界里，同外人交流靠手机发短信。当小黄提出要为他结集出版《精心写精品》时，他给我发来短信，说："如果这本书有人购买，我一分不留，全部捐献给扶贫攻坚事业。"

这是他饱经沧桑的心灵坦露出的夕阳之光。看到它，我没有回复，只是在心里默默期待着：但愿有热心读者随喜他的善念……

（作者为中国民族地区报业研究会名誉会长，原黔东南报社总编辑兼党组书记、柳州日报社社长兼总编辑，曾获"全国百佳新闻工作者""全国报业经营管理先进工作者"称号。）

目录 CONTENTS

读者来信篇

新风新貌篇

扶正压邪篇

高原儿女

社会民生篇

扶贫攻坚篇

改革创新篇

苗乡侗寨篇

《乡乡出新闻》选辑

《今日村寨堡垒》选辑

良师益友篇

读者来信篇

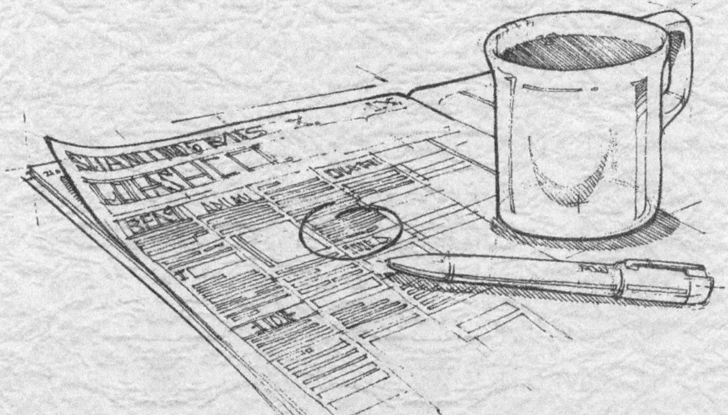

来信摘登

贵州日报编辑部：

贵报今年5月19日一版头条和5月25日一版头条发表《菊花村—菊花区—菊花县》《不去挖墙脚—替人稳阵脚》两篇文章后，我们黎平县不少人觉得这两篇文章，一个提法不妥，一个与事实出入太大。

“菊花县”一稿说：“黎平经过三年多时间的努力，已由一个‘菊花村’发展成为‘菊花县’。”实际情况是，我县今年种植白菊花虽然已由一个村发展到全县部分地区，面积12160亩，但也不能称“菊花县”。群众说：当心不要又把浮夸风刮起来。

“稳阵脚”一稿说：“一对在从江工作的中年知识分子夫妇走进黎平县委组织部……”又说：黎平县领导干部到从江“召集在从江工作的黎平籍大中专毕业生开了个座谈会……”这两处都严重失实。

真实情况是：找县委组织部领导的不是“一对夫妇”，而是彭克高、彭述尧弟兄两人。在黎平县德凤中学工作的彭克高听说在从江工作的哥哥彭述尧想离开从江去修文县后，想到我们黎平县缺教师，就劝说哥哥回本县工作。两人同意后，决定找县委组织部有关领导联系。县委的领导同志很想接收彭述尧回县工作，但考虑到从江人才外流严重，如果再去挖他们的墙角，于心不忍。于是，县委组织部长石朝胜便与县人大常委主任陆金良（文中却说是一位县委副书记）到从江了解情况，征求从江同志的意见，结果从江不愿意放彭走。石、陆二同志尊重从江县委的意见，劝慰彭述尧留在从江工作。以后，也没在从江召开什么座谈会，特说明如上，请予更正。

（原载《贵州日报》）

作者附记：

采写这篇来信稿，还真使我的良心受到拷问。那时我刚调县委通讯组，就听到县里不少人对《贵州日报》发表的关于黎平县两个头版头条，颇有微词，认为这两条新闻与事实有很大出入。县里一位领导直接找到我说：我们不能因为是讲我们的好话，就默不作声，对谁都应该实事求是。你马上写封信给报社，请他们更正一下。

我有些犹豫不决，心想：这样做会不会得罪上级党报，要是因为这事，我以后投给报社的稿子被“封杀”了不用怎么办？最后还是良心淹没了私心，我如实写了两篇头条新闻的不实之处，作为读者来信寄给了编辑部。没想到“信稿”很快就见报了。后来我发给《贵州日报》的各种稿件，几乎篇篇采用，未受任何影响。这件事给我很大的震动，它警示我：正人正己走正路，要用良心写新闻。于是，它成为我后来从事新闻工作的行为准则。

新风新貌篇

请看侗乡新事一桩

编辑同志：

最近，在侗族聚居的黎平县肇兴乡出现一桩新事：纪堂、登江、归吗、岑所等五村群众自发成立的民间红白事监理会，担负起了监督人们从简办喜事之重任。

今年春节期间，五村部分干部群众聚会鼓楼，畅谈农村改革给山乡侗寨带来的深刻变化，数落村中红白事大操大办铺张浪费的危害。为了刹住"大办"的不良风气，树"简办"新风，有人倡议成立一个群众性的民间自治组织，负责，监督人们从简办理各种红白事。这一倡议，当即受到村民们的拥护，于是，五村很快联合成立了红白事监理会。接着，大家共同商议拟订了《关于简办红白事的若干规定》，在约定农历六月初六（即7月1日）"规定"正式生效。

就在"规定"生效的几天后，登江村民石远章儿媳妇生头胎，石家准备按旧风俗用千斤肉、千斤米、百斤酒请"三朝"客。监理会知道后，立即上门劝阻，使石家省去了上千元的开支。事后，石远章对监理会的人说：要是没有你们来管这件事，我还得硬着头皮摆酒席，饿着肚皮还债务呢！

这个红白事监理会，坚持大家的事大家管的指导思想，发动群众互相监督。不久前，纪堂上寨村两位村民过世，两家仍按旧风俗大操大办。有人向监理会反映，监理会一调查才发现原来那个村的干部还没有向群众宣传简办红白事的规定。结果，四名主要村干部照章受到了监理会的处罚。打那以后到现在，纪堂等五村已初步刹住了婚丧嫁娶中互相攀比阔气的不良风气。

最近，监理会还把倡导简办红白事的若干规定刻在石碑上，竖在村头，告知村民，让文明、节俭之风吹遍侗乡山寨，流传子孙后代。

（原载《贵州日报》）

农民设奖鼓励子弟奋发成才

侗族聚居的黎平县肇兴乡纪堂、登江、归吗等4村农民，自发联合成立了侗乡山寨民间第一家奖学金协会。目前，入会人数已达80多人。黔东南苗族侗族自治州人大常委会副主任陆光玉闻讯后，也积极报名入会，同时给该会寄去了贺信和会费。

纪堂、登江、归吗等4个村共560户人家，在校学生490余人。去年，参加小学升初中考试的只有14人，并且只有2人及格和升学。其余绝大多数学生就此离校弃读。这种情况影响了侗乡山寨社会经济文化的发展，4村干部群众为此担忧。今年初，他们自发商议联合成立奖学金协会，设奖鼓励侗家子弟发奋读书成才。

奖学金分年级和学习成绩分别设一、二、三等奖。同时另设升学奖。毕业班学生除享受学习成绩优良奖外，还享受升学奖。班级越高奖金越高。初中升高中、中专、中师可获奖50元；高中（含中专、中师）升大学可获奖150元。

奖学金协会成立仅半年多时间，学生学习成绩明显提高。今年，参加小学升初中考试的已由去年的14人上升到23人，由小学升入初中的也由去年的2人增加到9人。分别比去年增加近一倍到四倍。

（原载《贵州日报》）

商品出门　概可退换

若要顾客盈门，必须先求信任，贵州省黎平县五金交电公司，在端正经营作风，抓好售后服务的同时，实行售出商品调换制，既维护了消费者利益，也提高了公司声誉。

顾客花钱，谁不想买件称心如意的商品，为满足消费者这一要求，黎平县五金交电公司今年采取了三条措施：一是坚持实事求是地宣传介绍商品，不夸张；二是本公司卖出商品，凡符合保修条件的，一律保修；三是售出后的商品，经查证确属商品质量有问题，经调试维修，使用效果仍然不好，公司负责调换。这些措施实行后，不仅顾客高兴满意，公司领导和营业员的心里也踏实了许多。有一次，洪州小学教师易国炳在该公司门市买电炊壶，当时因白天没电测试，营业员任他挑选了一个。偏巧，这一个拿回去使用，却不通电，带回来时，营业员立即给他换了个新的。

小件商品能够做到，大件商品也不含糊。去年 12 月 1 日，德风镇汪家庄农民陈孝良在公司买了一台 14 英寸咏梅牌黑白电视机，在门市挑选调试时是好的，可一拿回去使用又发生了故障，经维修质量仍不稳定。今年三月，公司给他调换了一台质量合格的新电视机。

在这个公司，不仅同类商品能调换，不同类的商品也能调换。有一次，黎明村农民姜子成，在该公司综合门市部买了一台 14 英寸多灵牌黑白电视机，使用三个月后，经维修质量仍不稳定，公司根据购主的要求，采取补差价的办法，也给他调换了一台其他牌号的新电视机，消息传开，群众大为称赞。

编者按：

从“概不退换”到“概可退换”

魏辛黔

要办好商店、饮食店、运输业、工矿企业，很重要的一条应是一心想着顾客、旅客、用户和广大群众，统言之叫优质服务。黎平县五金公司门市部生意兴隆的直接原因之一就是解决了优质服务中的主要矛盾，即在商品出门之后给予顾客退换商品的机会。

“商品出门，概不退换”，这是从旧社会沿袭下来的老规矩、旧传统。顾客买了商品，回到家中，仔细一看，或者试用了一下，发现商品有问题，或者不合用，就傻了眼，想起商店的告示：商品出门，概不退换，就只好自认倒霉，哑巴吃黄连——有苦难说。

新社会鲜明地提出了“为人民服务”“优质服务”的要求。我们社会的公有制，为改革“概不退换”之类的老规矩、旧传统创造了基本条件，任何企业，如果改掉了优质服务不相适应的老规矩、旧传统，用高尚的职业道德，代替陈规陋习，就必能像黎平县五金公司等单位那样，十分有把握地达到用社会主义精神文明促进社会主义物质文明建设的目的，实现社会效益和经济效益双丰收。

企业的优质服务搞得好，就会带来顾客盈门、财源茂盛。反之，企业如果不重视自身的精神文明建设，也就不会重视优质服务，倒是听任职工冷眼横眉地对待顾客，结果，两个文明建设和两种效益均不可得，信誉必每况愈下。

主持国营、集体和个体企业的有作为的经理、厂长、主任和企业家与个体户，可从“概不退换”改为“概可退换”中得到启迪，从而全面抓好优质服务。

原载《经济日报》（贵州版）

不图热热闹闹　讲究实实在在
黎平县用实际行动迎接教师节

黎平县委，县政府8月5日决定。庆祝今年教师节不设专门筹备组，把主要人力、物力、财力集中用在为教师办实事、办好事上，使尊师重教成为实实在在的行动，让教师们节日过得充实、愉快。

县委、县政府决定在教师节前后．为教育办好八件事：（一）拨款20000元，用于给每个教职员工购置一件纪念品和给优秀教师、先进单位和个人发给一定鼓励奖；（二）从县、区财政超收分成中拨出11万元专款，由教育行政部门根据民办教师工龄长短给予一次性补贴；（三）在教师节前，认真做一次落实知识分子政策的检查和总结工作；（四）逐步解决城关中、小学自来水问题，今年拨款4万元，先解决三所学校自来水；（五）拨款8000元，对部分年老多病的在职教师进行一次体格检查；（六）对侮辱教师和侵犯学校土地及其他权益的案件进行一次认真清理，并对情节严重者予以严肃处理；（七）在教育包干经费中，安排6万元，作为教师培训经费，不断提高教师的政治、业务水平；（八）拨款15000元，委托黎平民族师范举办预科班，专门为少数民族地区培养师资。

（原载《贵州日报》）

文明侗寨——岑湖

侗寨岑湖，林木葱郁，梯田层叠，一条蜿蜒碧透的溪水，穿寨而去，把侗家那别具风格的吊脚楼连成一串……这是黔东南侗乡黎平县的400多个寨子中的一颗明珠。

不久前，记者访问了这个美丽的侗乡。憨厚的村主任石修达热情地向我们谈了这个寨子的变化。

1980年，25岁的复员军人石华元当选为党支部书记。他顺应民心，效法山外，把土地、山林承包到户，放手发展家庭副业。三年过去，一向靠国家救济的穷寨，90%以上的人家就有了余钱剩米，许多侗胞富裕起来，开始过上了文明、富裕的新生活。

14名共产党员聚在一起商量兴办公益事业。石华元提出：妇女每天收工回家还要舂米磨面，太辛苦了，先修个小水电站吧！

“对，找上级要钱去”，有的党员说。

“不去麻烦上级，党员带头集资”，石华元胸有成竹。

此举正合寨民心意，大家争先投工献料，花费3万多元，截断岑河，建成一座38千瓦的小水电站，把“夜明珠”挂进家家户户，结束了松油照明、吃米碓舂的历史。县广播站免费为每户装上一只小喇叭，欢笑声、广播歌声和打米机的隆隆声，顿时使沉寂的山寨变得热闹起来。

青年们找石华元“激将”说：“书记，斗牛是侗家的传统，前些年穷，没钱买牛，如今有了钱，买几头水牯来斗斗，热闹热闹吧！”石华元因势利导：“请你们算算，买一头水牯要花上千元，斗败就杀吃，还要赔上鸡鸭鱼肉吃喝，太浪费了，不如学县城的样子，花钱建个电视差转台，买台电视机，天天看新鲜好！”青年们喜笑颜开。党支部派人去省城请来工程师，在寨子后面的灯盏山上竖起了一座15米高的铁塔。正式转播那天，支书、村主任家的电视机前，围了密密麻麻的人，当屏幕上出现从未见过的稀罕事时，人人啧啧惊奇。之后，寨里涌起“电视热”，215户人家，一下子买进60多台电视机，其中还有4台带色的。

岑湖党支部和村委会办公室的木楼，已有几十年的历史。四壁歪斜，桌凳俱无。村头的风雨桥是清朝建筑，年久失修。许多人要求党支部安排建房修桥。党员们合计：岑湖世代没有个大学生，半数青壮年是文盲。干四化没有文化不行，当务之急是盖学校、办教育。消息传出，老少赞同，集资7万多元，建起一幢两层砖木结构的教学楼，上下有八个明亮的教室，还添置了崭新的课桌。

依靠群体力量，岑湖的公益事办了一桩又一桩。位于寨子中心区的新剧场，可容六七百人，开会、放电影、演侗戏，风雨无阻。旁边的篮球场和游艺室，备有多种球类、棋类和乐器，每到开放时间，人们尽情在这里娱乐、消遣。还有那窗明几净的图书阅览室，备有图书和各类刊物，成了青年们学习的好场所。

一切都越变越如人愿。75户盖了新瓦房，150户买了缝纫机，40多户买了收录机。多数人家的拉板窗改成了玻璃窗，火塘改成省柴的水泥月牙灶，地铺改成木床，讲究整齐清洁。

更惹眼的是青年普遍戴上手表，衣着鲜亮时髦，一扫过去赌博、斗殴的不良习气，把心思转向学习和生产，带头向现代文明靠拢。有个“名人”石举连，一度赌博成性，把家输个“一贫如洗”，日子过得不人不鬼，还被公安部门拘留、收容了4个月。如今浪子回头，辛勤劳动。党支部帮助他凑钱买了一部汽车跑运输，用劳动所得盖了新房，购置了电视机、洗衣机、新式沙发。全家7口都换上新衣新被，欢声笑语，令人刮目期待。

变化最明显的要数妇女。随着妇女经济地位的变化，男人要办什么事，须得同妻子商量。青年们自由恋爱自做主。过去侗女不嫁苗男，如今选人看才，凭自己的意去选择伴侣。这几年，已有八个侗女同苗族小伙子结了婚，还有10个嫁给了汉族青年。汉族姑娘嫁进这个寨子的更多，已有30多人。

离开岑湖寨的时候，村主任说，他们目前正在筹办三件事：一是要想办法帮助几家困难户早日富裕起来；二是争取早日把自来水送进家家户户；三是早日使5000亩荒山披上绿装。我们相信：有这样的党支部，岑湖这颗侗寨明珠，将会放射出更加璀璨的光彩。

（新华社贵阳9月7日电）

闪亮登场

——看黎平县九潮镇入世后的新变化

九潮香米，顺寨薇菜，定八服饰……一个个响当当的地方名特产品，行销省外，走出国门，带来财源滚滚和致富希望。

双百小城镇建设，生态农业园开发，非公有制经济和第三产业发展，促进农村经济欣欣向荣，使乡镇面貌日新月异，变化令人惹眼。

黎平县九潮镇，在应对入世挑战中闪亮登场。去年，全镇年经济增长率达 10.5%，农民年人均纯收入增长 5.55%，今年上半年。经济增长趋势继续上扬。

曾一度带着恐惧面对“狼来了”的九潮镇人，如今沉着应对，在参与经济全球化和激烈的市场竞争中学会了与狼共舞。在新一轮开放变革中拓展了新的生存发展空间。

一

九潮米香了！

市场调查显示，去年以来，省州内外选择食用九潮优质米的人越来越多。吃过九潮米的消费者称赞说：九潮米软，饭味醇香。

为应对入世给山区农业带来的冲击，九潮镇在产业结构调整上下功夫，在开拓市场上打主意。粮食是大宗产品，要使其成为畅销商品，质优货特是唯一出路。调整中，镇里按照“品质调优，品种调特，规模调大”的思路，通过政策引导和服务指导，发动全镇农民大力发展具有地域特色的九潮优质米和特种九潮香米生产。2001 年，全镇优质稻播种面积达 1.3 万亩，其中特种九潮香米 2000 亩。

创品牌，上规模，奋力打开销路，抢占市场。镇里通过订单农业方式包销，并分别在州内、省内部分城市和湖南怀化等外省城市设立销售窗口促销。由于九潮米良好的质量信誉和镇政府采取的灵活营销策略，该产品当年即在省内外一炮打响成为品牌，受到众多消费者青睐。据了解，仅凯里一处销售窗口，月销售量就达120余吨。

二

九潮菜特了！

人无我有，人有我优，人优我特。九潮人深深领会市场经济条件下的这条竞争法则。

薇菜，原为一种野生蕨类植物，出产于九潮周边邻近乡村。经过采摘加工成为名贵野生干菜。作为特色产品，目前已批量销往广东、浙江、安徽、湖北、湖南、四川等省，并出口远销日本、韩国、新加坡等亚洲国家。

前两年，有位搞土特产收购的外地客商来到九潮，在顺寨村发现了野生薇菜，于是就地收购加工成干菜带走。随后，一些外地客商纷纷涌入九潮收薇菜。由此，九潮人看到了自己特有的优势，他们努力学习加工技术，然后自己采集加工外销。闯出了一条入世后的特产开发之路。

现在，九潮镇顺寨村不仅成为薇菜加工专业村，而且还成为黔东南薇菜营销集散地。每年春夏之交，四面八方的客商云集九潮收购薇菜。抓住薇菜带来的商机，顺寨人不仅走村串寨四处收购薇菜回村加工，还带着加工过的成品干菜走南闯北跑销售。仅此一项，年创收达百万元。

薇菜产业的兴起，在九潮镇造就出一批从事营销的农民商人。在薇菜加工销售中尝到甜头，学到经商经验的农民，他们从薇菜的经营中受到启发，逐步拓宽视野和门路，在市场引导下，转手收购药材进行加工销售。由此又带动了全镇药材产业的发展。2001年，全镇建立药材种植基地1500亩，品种百余项，创产值百万余元。

三

九潮牛热了！

在九潮。人们经常看到不少来自外省的大卡车，整车整车地将九潮牛不断地运往四面八方。一位客商向当地人透露：九潮牛肉质好，在外地很畅销。一句话提醒了九潮人，于是全镇掀起了养牛热。

一位名叫吴建斌的农民，拿着贷款养牛的申请走进镇政府请镇长签字，他对镇长说：现在西方国家到处在闹疯牛病。还有什么口蹄疫，弄得人们牛肉不敢吃，牛也不敢养。现在中国一入世，是个大机遇。我们的牛没有那毛病，养好了，养多了，可以打入国际市场。

吴建斌说的是实话，而且有眼光。从去年秋天开始，吴建斌就养了4头牛，已经出栏了3头，现在圈里还有4头。今年他要求贷款扩大养殖规模，并为此专门种了3亩皇竹草。弄北村农民张化武，一户养了50多头牛，种了20多亩皇竹草，一年牛出栏30多头，成了全镇有名的养牛大户。

镇政府为鼓励农民发展养牛，制订了典型引路，扶持大户的措施，同时对养牛户实行信贷扶持，促进了全镇养牛业的发展，去年，镇里已出现5家户均养牛几十头的养殖大户，全镇牛存栏达8283头，出栏商品牛1200多头。在政府的引导和扶持下，全镇农民养牛的积极性越来越高，一个新的产业正在九潮迅速崛起。

四

九潮镇旺了！

入世，给九潮人带来了挑战，也给九潮镇经济发展带来了机遇。作为全省双百小城镇建设试点，九潮镇近年来正在加快小城镇建设步伐。经过最近一年多的改造建设，镇容面貌焕然一新。街道拓宽浇上柏油，两边修建了绿化带。当街铺面林立，五颜六色的广告牌开始营造出城镇的形象和氛围。

随着城镇建设的发展，建筑业、加工业、流通业、零售、饮食、修理服务等第三产业陆续兴盛起来。去年，全镇生产定八民族服饰及其他工艺品10000多件，创产值300多万元。产品销往北京、广州、上海、桂林、南宁等地。同时外销美国、日本、法国、新加坡、澳大利亚等国家以及中国台湾、中国香港、中国澳门等地区。

城镇新产业的出现，为吸引周边农村农民入镇经商就业创造了条件，农村剩余劳动力也有了进镇打工的机会。借助城镇的基础设施和条件，一些原来建在农村的各类小型加工厂也陆续搬迁入镇寻求发展。这些企业和农民的迁入，促进了城镇的扩展和经济繁荣。目前，镇所在地个体工商户已由过去的20余户发展到近50户。

今日九潮，在入世春光沐浴下开始渐渐兴旺起来，靓丽起来。面对入世的挑战，九潮人也不再有“狼来了”的恐惧，他们开始明白，只要敢于面对，有挑战就有机遇。镇党委书记石庆富说：我们准备了两手，一手接招应战，一手亮招出击。

（载《黔东南报》）

农民工演绎“围城”故事

——凯里市街头写真

市场也像被围困的城堡，外面的人想进去，里面的人想出来。城里人突围退出商战，调整思路，发挥资金、技术、管理和信息优势，转向乡村投资农业开发，生产优质农产品返城入市参与竞争；受增收难困扰的农民，转变观念，离土涌入城市，看准劳务市场中的服务行业，擦皮鞋、收废品、做小工，干城里人不愿干的活，挣城里人不愿挣的钱。农民工进城，方便了市民生活，在促进城市建设发展出现的新行业中，找准了自己的生存定位，开拓了新的生活空间。

“擦”出来的增收亮点

宽阔整洁、人流如潮的自治州首府凯里市街头，随处可见从农村来城里擦皮鞋的农民。他们或提着工具箱到处转悠，或聚在繁华街道指定的空地和小吃店前，两眼不停地注视着过往行人……

“老板，擦擦鞋吧！”

这些农民擦鞋工来自凯里近邻各县，他们中间有中年人，也有年轻妇女和青年小伙。

一位姓王的青年农民，是凯里市旁海镇凯棠村人。他告诉记者：家里8口人，4个劳动力，只有3亩责任田。一年就栽秧、薅秧、打谷忙几天，剩余时间没活干，种地又不挣钱，增收越来越难。后来进城赶场，发现擦皮鞋是个容易挣钱的行当。于是，一到农闲就进城擦皮鞋。

“嘿！这活真的容易找钱。”王说。每天擦20~30双鞋，就可以挣20~30元，也不太累。

“现在擦皮鞋的人满街都是，这份钱也不好挣喽。”旁边另一位擦皮鞋的农民感叹说。

“再差也比在家种地强，现做现得。”一位姓张的农民工最终掏了心里话。

“补”出来的就业风景

刚穿不久的衣服绽线了，需要缝几针，但现在的城里人家里不再备针线。

新买的裤子略长套脚跟，需要卷边收一圈，但现代女性很多不会针线活，花点小钱请人做，省事省时又方便。

毛衣袖口坏了织一织，烧通或挂破的洞补一补。工作繁忙的人，来往出差的人即时想找个人做。

应运而生。凯里街头，出现了专做缝缝补补的农民女工。不少农村妇女发挥一技之长，进城找到了适合自己的职业。

凯里市民贸商厦大楼前，天天都有做针线的农村妇女在那里接活，有时活儿还很忙。揽到的活白天干不完，就带回住处连夜赶，并与顾客约定时间来取物。

据了解，这些农民女工多数来自黄平县谷陇镇，人数达50余人。除此之外，还有几十名来自丹寨、台江等县的苗族妇女。她们善做针线，心细手巧。

一位姓杨的苗族妇女这天接的大活是件被烧成一个大洞的高档毛衣。顾主要求很高，补好后不能看出太明显的痕迹。

“放心，补不好不收你工钱。”这位妇女十分有把握地回答。顾客走了，3个小时后回来取毛衣。打开一看，织补过的地方，不留神还真看不出“破绽”。不过工价也不低，整整15元。妇女收钱时还告诉顾客：在补你这件毛衣的时间里，我旁边的这位大姐干的几件小活就挣了16元，比我还多挣了1元钱。

“收”出来的城市户口

守着瘦田破屋，长年见不着几个钱的黄平县新州镇农民潘姓一家，其父10年前挑着竹筐满街收废品，不仅找到了挣钱的活，还在城里扎下了

“根”。

这位姓潘的农民由于找到了收废品门道，看到了城市废品行业给挣钱生存带来的前景。于是，在凯里近郊二龙租了一套民房，两年前把老伴、儿女一家9口全部接进了城，办了城市暂住户口。老伴做饭操持家务，两个儿子和他一起挑筐收废品，未成年的小女儿还就读于城区桐荫坪小学。全家每月收废品收入1000多元，扣除房租和生活费用，还有400多元储蓄。

随着城镇化步伐的加快，农民的“根”有的开始移动。农民的身份，也随着就业的变化而变化。乡下人变城里人的距离越来越近了。

改革发展衍生出农民工，追求新生活的农民工还在继续演义“围城”故事。

（载《黔东南报》）

富裕新标志，生活新时尚

岑丰村七十户农民用手机

8月23日，记者到岑巩县岑丰村采访时发现，这里的农民不仅安装了无绳电话，还有70家农户用上了手机。

岑丰村坐落在离县城18公里外的山沟沟里，没有电话线路进村。近几年，村里通过调整产业结构，大力发展种果、种茶、养猪、养鸭，组织劳力外出打工，经济发展很快，农民逐步富裕起来。买彩电、配音响，购汽车、添摩托，进城买房开店的农户越来越多。由于不通电话，村民生产生活极为不便。村里为适应经济发展和满足群众消费需求，两年前曾计划接通程控电话，可建设投资需70万元。由于投资大，成本高，一些农民转而试装无绳电话，接着又试用手机。手机随身携带，使用便捷。自此，使用手机的农户日渐增多，并迅速成为岑丰农民的消费时尚。目前，全村400余户，平均每6户就有一部手机。

手机的普及，给岑丰村农民带来了极大便利。村里出产的茶叶、水果、松脂；农民饲养的家畜家禽，通过手机了解市场行情，不仅卖得快，而且还卖出了好价钱。一些外出打工的农民，出门前先用手机联系找工作，既避免了到处瞎碰，还找到了能挣大钱的工种。会开车修车的农民杨宏友，按照朋友用手机传来的信息，出国到越南修车，目前月薪已达近5000元。

（获“贵州新闻奖”二等奖，原载《黔东南报》）

古韵新风靓名城

——镇远创建文明城市活动纪实

一场夏雨，洗去蒙尘。名城镇远雄伟壮观的青龙洞古建筑群，在雨后阳光照耀下更显金碧辉煌。

穿城而过的潕阳河，平静地缓缓而流，洁静透明的河水中。倒映着楼影、树影、船影和人影。

古风浓郁的兴隆街，现代风貌的新中街等八条街道上，店铺林立，各色商品琳琅满目。灯箱，广告牌五彩缤纷，店前顾客盈门。

大街上车马人流各行其道，交通顺畅，秩序井然，来往行人主动谦恭让道、招呼、问路、言谈举止礼貌文明。

漫步名城，古韵新风扑面而来。

世纪交替之年，在“三个代表”重要思想指导下，一场声势浩大，扎实有效的文明城市创建活动，使千年古城发生显著变化。市民素质、群众生活质量、城市品位和整体文明程度迅速提升，带动全县经济和社会发展同步迈向新的台阶。

县委副书记朱鸣接受记者采访时说，文明城市创建工作是精神和物质两个文明建设的活动载体，是落实“三个代表”重要思想的具体实践。新形势下与时俱进，传承文明，开拓创新，实现人与人，人与社会，人与自然和谐相处，是推动社会经济全面进步的一项重要战略举措。镇远作为文化古城，开展创建文明城市活动，对恢复历史文化名城应有的氛围和整体形象，升华城市的特色和个性，丰富城市的文化内涵，发展辐射带动效应具有十分特殊的意义。

护古，让历史文脉延续，使人文环境优美

镇远因古而扬名，

镇远因古而珍贵。

3平方公里弹丸小城，有青龙洞寺、中元禅院、紫阳书院、万寿宫、望江亭、祝圣桥、四官殿、天后宫、紫皇阁、和平村、周达文故居等160多处名胜古迹。古寺、古庙、古殿宇；古街、古巷、古民居；古墙、古塔、古城垣；古桥、古渡、古驿道；古碑、古墓、古文物；儒教、佛教、道教、天主教并存交融；天神、海神、山神、人神四神共祀。中华传统文化，地方土著文化，外来东、西洋文化在这里相互渗透，形成了古城镇远独特的历史人文景观和文化氛围。

1986年12月19日，小小镇远县城竟与世界闻名的上海、天津、沈阳、武汉、南昌、重庆和敦煌等并列，被国务院批准公布为第二批中国历史文化名城。

镇远成了世界的镇远，人类的共有财富。为了历史文脉的延续和促进文化观光旅游业的发展，振兴地方经济与地方文化。在创建文明城市活动中，县委、县政府把保护历史文化遗产作为创建活动的重头戏，成立了由县委书记、县长；副书记、常委、副县长任正、副指挥长的古城保护和新城建设指挥部。按照《镇远古城保护规划》要求和“保护第一，抢救第二”的方针，先后投资1200多万元修复了天后宫，周达文故居、邹公馆、付家民居，全家大院，1600米古巷道，1500米卫城垣，150米封火墙、15个古门楼、古井、古码头和古城垣东、南、西、北城门，恢复了日本反战同盟“和平村”旧址，完成了新大桥至祝圣桥的沿街主面风貌整治。使一批珍贵的文物古迹和历史街区得到了有效的保护和维修，优化了古城的人文生态环境，增添了名城的文化内涵和光彩，提高了城市和旅游景区的吸引力，使今年的“五一”黄金周游客成倍激增。

建新，开发扩展新城区，提高城市聚集和辐射功能

保护是为了继承，新建在于发展。镇远在推进文明城市创建工作中，实施二元化城市规划布局。一手抓保护古城，一手抓开发新城，加快市政基础设施建设，完善各类城市服务功能，创造优于旧城，方便、舒适、宜人的生活环境，吸引旧城住户外迁，努力减轻旧城人口压力。近几年来，先后实施了商贸城住宅小区、灵角寨安居工程小区，皮家院生活住宅区，

大菜园新区的开发建设，使城区面积由 3 平方公里扩展为 7 平方公里。

在新区开发中，按照现代城市功能环境的要求，城建部门在大菜园新区中心地带开辟了一片占地 1.8 万平方米的公园式广场。与此同时，根据市民意见，在盘龙街靠河地带建造了一处公共活动用地，平整水泥地面，种上花草，供市民晨练、休闲。

在旧城基础设施改造建设中，按规划要求拆迁了千余栋占道建筑。完成了府、卫两城 14 米街道拓宽硬化工程；改造了县城 3 个出入口通道；修建了 7000 米人行道、下水道；安装了 4 座高杆灯，放置了 150 个果皮箱；栽植了 2000 余株行道树。完成 3 万吨自来水扩建工程，新建了民族体育馆，广播电视大楼，新建和改造了名城宾馆、镇远宾馆、世纪大酒店，改善了旧城环境。

新城区开发，使旧城得到有效保护。扩展了城市生存活动空间，方便了市民生活，人居环境大大改观。既增强了城市功能，提升了城市品位，市民生活质量也由此得到提高。

如今，一座融古老文化和现代文明于一体的优美城市开始展现在㵲阳河畔。

德治，培育高尚精神风貌，提高市民素质，塑造城市形象

在镇远，人们看到的不仅是这里山美、水美、城美，还领略了名城人的心灵美。

通往青龙洞景区的步行道上，一位散步的老人，边走边用手去拣游人随手扔下的垃圾。

一位妇女拉着沉重的推车，吃力地往坡坎上拖，路边的 3 位年轻小伙见状，迅速跑过去帮忙推过坡坎。

一位 23 岁的青年患了再生障碍性贫血，家境困难无力续医，县文明办一个号召，市民、学生纷纷捐款相助。

1998 年 7 月 13 日，镇远段一铁路隧道发生重大事故，全城机关街道干部市民迅速奔赴事故现场全力参与抢险，不辞辛劳，连续奋战了七天七夜，使铁路迅速得已畅通。

县委常委、县委宣传部长袁尚勇在谈到塑造名城形象时对记者说：市

民高尚的道德情操，良好的精神风貌。不仅是一个城市文明的体现。它还是一个城市的灵魂，城市的形象。

创文明城市，塑名城形象，成为每个镇远人的自觉行为。围绕一个目标。全城上上下下齐心合力，各种创建活动扎扎实实，全面展开。

做人民公仆，为人民服务。党政机关干部努力转变工作作风，推行办事首问制，提高办事效率。

建文明窗口、树行业新风。公安、工商、税务、交警、银行等部门，态度热情，办事公平、公正、公开。㵲阳镇派出所户籍室前，为办事者专设了座椅。还备有茶水、书报，办事明白卡。

文明单位、五好家庭、星级文明户、十佳人物、文明个体工商户、文明示范小区。一年一评，事迹感人。

讲诚信，重形象。户户讲道德，店店无假货，无假货一条街，活动效果，给人惊喜。

《公民道德建设纲要》街头宣传教育，2 万份资料一抢而空；建学习型社区。开展学理论活动，记读书笔记数 10 万字，交学习心得 1 万余篇。

人人做文明市民，个个是名城形象。热爱名城，建设名城。热爱祖国、热爱党，各种口号、标语，在人们的言谈举止中，满城随处都能见到、听到和亲身体会到。

春节、元宵、五月端阳、七一建党、十一国庆。歌咏比赛、体育活动、美术画展、舞龙舞狮；芦笙、唢呐、秧歌、舞蹈，系列文体活动，民间文艺舞台，丰富多彩。

文明城市创建活动，丰富了名城文化内涵，提高了市民素质和生活质量。高尚的道德情操，昂扬的精神风貌，整洁的卫生环境，浓厚的文化氛围，稳定的社会秩序，使美好的名城形象，全方位展现在世人眼前。创建活动硕果累累。一项项桂冠授予名城：省级卫生城市，省级“双拥模范城”，省级先进文化城……

镇远，一座文明优美的城市，正在贵州东部迅速崛起。

扶正压邪篇

黎平县法院党风正腰杆硬

抵制说情风　坚持秉公办案

黎平县人民法院干警坚持原则，坚决抵制说情风，秉公执法，不徇私情。

近年来，由于社会风气不正，该法院在办案执法中经常遇到少数人为了徇私情，通过各种关系，采取各种手段为罪犯或案件当事人说情，有的甚至利用职权向办案人员施加压力。对此，黎平县法院党组首先对干警进行端正党风，遵纪守法的教育，要求他们严于律己，讲原则，讲党性，秉公办案执法。院领导以身作则，要求别人做到的，自己先做到。

1984年2月，院党组书记，院长吴世玉的姨妹丈杨焕连，因人控告犯有强奸罪而被公安局拘留审查。吴世玉父母三次带信进城，要吴世玉出面为杨讲情。吴世玉教育家人说：我是法院院长，更要带头执法护法。因此，在杨焕连被拘留期间，吴世玉从没出面，也没找人为杨说过情。全院干警也坚持原则，依法办案，执法不阿，不管案件涉及上下左右任何人，他们都敢于碰硬，秉公办案。

一次，岩洞区食品站王某某因私自安装使用电炉引起火灾，烧毁食品站房屋一栋七间，造成经济损失3万多元，触犯了刑法。该案移送到县法院后，因王是县委一领导的亲戚，有关部门的个别领导便到法院说情甚至施加压力。直接承办该案的人员不畏权势，敢于碰硬，坚决依法判处王某某有期徒刑一年。去年2月，黔东南州政法委员会一位领导亲自给该法院写信，为一起交通肇事案的被告说情，办案人员坚持原则，将来信一并存入案卷，依法给肇事者判了刑。

为把抵制说情歪风形成一种制度，去年9月，这个法院进一步制订了三条措施。第一，谁上门说情，就对谁进行法制宣传教育；第二，将说情者的话，如实记录在卷。之后，根据已经掌握的事实，向案件当事人亲属和说情者说明情况，消除他们对办案人员的种种猜疑和误会，教育他们支持和服从法院依法做出的裁决。第三，对说情者，一律将其人其事公之于众，借助群众和社会舆论的力量，抵制说情歪风。这三条措施实行后，法院办案受到的干扰减少了。去年，有十八起案件由于受说情者干扰，很长时间结不了案。三条措施公布后，这些“老大难”案也很快办结。

（原载《贵州日报》）

作者附记：

一段时间，社会上说情之风泛滥，使党风和社会风气受到严重腐蚀。我到县法院采访，听说他们为确保秉公办案，专门建立了一个对上门说情者实行登记的制度。

但那些把权力看得高于法律的人，却并不把这一制度放在眼里。某位县委领导的亲戚触犯了刑法，县法院刚刚接过案卷，帮忙说情者就接踵而来。我通过深入采访并查看了县法院的“说情登记簿”，桩桩件件让我触目惊心。说情者中，居然还有主管政法的上级部门。如此下去，党风岂不更加腐败，依法治国岂不成为泡影。于是，我谢绝一些好心人的劝阻，把在县法院采访到的诸多事实，写成了“黎平县法院党风正腰杆硬，抵制说情风，坚持秉公办案”一稿投往贵州日报。

很快，编辑部就给我打来电话，说稿件要马上采用，还要放在一版显要位置。但事实必须核实，而且考虑到我在县里工作，为防止给我带来某种麻烦，建议我改换真名为笔名。我回答说，要用就用真名，无须扭扭捏捏。编辑部见我如此坚定，觉得靠谱，很快就将这篇稿子放在一版右上方报眼登了出来。

稿件见报，果然让那些人恼羞成怒，他们联合上级某些部门给报社写信，诬称稿件内容失实，给我和报社施压。贵州日报编辑部并没有以“文责自负”为托词而回避，而是再次调查事实。最后在贵州日报编辑部和被采访单位的证实和坚定支持下，我最终顶住了压力。此后，与歪风邪气斗争的信念更加坚定了。

数万元资金下落不明　举报者反被停止工作

丹寨县粮食局面粉厂原财务人员宋炳超，因向县检察院举报该厂账目混乱，数万元资金下落不明一事后，夫妻俩先后被辞退和停止工作。

一个多月来，宋炳超照常每天按时到厂里上班，但厂领导不安排他的工作，工资也分文不发。宋炳超是1988年4月从排调粮管所调县粮食局面粉厂担任会计工作的，同时兼任统计和采购。宋炳超说："厂里对外虽称我为会计，但财务账目和报表却主要由厂里的另一名会计兼出纳员搞。"

根据宋炳超向县检察院提出的举报，自1988年5月以来，丹寨县粮食局面粉厂的经营和财务账目十分混乱，其中有不少属不合法经营。一些账目也都经承包该厂的厂长马兴华做了手脚。一是低进高出、销高报低少入账；二是销毁原始单据、另改单据入账；三是不入账；四是重复报销或虚报冒领。宋炳超说：据我所知，采用这类手段从厂财务账目上失踪的现金额累计约达4万元。这些钱到哪里去了？我觉得问题严重，于1989年1月3日向丹寨县检察院举报中心举报，随后又将情况向县粮食局主要负责人做了汇报。

目前，根据举报人反映的问题，县检察院和县粮食局已作初步调查，举报问题基本属实。据了解，县检察院和县粮食局领导在得到举报后，曾对马兴华谈过，在问题未查清之前厂里的人员不能变动。马兴华对此置若罔闻，先于2月辞退举报人妻子，随后又于4月停止了举报人的工作。

（原载《黔东南报》）

黎平县物价局坚持同乱涨价的歪风做斗争，群众夸他们是——

人民利益的卫士　物价战线的哨兵

黎平县物价局严格执行价格政策，坚持秉公办事，勇于同乱涨价的歪风做斗争，维护消费者利益。群众夸他们是人民利益的卫士，物价战线的哨兵。

这个县物价局的同志经常深入市场调查，听取群众对物价的反映，发现问题，及时纠正。有一次，局长陈如杰在肉市发现一卖主故意克扣斤两，当即对这位卖主进行了批评教育。又一次，他发现一位个体商贩卖酒打“飞提”，便及时提出批评。不久前，他发现县糖业烟酒公司冷饮店将八分一杯的冰水涨为一角，冰棒也随意增加零批价格，立即作了纠正。为了保持市场物价的稳定，及时纠正任意涨价的错误，县物价局主动配合工商、税务和市场管理部门，经常检查国营、集体商店和个体商贩、摊点执行价格政策的情况；检查他们的度量衡器，督促他们建立公平尺、公平秤和明码标价制度。

在同乱涨价的歪风做斗争中，这个县物价局坚持原则，敢于碰硬。不管问题发生在个人、集体还是国营单位，或涉及某些领导人的问题，他们同样敢于纠正和处理。从去年元月到现在，共查处了违反价格政策、随意涨价的案件20起（其中万元以上的两起），没收非法所得收入106561元，对部门以及有关领导和个人处以罚款九百四十五元。

（原载《贵州日报》）

23 名毁林罪犯被捕入狱

黎平县林区斧停风息，23 名哄抢盗伐国营和集体林木的犯罪分子，戴着手铐，低着头，走进了公安局的“高墙”之内。

近几年来，黎平县森林采伐严重失控，毁林之风愈刮愈凶。大片大片的国营和集体林场，在不法分子的刀斧之下遭到严重破坏。德凤镇民胜、龙坪、东关村以胡嗣军为首的少数人，自 1985 年起，先后哄抢盗伐花坡林场的长冲、苗冲、陈家庄等国有林场木材 1446 立方米。洪州区公所原工作员邓世泽、洪州村农民毛宗成，1986 年向区公所承包在摩天岭国有林更新采伐木材 500 立方米。他们为谋私利，擅自将采伐数量增至 674 立方米。他们超指标乱砍，周围群众也纷纷上山抢砍，致使这片国有林几乎成为一座秃山。原水口镇党委书记李永祥、镇长吴永成、副镇长陆邦雍、工作员周进先（四人均已被捕）等四人，严重渎职。当镇集体林场木材遭到哄抢盗伐时，他们视而不管，还以权谋私参与砍伐强占林场木材，致使这个 5700 亩的集体林场被倒山砍光 730 多亩。

为刹住毁林歪风，今年，县委县政府主要领导亲自查处乱砍滥伐林木案件，县政法部门也把办案重点放到查处毁林案件上来。仅一个月时间，就破获毁林案件 12 起。6 月 6 日、8 日和 12 日，县里分别在洪州、水口、城关地区召开公捕大会，依法逮捕邓世泽、胡嗣军、李永祥、梁建贵等 23 名犯罪分子。

（原载《黔东南报》）

法律到山寨　老人喜开怀

坐落在高山上的贵州省黎平县大稼公社便培小寨，由于文化落后，群众法制观念淡薄，全寨9户人家中，有五家的老人受虐待。针对这一情况，尚重区司法助理员杨光享及时把法律知识送到偏僻的山寨，不但使全寨人受到了法制教育，而且老人晚年也有了依靠。

寨上有一对名叫吴荣兵、石玉香的青年夫妇，婚后认为家中有老人是个负担，不但辱骂老人，不给老人吃饭，还将老人赶出家门。使老人寒冬腊月蹲在寨外的凉亭里过夜。杨光享结合这个事例，着重向全寨的群众宣讲了《宪法》第四十九条中关于“成年子女有赡养扶助父母的义务”和“禁止虐待老人”等有关条文。通过司法助理员的逐条讲解，使吴荣兵夫妇受到了教育。他俩主动对自己虐待老人的违法行为作了深刻检查，并怀着内疚的心情亲自将老母亲接回家中。老人十分感慨地说：“只有法律进山寨，才有我的今天啊!”

（原载《中国法制报》）

高原儿女篇

为了家乡人民的富裕

——记共产党员侗族退休老工人
吴国宝帮助家乡人民办厂

人人都有晚年，共产党员应该怎样度过晚年？吴国宝是这样选择的：

吴国宝是广东省茂名市红旗化工厂的退休工人。1984 年 10 月，他放着一月 350 元的高薪不要，告别三代同堂的幸福家庭，带着家里 15000 元的积蓄，千里迢迢，来到自己的家乡——贵州省黎平县铜关乡，组织十多户农民，自筹资金办了一座化工厂。

一定要为家乡人民富裕出力

早在 1980 年冬天，吴国宝带着一家老小，回到他阔别 30 多年的老家探亲。乡亲们高兴地告诉他。这几年，不愁吃，不愁穿，只愁兜里没有钱了。一天，他到大哥吴成龙家串门，正碰上大哥准备生火，一看火柴没有了，说要买火柴，他把衣服口袋摸遍了，也没凑够一盒火柴钱。大哥说，家里缺钱是常事，要用钱就只有卖谷子。找钱的办法也想过，但家底薄，没有本钱，也没有技术，几个“牛高马大”的劳动力，一年只种几亩田。

这些事，使吴国宝心情不平静。他想，解放 30 多年了，家乡人民还是这样穷。自己是党员，岂能不着急。他暗暗打定主意，退休后。一定要为家乡人民办点事。

能为家乡人民做点什么呢？一天，他突然想起，应把自己在化工厂工作多年掌握的技术，用在为家乡服务上，退休后回去帮助家乡办个化工厂。

党章上没有“应该享福”四个字

1982 年，组织上批准他退休。他和老伴商量后，独自一人回到家乡，利用走亲访友的机会，了解家乡人民的经济状况。他对乡亲们说：单靠种田是富不起来的。要富，不仅需要弯着腰两眼盯着地，还要抬起头来望出去，要经商，要办厂，把多余劳力用出去，把金银财宝找回来。

他东奔西跑，了解省内化工生产和农药购销方面的情况。据县经委和统计局介绍，黎平县每年需从外地调进各种农药三四百吨，销路很好。他就向各级领导建议，生产“多灭灵”农药。同时，还对技术、原料、投资等问题，谈了自己的想法。县领导接受了他的建议。

吴国宝赶回茂名，召开了家庭会。说明他要回乡办厂的打算。家里人听后都劝他说，你苦了一辈子，现在该休息，享享福了，办什么厂哟！吴国宝说：我退休了，但没有退党，党章上没有“应该享福”四个字。全家人知道留不住老人的心，于是，只希望老人把厂办成后，尽快回到茂名。

图舒服我可在茂名

创业是艰难的，吴国宝办厂的经验是：设想失败才能获得成功。他总是把困难估计得足足的，然后再一个一个去克服。他们建厂的投资总共只有七万元，既要盖厂又要购置设备，还要买原料、支工资等，要用到工厂拿出产品，资金能够用转的时候。为了勤俭办厂，他一笔一笔地算，一分一分地抠。到湖南洪江市订购药瓶塞，每套要三分，他觉得贵了，没有订货。后来到广东买到了，每套少花一分钱。安装电灯线，一算要花几百元，他决定自己干。年近花甲的老人，在冰天雪地里，还爬到电线杆上接线。

厂里的钱，他一分一厘管得铁紧。自己的钱，他使用起来却很慷慨。工地的伙食费不够，他把自己每月100多元的退休费贴上。

办这个厂除了茂名红旗化工厂自愿留职停薪前来帮助的两名技术员外，其余全部是农民，他们既不懂技术，又没有经验。带着这么一批人办厂，困难是多的。建厂几个月，吴国宝操碎了心。乡亲们问他苦不苦？他说，怕苦图舒服，我可以在茂名。参加建厂的农民，虽然生活很艰苦，但他们记住吴国宝一句话：“办事业，必须先苦后甜”，所以大家干得很欢。

有人接手我才放心走

1985 年 4 月 2 日化工厂正式建成投产，吴国宝的理想实现了。他满心欢喜，乡亲们也高兴万分。副县长程立身亲自到厂祝贺，感谢吴国宝为家乡人民做出的贡献。

产品出来了，吴国宝更忙、更累，印商标，跑推销。为了扩大再生产，让化工厂站稳脚跟，他打算以厂养厂，再建一个塑料厂……看了他的计划，有人问他是不是不打算回茂名了，他爽快地回答说，以后我是要回去的。眼下工厂的管理、技术，都还脱不了手，等有人接手后，我才放心回茂名。

（载《贵州党的生活》）

“傻人”纪事

“鲁崇亮尽干傻事”，这是有的人在人前人后对鲁崇亮做出的一种评价。

鲁崇亮是黎平县黄堡村一位普普通通的农民。他到底办了哪些被人视为“傻”的事呢?

“傻事”之一

鲁崇亮给自己规定了一条致富原则：只顾自己先捞一把，不顾社会效益的生产项目不搞；违法乱纪的事不做；不正当的收入不要。

1983 年，黄堡村刮起了一阵乱砍滥伐林木风，大片山林遭破坏，不少人乘机倒卖木材赚大钱。当时，也有人拉他把信用社的存款取出来，合伙转手卖木材，趁机捞一把。鲁崇亮不肯。看到别人赚钱他不眼红。这一年，他凭着自己一双手，田里全部种上杂交稻，造了大片林，发展养殖业，当年获纯收入 3100 元，人均 442 元多。

他说：“这样得来的钱，心里头踏实。”

“傻事”之二

鲁崇亮依靠科学种田连年增产增收。1983 年，他主动向大家推荐水稻良种，并把自己试种良种的经验介绍给乡亲们。他花钱到湖南买来 25 斤杂交稻种送给大家，并丢下自己的农活到各家田里进行现场指导。结果，凡试种良种的田大幅度增产。第二年，全村普遍引进良种，实行科学种田。粮食生产获得了较大丰收，粮食总产量由 1980 年的 11 万多斤增到 23 万多斤，黄堡村由缺粮村变成了余粮村。

粮食增产了，他又向群众宣传造林的好处，群众栽树没有杉树苗，他就买回树苗分给大家，还把自己育的树苗以低于国家的价格卖给大家。特别困难的人家，就干脆免费送给他栽种。两年中，他送给群众的树苗就有四千多株。在他的带动下，1984 年，他所在的村民小组造林 310 多亩，收入 5600 多元，平均每户收入近 200 元。

“傻事”之三

鲁崇亮有钱从来不乱花，生活很节俭。但用在乡亲们身上，他却一点不心疼。

三寨屯农民王昌标经济困难。鲁崇亮将县里奖给自己的一部华南牌缝纫机送给他，让他抓点副业收入，为脱贫致富打底。

五保户朱德胜要喂猪，鲁崇亮以最便宜的价格卖给他仔猪。

李明远家是困难户，为了凑钱买水稻良种，他挑柴走八十里山路到县城去卖。鲁崇亮知道后，就从湖南买了十多斤水稻良种送给他，还送了一头小猪给他养。

1983 年春季，村子里 19 户农民没钱买化肥、种子；10 户农民缺粮，他把自己家里的 1889 元钱和 1275 斤粮食借出去，帮助他们度过了春荒。

乡里有个孤儿叫潘发行，由于父母去世早，从小养成了游手好闲的坏习惯，十六七岁了，农活不会做，责任田里杂草丛生，吃饭也是东家混一餐，西家混一顿。经常向国家和集体伸手要救济。鲁崇亮把他接到家中，叫爱人为他洗了被子和衣服，鲁崇亮又带他上街理了发，从头到脚给他换了一套新服装，还给他买了牙膏、牙刷、香皂等生活用品。并给他适当的零用钱。然后教他干农活，小潘的个人劳动所得，全部归小潘自己。有人说鲁崇亮是无事找事做。鲁崇亮则说，只要小潘能变好，再操心费力都值得。

“傻事”之四

黄堡村是全县有名的穷山村，十一届三中全会以前，全村年年吃国家返销粮。鲁崇亮常想，当农民种田不能多产粮食支援国家，反而要国家救济，觉得心里很不是滋味。他立志富了一定要报效国家，支援国家社会主义建设。1981 年以来的四年间，他卖给国家的粮食就有 23000 斤，还买了 3500 元的国库券。1985 年，鲁崇亮在遭受虫、旱双重灾害、粮食严重减产的困难条件下，又卖了 5000 斤粮食给国家，也不肯留下粮食趁机拿去卖高价。

这类“傻事”鲁崇亮做的还很多，他认为自己应该做，而且做得还不够，他还要继续做下去……

鲁崇亮到底傻不傻？

（原载《贵州日报》）

情系侗乡

——记苗族全国优秀教师姚友国

在侗族聚居的贵州省黎平县南部山区，每逢上面有人来找姚友国，这里的人立刻紧张起来：姚老师不会调走吧？千万不要把他调走。姚友国的走和留，牵动着麒麟山麓、南江河畔成千上万侗家人的心。

一

1962年秋天，姚友国从肇兴调来已塘任教时，这里还是个分班，三间教室破旧不堪。麒麟山一带五六个村寨，几百户人家，适龄儿童入学率不到30%。

上山第二天，姚友国就挨家挨户动员，东家进、西家出，串了一村又一村，爬了一山又一山。腿，跑酸了，嘴，讲干了。但……

一天，几个家里交不起学费的孩子，瞒着爹妈怯生生地来到学校，姚友国问明了情况，为他们报了名，又自己掏钱给他们买了课本、作业本。

学生头发长了，他也管。还自己花钱买来一把推剪子，利用课余时间给学生们理发。哪个学生旷课了，路再远，山再高，他也要翻山越岭去家访。学生在校生病了，他背着送他们回家。后来，又自己掏腰包买些常用药，为学生治些小伤小病。

就是这些具体而实在的小事，使学生和家长们看到了姚友国那一番苦心，由此居然产生了一种神奇的力量。第二年，全区期末统考，姚友国的教学班，语文、数学成绩在全区名列前茅。原先连个正式校名都没有的已塘分班，一下在全区闻名遐迩。家长们纷纷送子女入学，仅有的三间教室挤破了门。1964年，县教育局决定重点扶持已塘学校，拨款修建了新校舍。学生由90多人猛增到300多人，分班办成了独立完小，使全区、乡中心小学都望尘莫及。

18 年的辛勤耕耘，已塘已是桃李满园，已塘人更是把姚友国当亲人看待。后来，姚友国调离了。头天，乡亲们来校再三挽留，第二天又成群结队涌到村口送行。乡亲们泪眼汪汪，学生们哇哇直哭，拽着姚友国的衣服不放。几位家长默默地接过姚友国的行李担，送了一程又一程，一直送出 6 里之外。分手时，望着姚友国渐渐远去的背影，止不住潸然泪下。

二

一位中学教师在批改学生语文作业时，发现那一篇篇“园丁”作文，其中有不少写的竟是同一个人——姚友国，文章写得很细腻，很动情。

姚友国只有初中学历，但全县不少获得高级职称的教师，县重点小学的教师和学生，县教委的干部、职工都听过他的课。

那年，姚友国所在校“戴帽”初中班的任课老师陆续调走，课程无法安排，校领导决定由他担任初中班语文、数学、物理、体育老师和班主任，开始他简直不敢相信自己的耳朵，接着又向校领导谈了自己的想法。因为他是“大跃进”时期的初中毕业生，而眼下初中新课本中的内容他有 1/3 没学过。他怕教不好会误人子弟。可校领导却说：你不教，这个班就要停办了，同学们将失去继续学习的机会，进退两难中他接受了任务，但搭上的却是牺牲所有的休息时间。除了责任感、使命感之外，多年来他就养成了这样的性格：不干则罢，干就要干好。

他边学边教，不懂就利用星期天下山找老师请教，利用寒暑假抓紧自学。姚友国还坚持每晚组织学生上晚自习，日均工作量达 16 个小时。毕业时，全区 5 个“戴帽”初中班，他负责的教学班 50% 考取高中，升学率最高，又是历届毕业班中考取高中最多的一届。

1981 年，姚友国调水口民族小学任教导主任（后任校长）时，立志“一定要让水口民族小学跨入全县先进小学的行列”。为了这，他一直担任毕业班数学教师。入学、巩固、及格、升学、毕业五率齐抓。

从 1983 年到 1989 年，水口民族小学毕业班的初中升学统考成绩连续 6 年居全县第一。全校入学、巩固率均在 96% 以上，其中入学率比 1981 年以前提高了 22%。姚友国因此先后被评为省、州、县优秀教师、先进校长、教书育人为人师表先进教师、民族团结进步先进个人，去年 9 月，他又被国家教委授予“全国优秀教师”称号。

三

朋友们劝他：你在山区工作了那么多年，孩子都变成侗家崽了，也该找个条件好的地方挪挪窝，别那么死心眼了。他说他舍不得离开山里的孩子；

县教育局领导动员他：你到局里来工作吧。他说他离不开已经熟悉的讲台。

姚友国究竟图的什么呢?

看着侗家的山娃子一批批成长起来：团政委、工程师、局长、厂长、区长、乡长、教师和技术员，还有那遍布山乡侗寨的满园桃李，山村日新月异的变化。他激动了。侗家的乡亲们笑了。

长期的废寝忘食，在姚友国身上出现了一个巨大反差：教学水平日益提高，身体素质急剧下降。

1982 年，经医院检查，姚友国患了严重的胸膜炎，要他住院治疗一个月，他软缠硬磨，要求院外治疗。天天医院出、课堂进，没误学生一节课。

1985 年元旦前夕，姚友国正在上课。忽然一阵猛咳，一种异样的感觉涌上喉头。他意识到又要吐血，急忙用手帕堵住，顺势揩干净嘴角的血迹，又继续上课。可一阵猛咳又向他袭来，顿觉头晕眼花，身体晃了几晃，他用手扶着讲台又继续讲课。讲台下学生们看着眼泪汪汪，教室内抽泣之声不止。

姚友国还患有支气管扩张、慢性肾炎等多种疾病，身体很虚弱。有时上楼梯都要扶着栏杆一级一级往上挪。

姚友国越来越瘦了，不到 1 米 6 高的个儿，背开始微驼。脸蜡黄蜡黄的，很少有血色。单薄的身躯，风一吹直打飘飘。

母亲曾劝他：你还是回老家来吧。他说他离不开侗寨的乡亲。

（原载《农民日报》）

闪光的邮路

——记雷山县西江邮电支局乡邮员杨炳权

青春是美丽的。但一个人的青春可以平庸无奇；也可以放射出英雄的火花，可以因虚度而懊悔；也可以用结结实实的步子，走到辉煌壮丽的成年。

——魏巍

这是一个永远难忘的日子。

他第一次坐火车，第一次到省城；第一次乘飞机，第一次上北京；第一次亲眼见到党和国家领导人；第一次站在祖国首都庄严神圣的领奖台上，接受中华人民共和国邮电部授予“全国邮电劳模”的最高殊荣。

此时此刻，他突然想起他的家乡，想起他风风雨雨走过的那条邮路，想起了他的乡亲和他的用户们那一张张热情期待的笑脸。他思念他们，感激他们。是他们给他提供了使他能为人民服务和奉献青春的机会。使他有了为之奋斗的目标……

杨炳权，这位雷山县西江邮电支局28岁青年乡邮员，以他那任劳任怨，创优争先的敬业精神，辛劳自己、方便他人的优良品格，助人为乐、不求索取的高尚情操，在平凡的岗位上，沿着那条光荣而神圣的邮路，一步步走进人民心里，使火红的青春焕发出夺目的光彩。

自讨苦吃，把敬业精神发挥到极致

1990年12月，又一名跑西江到方祥邮路的乡邮员因熬不住艰辛而撂挑不干了。也难怪，跑这条邮路实在太艰难。

没有身临其境，没有亲自跑过邮路的人绝难想象，这是一条什么样的邮路啊！

往返行程一百余里，一条人迹罕至的羊肠小道，途中要翻越海拔1800

多米高的雷公坪，穿越荒无人烟、浓荫蔽目的原始森林和千余亩宽长满野草的沼泽地。

更吓人的是山道险峻。巴掌宽长满青苔的小道高悬在陡如绝壁的半山腰上，下面是数百米高的深川峡谷。大雾弥漫，看不清路；冰雪封冻，寸步难行。稍不留神，摔下山去便会粉身碎骨。山中森林幽暗，蛇兽穿行，阴森恐怖，使独往独来穿行其间的乡邮员，时时刻刻都胆战心惊。

就因为跑这条路太苦、太险。谁也不愿跑这条邮路。局里先后从当地招收的一些农民轮换工，跑了不久就不干了。从 1957 年通邮到 1990 年的 33 年间，乡邮员像走马灯似的换了 20 多人。人均干不到一年半。

1991 年 1 月，刚满 22 岁的杨炳权，被县邮电局招收为乡邮员，准备安排他跑这条邮路。当领导征求他的意见时，他很干脆，“不就是这条邮路难跑一点吗，我不跑别人就得跑。还是让我跑吧，我一定干出点样子来。”

这时正是冬季，山路上开始结冰。加上坡陡，十分难走。他背着邮包上路了，结果，出师就重重摔了一跤。幸亏有树木挡住，这一跤才没有摔下山谷。他扭头望了山下一眼，乖乖，好险！他忍痛爬将起来，拍拍屁股，猫着腰儿爬也似的又开始登山。

有人说，一朝被蛇咬，十年怕井绳。有一天，杨炳权真的被毒蛇咬伤了。他没有退缩，心里还暗暗发狠：我就不信会有征服不了的困难。

草深挡道不好走，用刀把它砍倒。一次砍不完，两次。两次砍不完，三次。从第二次归班，他身上便多了把砍刀。去时砍一段，来时砍一段，不久就砍通了。

沼泽地上铺垫的木棒腐烂了，不好走。换掉也就好走了。行路中，他肩上又多了棵木头。今天这头加一根，明天那头添一棵，一条新路很快又铺垫出来了。

曾有人背后预言：别看那伙子开头新鲜，保准他也跑不了两年。这话后来传到他耳里，没过多久，杨炳权不但没有动摇，反而主动把三日班班期改为二日班。每周增加一个来回。班期增加，邮件中途滞留时间缩短了，而杨炳权每周的行程却由 100 多公里增加到 150 多公里。这还不够，随后又自加压力，每天除了跑 25 公里从西江支局将邮件背来，当天送到乡里，又分送到乡机关各个单位。接着还增加了水寨、平寨、陡象 3 个村的邮件投递，使每日行程由 25 公里增加到 40 余公里，跑到天黑尽了才归家。

优良的敬业精神，来源于高度的事业心和强烈的使命感。

杨炳权的邮包里一直装着一张塑料布，那是预防下雨时保护邮件用的。有一天，刚出门时天气好，忘了带雨具，谁知到了途中天气突变下起雨来。杨炳权用塑料布把邮包先包裹起来，自己却被大雨淋得浑身湿透。结果得了感冒，高烧达四十一度，鼻子流血不止。

又一次，杨炳权不慎跌倒。关键时刻，杨炳权下意识地首先一把将邮包紧紧抱住。就这样，他抱着邮件滚了好长一段坡路，滚得遍体是伤，邮件却还紧紧抱在胸前而丝毫没有受损。

杨炳权的家就在陡寨寨头，是从西江至方祥邮路上必经之路的第一家。杨炳权每次从西江接邮回来，路过家门都是擦身而过。不管人再累，脚再痛，从不让邮件放在家里滞留过夜，都是先投送完邮件才放心回家。

有一次，杨炳权从西江回来路过家门口，恰遇生病的妻子咳咳喘喘地拿着镰刀出门，正要上山割牛草。看到妻子虚弱的病体，那一声声咳嗽撕扯着他的心。几年来，他把全部精力用在邮路上，一家人的生产生活重担丢给妻子一人承担。人都累垮了，病了也不能休息。想到这里，他犹豫了一下。正要放下邮包伸手去接镰刀，妻子一甩手，“快忙你的去吧”，车转身朝前走了。望着妻子远去的背影，杨炳权眼里涌出了泪水，多好的妻子啊！他心里一阵内疚，我太对不起她了。

事后有人埋怨他：你太认真了，不就是几封书信电报和几张报纸吗？慢送快送有什么关系？“关系大着呢！”杨炳权说。他始终没有忘记他的前任告诉他的那件事：有一次，他的前任从西江支局拿了邮件来，其中有一封电报。到方祥时，有人拉他去吃酒（做客），他去了。那时是三日班，邮件来得慢，他又没有及时送。谁知这是一封报丧电报，因为送晚了，结果误了事，伤了用户的心。后来，他一直以此为鉴。

水寨村一位学生考取外地一所中专，录取通知书寄来了，杨炳权当天赶紧送去。因为赶得急，脚被扭伤了。一位浙江老板给水寨村农民李兴才发来一份电报，急需收购魔芋。要求在 5～10 天内用车把货送到。这天，尽管杨炳权从西江到方祥时已经很晚，肚子也饿了，可他顾不上吃饭，又立即来回赶了 10 余公里路将电报亲自送到李兴才家，使李兴才能及时将货运了出去，因此得了一大笔收入。

自找麻烦，把服务精神发挥到极致

杨炳权的邮件亲投率，用户满意率都达到了百分之百。这已经很不容易，他仍不满足。本来，杨炳权只要将信件、汇款单及时送到用户手里就算已经服务到“家”了。可他还要代为用户领取汇款、包裹，并亲自送到每一个用户手里。

方祥乡不通公路，当地老百姓有时为领取小额汇款和一小件包裹，从方祥到西江来回要跑一百多里路，往返要两天。既费时，又误工。这是当地群众一件感到最头痛的事。“这道难题只能由我来解决。”杨炳权说，人民邮电为人民，要让人民满意、用户满意，服务工作就要做到人民心坎上。

一位小学教师写稿得了5元钱稿费；一位乡亲从外地给家里寄来了20元钱，杨炳权顺带就办了。他说，像这种事我办只是举手之劳，用户自己跑一趟就难了，也不划算。有的打工仔从外地寄来的钱数额稍微大了些，家里的人不敢去取，担心路上被人抢。杨炳权就为他们办了邮政储蓄，需要用钱时，再帮他们取了送到家。在杨炳权负责的这条邮路上，60%的汇款、包裹都是由他代为领取并亲自送到用户手上的。他简直成了方祥乡的一个流动邮政代办所。他的服务，已远远超出了他的职责范围。

在乡里，人们议论说：如果各行各业，每一个人的服务工作都像杨炳权那样认真苦干，各项建设事业何愁发展不快。

方祥乡坐落在雷公山的一个山旮旯里，四面大山环绕，最高处海拔达两千多米，是雷山县至今唯一未通公路的乡。从西江通往方祥的山路，由于路程较长，山道险峻，人们往返一趟不容易。除了每周逢西江赶场少数人行走之外，平时极少有人沿路出山。于是，在这条山路上来回往返最多的，就只有乡邮员杨炳权了。

结果，乡政府及各个部门、单位送公文、办公务找他，当地群众领取汇款、包裹找他，农民群众买农药、种子找他，买煤油、火柴、食盐也找他。这一来，杨炳权不仅是邮递员，还身兼多职成了义务通讯员、采购员、运输员……这条邮路也从此成了杨炳权的无私奉献之路，与人民群众的连心之路。

杨炳权经常有句口头禅：自己辛苦点，别人方便点。谁知，这一方便就没有边。找他办事的人多了。为了防止差错，避免误了人家的事，他干脆预备一个小本本，把要办的事连人名连事一一记在本子上。到办事时，办完一件打个钩。东西带到目的地，又按照名单一家一家送上门。

有一次，有人见他左边肩上背个邮包，右边胳膊挽个篮子。篮子里装着满满一篮菜秧。一问，才知道是乡里一位干部托他从西江买来的。

又一次，有人见他满头大汗挑了一大挑东西。走过去一数，有邮包、煤油壶、喷雾器、元钉、油漆、火柴、食盐、包裹等10余项。于是便开了个玩笑："炳权，你都快成运输大队长了。"转而又关切地说，那么远的路，还带那么多东西，你就不嫌累？杨炳权嘿嘿一笑：我年轻，有的是力气。

再有力气，太多了也撑不住啊！然而，找他办事的人还是越来越多了。

自加压力，把奉献精神发挥到极致

"炳权，他们带来的稻种不合用，你重新帮我从西江带几斤籼优来好吗？"

"炳权，我们好几家的田都遭稻温病了，你明天去西江帮我买点农药来。"

"炳权，我们卫生室有好几种药又要用完了，你再帮我买些来吧。"

"炳权，我小孩在西江读书，你明天帮我给他送点钱去。"

"炳权哥，听说西江供销社有绣花线，你明天帮我买几支好吗？大红、水红和绿色的，一样买几支。"

杨炳权掏出他的小本本，整整记了一大串。

他帮那么多人办事，从来没误过一次。而家里要办的事，却常常忘在脑后。一天，妻子告诉他，家里的煤油快用完了，明天去西江，顺便买点回来。第三天，他从西江回来了。推开门，家里一片漆黑。哦，家里还等着他的煤油呢。他傻眼了。妻子忍不住火了，开口正要骂，但一看他那累得腿瘸口歪的狼狈相，心又软了。骂这样的好人，她心疼。

他帮别人办的事越多，负担就越重。可他却从来不烦。

水寨村两名苗族姑娘被人贩子拐跑了，乡派出所接到报案，派人四处去追没追上。估计他们沿小路出西江，只有请西江派出所派人在前面路口上查。可西江派出所的人不认识这两位姑娘。这时，他们又想到了杨炳权。他是乡邮员，经常到各乡送邮件，村里老老少少都熟悉。他们在西江邮电支局找到杨炳权，请他协助一起去抓人贩子。他立即与派出所的人一起到路口上去堵。后来虽然人贩子跑了没抓住，但解救了两位姑娘。

老村长李世章家里种了天麻、杜仲、冰球子、魔芋等不少药材和经济作物，发愁卖不出去。这天，李世章来找杨炳权，“炳权，你去西江时，顺便帮我打听打听，我种的那些东西，看看有没有人来收购，每斤多少价钱，回来告诉我一声。”到了西江，杨炳权立即去找一位来收购药材和魔芋的浙江老板，问明了价格。回到方祥时，立即告诉了李世章，后来，李世章立即把这批药材和魔芋卖出去了。杨炳权帮助跑来的这条信息和销售渠道，为李世章敲开了致富之门，使他每年收入上万元。杨炳权却未向对方要一分报酬。

几年来，找杨炳权办事的人不计其数，连杨炳权自己也弄不清到底为别人办了多少事情。反正，不管是谁，找他帮忙都有求必应。他整天忙了分内忙分外。不知疲倦，不怕麻烦，帮人办事从不要报酬，一直以助人为乐。

山路上，一位残疾人挑着一担柴行走困难，他接过来，一直帮他挑到家里；一位50多岁的老人，挑了一挑50斤重的化肥，不到半路就挑不动了。他接过来一肩挑了10余公里，翻过最陡的山，走完最难走的路，直到下山半坡分路处。

一次，在从西江回到方祥的半坡上，他看到一个小孩不慎从高坎上跌到下面的烂田里，头埋在烂泥中。他迅速跳下去把小孩拉上来，洗净头上和嘴里的泥，又一口气将小孩背着送到家。

杨炳权每天的工作量，大大超过常人能所承载的负荷。而他却始终没有止境地忙，没有止境地帮。他是乡邮员，本来只管邮路上的事。但到了支局，分拣员因有事回家，邮件堆在那里没人分拣，他又干起分拣的活来。支局里的厕所，他不在时，脏得人都蹲不下去。他一回来，厕所又被他扫得干干净净。

杨炳权以自己出色的工作，无私的奉献，获得了同行的钦佩。以优秀的形象走进人民心里，和人民紧紧连在一起。乡里的干部群众专门跑到县里，找邮电局领导要求：请你们千万不要把杨炳权调到别的地方去，我们这里需要他，他是我们最满意的乡邮员！

最近，雷山县委宣传部、雷山县邮电局为了在全县、全系统掀起开展学习杨炳权事迹的活动，推动“文明窗口示范单位”建设，向社会全面兑现“优质服务”承诺。副部长李延忠，局长王启亮亲自带领有关人员，与记者一道，深入西江支局调查，并沿着杨炳权所走的邮路体验乡邮路上的艰辛，追寻劳模闪光的足迹，总结归纳学习杨炳权事迹和品格精神的方方面面。

最后，发出由衷的感叹：佩服！

杨炳权先后荣获“县邮电局生产标兵”“贵州省邮电系统先进生产者”“贵州省邮电系统工人五工种十佳先进个人”“全国邮电劳动模范”“五一劳动奖章”等多项荣誉。站在记者面前，他还是那么憨厚、那么淳朴、那么实在。当有人问他，你现在想些什么？他老实巴交地掏出两句心里话：我想加入中国共产党。我要求在这条邮路一直跑下去。

评论

为人民服务宗旨不能丢

今天，本报向读者推荐的长篇通讯《闪光的邮路》值得一读。

《闪光的邮路》中的主人公杨炳权，是一个年仅二十八岁的乡邮员。可他在往返行程一百多公里的邮路中，在人们不愿走的高山深谷羊肠小道中，整整跑了六年，相当于走完五次多二万五千里长征。在这条邮路上，他把艰苦奋斗、无私奉献的精神发扬光大，把人民邮电为人民服务的形象塑立在人民群众的心中。他那种全心全意为人民服务的精神值得我们学习。

我们要把全心全意为人民服务的思想发扬光大，首先要有远大的共产主义理想和坚定的政治信念，树立起正确的人生观、世界观、价值观。当前，我们正在加快改革开放步伐，发展社会主义市场经济。经济利益、经济效益变得突出了，个人的物质利益受到重视和尊重，金钱在整个社会生活中的地位和作用日益突出。这些变化，符合社会发展规律，有利于国家繁荣昌盛，符合人民的利益。但是在体制转轨时期，新的矛盾也出来了。一些消极腐败现象，拜金主义、享乐主义、极端个人主义等剥削阶级思想也开始滋长蔓延开来。在这个时候，一些人忘掉了雷锋，忘掉了焦裕禄，思想发生了困惑迷误。我们每一个共产党员和党的干部，能不能坚持我们共产党人的理想、信念，要不要坚持党的指导思想、奋斗目标，要不要把党的根本宗旨和优良作风去教育下一代青年，这对我们是一个历史的考验。

然而，我们党的回答是坚定明确的。在新的形势下，要培养有理想、有道德、有文化、有纪律的社会主义新人。我们的共产党员和一切有志于加入中国共产党的优秀青年，必须坚持远大的理想和坚定的政治信念。有了这样的信念，才有凝聚力，有工作动力。

坚持党的全心全意为人民服务宗旨，就得自觉抵御剥削阶级腐朽思想的侵蚀，自觉反对拜金主义、享乐主义、个人主义。把人生的价值放到艰苦奋斗和为人民服务之中去实现。时刻防止思想滑坡，避免坠入犯罪的深渊。

坚持党的全心全意为人民服务宗旨，就不能动摇艰苦奋斗、密切联系群众的工作作风。在本职工作中，做到爱岗敬业、无私奉献。团结广大干部群众在改革开放和经济建设以及精神文明建设中建功立业，用扎实有效的工作去赢得人民群众的支持和拥护。

当前，我州正在加强社会主义精神文明建设，各行各业都在开展“文明窗口示范单位”建设，向社会全面兑现“优质服务”承诺。但愿我们能够从杨炳权的先进事迹中，得到更多的启迪。

（原载《黔东南报》）

满腔热血写春秋

——黎平县水电局长徐嗣渭速写

徐嗣渭就任黎平县水利电力局局长近5年。使全县水利水电建设硕果累累：相继荣获省、州水利建设工程质量优秀奖，省、州水利建设先进县，全国水利建设先进县等荣誉称号。

荣誉，是对付出辛劳的认可。那陈列在会议室里的金杯、红旗和奖状，记录了奉献者创造辉煌的足迹。

作为水利工程师，徐嗣渭两次获得省、州科技成果奖，并作为“科技兴州先进个人”和“省科技兴农人才”，分别受到黔东南州和省政府的表彰。

在黎平，谁也记不清徐嗣渭到底参与搞了大大小小多少项水利工程，但有一点人们印象最深。哪个工程徐嗣渭出马，哪个工程便速度快、质量高、投资省、效益好。

1984年到1985年间，徐嗣渭主持负责两项水利工程。一年多时间他一直坚守工地，跟班作业，严格施工管理，使高17米、库容46万立方米的岩团水库加固配套工程，在计划时间内按设计全部完成。全长550米、跨长10米、高14.22米，全县最长的潭溪钢筋混凝土渡槽，从动工到通水受益，前后仅用了11个月时间。使工程在1985年大旱加虫灾之年适时发挥了灌溉效益，当年保灌稻田1014亩，粮食总产达40.25万公斤，平均亩产400公斤，创造了当地水稻高产的历史纪录，还解决了400人的生活用水困难。

墨门山水库，是黎平县目前最大的中型水库。1976年10月动工兴建，以后缓建、续建，建建停停拖了近10年。1986年3月，徐嗣渭受命出马负责扫尾配套工程施工。徐嗣渭一卷铺盖与民工一起滚在工地上。农田急需用水的5月，水库全灌区首次通水受益，当年实现灌溉面积5600亩，增产粮食53.4万公斤。

作为水利电力局局长，徐嗣渭尽心竭力地履行着人民公仆的职责。他长年累月废寝忘食地工作，日程表上没有星期天和节假日。高屯镇人畜饮水工程遇到了资金紧缺和工程技术上的困难，国庆节他顾不上休息立即赶到工程建设工地现场办公，当天赶回县里时已是晚上10点钟。县城自来水工程是全县人民关注的热点，他到曾被某报刊点名批评的“不来水公司”的自来水公司检查工作，多次实地考察水源，寻找彻底解决的措施和办法。他亲自设计方案，部署指挥工程施工，终于使自来水工程在1993年春节前竣工通水受益。距县城百余公里偏僻的德化乡长期缺电，他到该乡现场办公，就地勘察拍板立项，决定为该乡兴建一座装机150千瓦的电站。在短短的7个月内竣工发电，解决了乡政府所在地3个村3000多人的生活和生产用电。

徐嗣渭忘我的奋斗精神，激励了全局干部职工的工作热情，使黎平县水利水电建设出现了全新的局面。4年来，全县修建、配套和改造水利工程900处，完成水利建设投资751.7万元，发动群众自筹资金187.08万元，新增渠道防渗里程534.18公里，占全县45年来渠道防渗总里程的59.27%。4年间，全县修建骨干小水电站3座，装机1210千瓦，还建成20千瓦以上小水电53座，装机8084千瓦，年发电1503万千瓦时；建成10~35千伏输电线路155.6公里。低压输电线路86.6公里。使全县通电户达45595户；新增农田灌溉面积7920亩，改造灌溉面积19274亩，恢复灌溉面积55996亩。新增水浇地5336亩，使农业增强了抵御自然灾害的能力，全县粮食连续4年增产丰收，为黎平成为国家“八五”第二批商品粮基地县奠定了基础。

面对深化改革的潮流，徐嗣渭深感水利行业不改革就不能发展，不改革就没有出路。他通过探索、试验，提出了“两投一补”和“四个一点”的新投资方式。即：原有工程设防渗配套、维修改造、岁修整修和清淤补漏，由受益村、组群众投资投劳，国家适当补助物资材料费用。新修工程，由国家投一点，地方财政拿一点，集体筹一点。受益农民出一点。

用水老是无偿也不行，不掏钱的东西谁心疼谁节约？于是，徐嗣渭作出部署，采取边试边干，由点到面的办法，在全县计收水费粮，同时实行取水许可制度。

行业贫困，企业不活，基础产业就没有基础。怎么办？他通过大胆探索终于找到了答案：企业化管理，产业化开发和搞好综合经营。在水库和局办企业推行管理目标责任承包制。同时在全县逐步发展乡镇供水。

改革出活力，改革兴水利，拓开了水利走向基础产业的新天地。全县水利行业综合经营产值由1991年的5.5万元迅速上升到1994年的43.65万元，增强了水利部门自我发展，自我服务和为社会服务的能力。

（原载《贵州日报》）

志在青山

——记黎平县林业局副局长陈再明

在浩瀚如海的黎平林区，有一位被人们誉为“营林专家”的人。他就是林业工程师，黎平县林业局主管营林工作的副局长陈再明。

近几年来，陈再明在主管营林工作中，连创佳绩。抓基地，基地成功；抓项目，项目获奖。

辉煌的业绩，翠绿的青山，凝聚着陈再明的心血和汗水。

一

20世纪80年代中期，由于乱砍滥伐和国社合作造林质量低劣，使黎平林业形象一度不佳。树倒山秃，资源锐减，森林覆盖率由1983年的26.3%下降到1985年的20.37%，遭到了国家林业局和省、州的严厉批评。1987年，黎平县委、县政府决定以绿化石井山为起点，抓基地、抓样板，重振黎平林业的雄风。

成败在此一举！

陈再明接过重担，迅速挑兵选将组成“工程项目管理组”，双脚换上解放鞋，便一头扎进了石井山。

5年辛劳的汗水，浇出了2.4万亩青山。石井山速生丰产基地林，经验收全部符合部颁标准。创造的林业产值（20年后）过亿元，为全县普遍开展工程基地造林提供了经验，培养锻炼了队伍。

石井山成了黎平县高标准、高质量造林的“形象工程”。

一批批县内县外到石井山参观者络绎不绝。

二

黎平的形象变了。

1990年冬，黎平县被列为世界银行贷款国家造林项目县之一。第一期工程13万亩。被任命为县世行贷款造林项目办主任的陈再明，牢牢记住在北京时国家林业局提出的严格要求：只许成功，不许失败。

还是一样的解放鞋，还是黄色的旧挎包，还是那股风雨无阻、不知疲劳的拼命劲。陈再明的足迹，踏遍了规划范围的每一个山头。

良种壮苗是保证造林质量的重要条件。为使世行贷款造林项目全部用上一级苗，陈再明又亲自担任天生桥苗圃基地项目主持人。在他的精心管理下，天生桥苗圃基地不仅为世行贷款造林提供了足够的苗木，而且所培育苗木的质量和产量，被誉为“全省堪称一流”。

为保证世行贷款造林按高标准、高质量施工，陈再明协助县委、县政府建立了扇子坡和茶冲等世行贷款造林试验示范点。推广了典型，为全县19个世行贷款造林基地树立了样板。

全县世行贷款造林又创佳绩。第一期工程实际完成造林面积13万余亩，超计划9.6%。1993年4月，在省项目办对1991~1992年两年的造林质量评比中，又被评为优质工程县。并受到国家林业局的表彰。黎平县项目办被评为“先进项目办”。陈再明也因此受到“晋升一级工资”的奖励。

三

面对成功与赞誉，陈再明十分清醒。当上级主管部门呈报他为“有突出贡献的科技人员”时，他把名额让给了另一位默默无闻的奉献者。为了给黎平再造青山，再堆金山，1993年冬和1994年春，他从省林科院引来了“杉木优良家系优良无性系速生丰产林”营造项目。他一直废寝忘食地奋战在荒山上，春秋寒暑，风雨无阻。

1995年，是黎平县实施国家第二期世行贷款造林项目的第一年，也是黎平县打响提前实现灭荒攻坚战的重要一年。一个项目接一个项目，一个工程接一个工程。他又上山了。陈再明已忘记自己是年过半百早已当上爷爷的人了。他要用辛劳的汗水，实现自己的人生价值。

从1991年到1994年，全县有林面积由原来的135万亩增加到216万亩；森林覆盖率由20.37%上升到37.02%；森林蓄积由735.5万立方米提高到836万立方米，实现了森林资源的三个同步增长。

（原载《贵州日报》）

医林一绝

——记蜂疗专科医生杨灿中

不用吃药，不必开刀，只需几只蜜蜂，几支银针，就能使久治不愈的瘫痪病人甩掉拐杖，离开病榻……

蜂疗专科医师杨灿中的神奇医术，在黔东南有口皆碑，被人们称为“医林一绝”！

杨灿中出生在天柱县一个养蜂世家，从小随父养蜂。一次，他发现父亲用蜂蜇治疗疔疮，立即向父亲请教，得知利用蜂蜇可以治病。不久，他又从养蜂杂志上看到连云港盐务工人疗养院医师开展蜂疗的报道。于是，一个新的职业憧憬开始在心里萌生。从那时起，他一面坚持养蜂，一面留心探索蜂针医疗技术。

蜂针疗法是针、药、灸三结合的复合型刺灸法。掌握这门绝活需要懂得最基本的医学原理，熟谙经络、脉络以及具有高超的针刺技术。他明白，这远非一日之功。

听说邻县要办医训班，他通过亲友帮忙去插班听课，并在亲友的辅导下，通过自修，完成了基础医学课程。为此，他在天柱、锦屏两县之间来回跑了几十趟。扎针、蜂刺是蜂针疗法的基本功，为了练就准确、高超的进针技艺，他用银针、蜂蜇一次又一次地在自己的身上练习，去体验经针刺传导出来的各种复杂感觉，细心领悟蜂医之真谛。他一道一道地努力破解难题，潜心攻克蜂医学“哥德巴赫猜想”而致力于取得作为一名蜂疗专科医师的任职资格。

他试诊的第一例病人是他的表嫂杨梅小。她患风湿关节炎二十余年，因久治不愈，一只腿瘫痪丧失了劳动能力，听说杨灿中正在学蜂疗，便勇敢地找上门来。

和病人一样。杨灿中心里也有点激动、紧张。他掂量过这首例病人的分量。虽然那些神医也不是一次成功，但他并不打算放弃能创造首例成功的范例。他不敢有一丝一毫的马虎。扎针、蜂蜇……经过50余次的蜂针治疗。杨梅小终于奇迹般地站立起来，不仅行走自如，还能上山割草、砍柴。挑60斤重的大米上街去卖。

消息传开，求医者接踵而来。他为此更有信心，也懂得对付绝症要用绝技。成功的前面，是不停地求索。他继续向峰巅攀越，去摘取蜂医学皇冠上的明珠。

得到国际蜂疗权威（国际蜂疗研究会会长）房柱医师的同意，他赴大连投师学艺。又数次应名师之邀及经县科协、科委和卫生局推荐，先后三次到中国中医研究院和全国蜂疗培训班学习。

一次又一次的进修，一位又一位专家和名医的指点，他博采众家之长，把银针、蜂刺、针刀、点穴和远红外线烘烤等法相互配合，采取将经络学、神经医学和蜂毒生物疗法与现代医学相结合的方法。形成了一套独特的“杨氏蜂针疗法”。由于他的突出表现和贡献，他先后两次被评为全省先进工作者，同时被晋升为养蜂技师和蜂医学专科医师。

杨灿中的名字开始从黔东南走向全国、走向世界。1994年，在全国蜂疗保健和蜂针疗法研讨会上，这位自学成才的专家宣读了他《蜂针治疗瘫痪11例疗效观察》的论文。次年，他又应国际蜂疗研究会的邀请，出席了第三届国际蜂疗研讨会。

1991年，杨灿中创办天柱县蜂疗诊所。几年来，数以千计的各种疑难病患者，什么风湿关节炎、中风偏瘫，高血压、脑血管硬化、神经血管性头痛、面神经麻痹、臂丛神经痛，湿疹等，在经他治疗之后，憔悴的脸上无不荡漾着激动和满意的笑容。

来自全国各地的感谢信、求医信、邀请信接连不断，源源而来的病人应接不暇。

今年4月，杨灿中被特聘为黔东南州民族医药研究所蜂疗专科医师。该所特设的蜂疗科，刚刚挂牌开业，求医者车水马龙。

一位74岁的老人，三年前患脑血栓。虽经住院治疗后脱险，但后遗症引起的左半身上下肢瘫痪却久治不愈。孝顺的女儿不甘心。抱着好与不好再试一试的心理，慕名将母亲送来这里求医。蜂疗两天后，病人左下肢开始知觉。继而，左手、左腿麻木消除，可由女儿扶着起身活动、自由行走。接下来，可不必再用人搀扶即可下楼。

老人欣喜若狂，全部疗程未满，就在女儿的陪伴下上街逛了一天“万博商城”。

雷山县一位建筑女工，一次意外跌跤使左手骨折。愈后不久又摔一跤，神经和脉络系统受损，造成左手麻木无力，肌肉并始萎缩。经几家医院治疗均无效果。作为建筑工人，手就是她的命根，更何况一家老小的生活重负全靠她一人支撑。残疾的可怕后果，使她心急如焚。

走投无路之际，有人告诉她，黔东南州民族医药研究所有位蜂疗专科医师专治疑难病。像发现救星一样，她访着问着找到蜂疗科。经杨灿中精心治疗，28 天就痊愈出院。

一位糖尿病和二期高血压患者，9 年来天天坚持按时服降血糖、血压的药，虽基本上控制了病情，却始终放心不下，总是提心吊胆地过日子，害怕有一天突然引起脑溢血……

经病友介绍，她抱着一线希望来到蜂疗科，蜂针治疗一个月就出现了血压明显稳定的奇迹。不仅丢掉了药瓶，还消除了她多年来压在心头的那桩“心病”。

—位 62 岁的严重风湿病患者，发病 3 个月，疼痛难忍。体重由 100 多斤降至 70 余斤。由于大量服药引起胃出血，同时，下肢肌肉也开始萎缩。经某家大医院治疗未愈。9 月 7 日转入蜂疗科。治疗 3 天后便不烧不痛，起坐渐觉轻松，病人精神状态明显好转。

一位 84 岁高龄的病人，入院时由两个儿子扶着架着艰难地送到医院。治疗 3 天后。双脚就可活动并不需要搀扶就可行走。

一位颈椎病患者，先后到过贵阳、北京等地大医院治疗均不见效，后来却在这里治愈。

杨灿中的神奇医术，神奇的蜂针疗法，为众多患者解除了病痛。慕名求医的病人一批又一批，天天不断。而他却始终对技术精益求精，对病人满腔热情。

由于太忙太累，他的结石症复发，3 天饮食不进。他一直坚持给病人看病，看完病人自己又去输液。

一份中国中医研究院针、刀医学高级班的进修通知，被暂时压下来了，眼下病人多，病人离不开他，他也不放心离开病人。

络绎不绝的求医者，使人看到了一条生财之路，劝他开设私人诊所，他没有动心。

又有人见他医术神奇精湛，许以高薪要拉他去沿海开业，仍被他婉言谢绝。“黔东南贫困落后，缺医少药，这里的人民更需要我”，他说。

（原载《黔东南报》）

好日子离不开他

——记溮阳镇派出所所长张祖斌

除了富足，除了健康，除了快乐，人们追求的好日子还有什么？

安全!!

做一名优秀警察，带一支过硬队伍，保一方社会平安，让党和人民满意。这是镇远县溮阳镇派出所所长张祖斌努力奋斗的目标。

好警察是搏出来的

做警察的也有父母、妻子和孩子，也有七情六欲和现实生活中会碰到许多实际问题和困难，也有自己的利益和大事小事需要处理。但由于警察工作的特殊性，一旦全身心投入这一切就都顾不上了。

妻子生小孩时张祖斌正忙于集中搞社会治安整顿脱不开身，因无人照管落下一身疾病，至今瘦得体重只有70来斤。在中学任班主任担子很重回家还要照管孩子，长期过度的劳累加上大脑供血不足，曾多次昏倒在教室里。父亲患类风湿疾病，发作时一个月就有20天起不了床。岳父患脑血栓造成偏瘫，生活起居十分困难。作为儿子和女婿的张祖斌，别说经常侍候在身边，甚至连看望照料一下的机会都没有。

年幼的儿子因爹妈工作都很忙，经常吃不上热菜热饭只好泡方便面。

还有件事更叫人扎心。儿子还在5岁时突然患了斜颈，早该及时送医院治疗，因工作忙却一直顾不上。爱人曾先后6次提出利用学校放假时和张祖斌一起带孩子去省城检查，几次时间都约好了，因张祖斌工作太忙一推再推。冬去春来，结果，孩子看病的事一拖就是3年。如今，孩子都8岁了，头颈还斜着，偏着。

也许，张祖斌这一辈子算不上一位称职的丈夫、儿子和父亲，但他却算得上是一位称职的人民警察。当上警察13年，在家过春节只有3次。一年 360 天，出差外地不算，住在所里值班室的时间就有 120 多天。

今年春节除夕夜，张祖斌好不容易才能同家人吃上一顿团圆饭。谁知刚端上饭碗，就有人报案发生拦路抢劫。大过年的有人遭抢劫，张祖斌哪还有心思吃年饭？丢下饭碗，张祖斌回头看了老婆儿子一眼，转身大步赶到发案地。抢劫的事还没处理完，街上又发生了三轮车争客聚众斗殴。待两案处理完毕，回到家时已是大年初一凌晨 4 点多钟。

让人民群众过上平安幸福的好日子，做一名使人民满意的好警察，必须具有顽强拼搏和无私奉献的精神。除此之外，一名使人民满意的警察还必须做到公正廉洁，执法如山。

张祖斌心里明白，老百姓最恨最反感的是执法者办人情案和以权谋私。从警 13 年，张祖斌办案捕人上百起，其间行贿说情者有之，扬言报复者有之。但不管威胁还是利诱，都没有动摇他公正执法的决心。

一位亲戚在广东抢劫并致人死亡，犯罪后逃回镇远躲避，张祖斌接到通报后，亲自带一名干警到嫌犯家将其捉拿归案。

张祖斌有个原则常记在心里：宁可得罪亲友，也不能让人民群众对依法治国丧失信心。

好环境是造出来的

今年 4 月初的一天早上，㵲阳镇志远建材厂厂长吕林成等一行 4 人，将一面写着“树一方正气，保引资平安”10 颗大字的红色锦旗送到㵲阳镇派出所。吕厂长握住所长张祖斌的手称赞说，镇远社会治安秩序好，公安民警为经济建设保驾护航，创造了良好的投资环境。今后，我要介绍更多的商界朋友到镇远来投资发展。

近几年来，社区环境较为复杂的㵲阳镇，社会治安状况迅速好转，治安、刑事案发案率下降，破案率不断提高，管理和打击力度日益强化，使越来越多的人有了安全感。

㵲阳镇是中国历史文化名城——镇远县城所在地，国家级风景名胜区。公路铁路交通便利，南来北往的人川流不息。

名城的显赫地位，经商兴业的发展旺地，流动复杂的往来人员，给㵲阳镇派出所打造良好的社会治安环境带来了巨大压力。

张祖斌每时每刻都在琢磨，怎样才能够实现发案少，秩序好，社会稳定，群众满意？前任留下的经验，自己多年的探索，所里干警和社区人民群众的建议，在张祖斌的脑子里交融整合。于是，一个个方案，一项项措施相继陆续出台。

一手抓预防，一手抓打击。开展法制教育宣传活动，以人为本抓治安。落实帮教监控措施，对重点人口实行“双列管”。建立健全治保组织，搞好群防群治。加强对街区、公共场所、学校、工厂、商场的治安巡逻，狠狠打击抢劫、盗窃，人身伤害，吸毒贩毒、经济欺诈等违法犯罪活动。加强与外地警方的合作，联手打击涉案逃犯和流窜作案。

为营造让人民更加满意的治安环境，围绕实现“发案少”这一目标，张祖斌在所辖区内开展实施创安工程和安全文明小区创建活动。建立健全警民联防互联网。在全所积极推行警务改革，将巡逻干警与驻片干警进行混编。实行“一区双警、一警多能、双警联勤、责任到人”的新型警务管理模式。这一创新，不仅激活了警务运行机制，充分发掘了警力，全所辖区良好的治安环境状况也迈上了一个新台阶。

随着良好社会治安环境的出现，一批批到镇远旅游观光和投资兴业的客商纷至沓来。今年“五一”黄金周。到镇远的游客达 5 万多人，比上年增长了一倍。

好队伍是带出来的

1998 年以前，㵲阳镇派出所在全州排名倒数第一。1999 年迅速翻身，被省公安厅授予“人民满意派出所”。至今已连续 3 年保持了这个荣誉。

2002 年初，老所长何碧友升任镇远县公安局长，临走时，把所长重担交给原所指导员张祖斌。

张祖斌是 1999 年调到㵲阳镇派出所任指导员的。作为所长的搭档，在 3 年合作共事的日子里，俩人为共同带好一支队伍，心往一处想，劲往一处使，配合得十分默契。

当时，身为指导员的张祖斌心里明白，要培养打造一支特别能战斗的警察队伍。管理上严格要求固然重要，但深入细致的思想政治工作也必不可分。同时还要扎扎实实为干警们办实事。为他们解除后顾之忧，才能使他们工作起来义无反顾。

干警石高武平时难得与女朋友在一起，一天，女朋友找机会约他到剧场看戏。应约刚到的石高武屁股还没坐稳，所里就叫他立即赶回执行任务。张祖斌知道后，马上派所里一名女警赶到剧场作陪。尽管派去的人不能代替自己。但石高武心里还是觉得热乎乎的。

户警潘政萍一次在所里值班，家里深夜 2 点打来电话说父亲病重，叫她立即回家。张祖斌知道后，亲自开车把她送了回去。

为尽快实现辖区常住人口计算机信息化管理，户籍室两名女警不得不连夜加班复核数据文件。密密麻麻的项目，5 万多人口一个一个校对，两人连续加夜班得两个多月。这工作张祖斌虽然帮不上忙，但却和所长一起天天晚上在所里作陪。夜深人静，坐在冷森森的古院里使她们不再害怕。随后，所里其他干警也来陪上夜班。尽管这样有些劳师动众，但一种精神却深深鼓舞了两名女警。

团结一致、协力同心。一种精神把全所干警的心凝聚在一起。建派出所“五小”工程，造拴心留人工作环境；创文明服务窗口和人民满意派出所，塑警察优良形象，全所干警上上下下把劲使在一处；学理论、学业务，强技能、提素质，人人争先恐后。几年间，派出所成为一支过硬的队伍。一家 10 来个人的小小单位，分别受部、省、州、县表彰的就有 6 人。3 人分别被评为全国、全省优秀民警，全省模范军队转业干部。2 人荣立三等功。张祖斌自己也先后被县里评为优秀共产党员和优秀公务员。

（原载《黔东南报》）

清廉履责　勤政有为

——记黎平县人口计生局党组书记、局长梅承礼

"把最不好当的官当好，把最不好干的事干好"。这是梅承礼三年前就任黎平县人口计生局局长时许下的诺言。

从2001年到2004年，全县主动要求晚婚、推迟和放弃生育的未婚对象和已婚夫妇达2600余对；全县累计净减少出生人口5140余人；全县未发生一起因计划生育工作不当引起的群众上访事件和恶性案件；全县2505户农村计划生育"两户"全部办理了社会养老保障并陆续开始领取养老保障金……

梅承礼向党和人民交了一份好答卷！

一

2001年6月，正在乡党委书记任上干得红红火火的梅承礼，突然接到调令，被安排担任黎平县人口计划生育局党组书记、局长。

有人说，全县最不好干的事是计划生育，最不好当的官是计生局长。但梅承礼心里十分明白，不好干的事总得有人干，不好当的官总得有人当。既然党和人民把自己放在这个位置上，就是一种信任，一种期望。

承载着使命，肩负着重任。梅承礼跨进县计划生育局大门，心里感到了一股无形的压力。

黎平有近51万人口，25个乡镇，421个村，1480多个自然寨，3200多个村（居）民小组，域宽4400多平方公里，为黔东南州地域人口第一大县，人多县大，工作量也大。

黎平是老、少、边、穷地区，少数民族人口占全县总人口的86%。由于贫困，经济、社会、文化发展落后，人们固守着传统的生育旧观念。加之外出务工人员多，育龄人口流动大，人口与计划生育管理难度也很大。

更压头的是，1996 年以来，黎平县的人口与计划生育工作已连续五年大滑坡，各项指标完成在全州处于末位。2000 年受到州委、州人民政府的“黄牌”警告，全县计划生育工作队伍的士气一蹶不振。

走马上任的梅承礼立即深入基层搞调研，查实情，寻找展开工作的突破口。他找职工座谈，下农村走访，听乡村干部和村民意见，夜里把了解的情况综合分析。他发现：全县计划生育队伍人力不足，素质偏低，人员结构不合理，很难适应计划生育工作的需要。更严重的是，不少干部职工工作方法简单粗暴，不愿做耐心细致的思想工作，对群众一冷二恶三敲，乱抓乱罚乱收费。激起了干群矛盾，引发了对立情绪，损害了队伍和政府形象，给计划生育工作造成了很多消极负面影响。

鉴于此，梅承礼先后及时向县委、县政府提出了一系列改进措施，并在县委、县政府的支持下一项一项抓落实。在加强队伍作风整顿的同时，先后通过从医疗卫生单位选调优秀医生 10 名和公开招考录用大中专医疗专科毕业生 30 人，加入计划生育队伍，充实基层。接着又对原有计划生育专干中那些专业水平不高、工作业绩平平的人实行转岗处理。抓紧专职计生协会人员、药具管理站人员编制落实，使全县计划生育专干达 216 人。其中，中专以上文化程度的人达到 85%。与此同时，还选拔配备了 421 个村居的计划生育主任、3844 个育龄妇女自管组长，保证了人员、任务、报酬三落实。一支有技术、懂业务、能服务、善管理、责任心强的计划生育队伍日益壮大起来，为全面提升全县人口与计划生育工作水平夯实了基础。

二

梅承礼十分清醒地认识到：时代在进步，形势在发展。在不断探索如何做好新形势下人口与计划生育工作的同时，他大胆推出了新的工作思路和方法，拼全力去推动人口与计划生育工作的跨越式发展。

当看到目前仍有不少乡镇在开展计划生育工作中依然花费大量人力物力搞突击活动，把仅仅完成“四术”任务当作计划生育工作的全部，而管理却十分落后，以至手术总是做不完，而计划外多孩增加不断，人口漏报、瞒报时有发生这些问题时，梅承礼通过调研、思考，大胆果断地提出在全县推行“二树”“二改”“二建”“一提高”的工作思路。即：树立计划生育工作以人为本的优质服务意识；树立计划生育工作超前安排意识。改变完成“四术”任务就是全面做好了计划生育工作的观念；改变集中突击的工作方式为经常抓和实施合同管理。建立健全基层计划生育服务网络；建立健全村级服务室。全面提高计划生育工作整体水平。

按照这个思路，全县计划生育工作以实行“村为主”为重点，全面推进“村民自治”，认真抓好服务网络建设，在全县421个村（居）全部建起服务室，配齐了服务人员。同时，为全县25个乡镇计生服务站解决了工作用房，配备了25台B超机、25台无影灯、25台电脑、25台波姆光治疗仪、15台空调机、25套化验设备、10台电子阴道镜等设备。使所有计生服务对象就地在乡便可得到节育技术和生殖健康保健服务。

为从根本上转变人们的生育观念，逐步消除计生对象生老病死无入管的后顾之忧，梅承礼在全县计划生育工作中坚持把实行计划生育同促进经济发展、提高农民收入和生活水平结合起来，由点带面开展计生户脱贫帮扶活动，以实施种养项目引导计生户稳步脱贫致富。

为确保农村计划生育“两户”获得稳定可靠的养老保险，2003年1月，他又在列席县人民代表大会时提出了建立财政性农民计划生育“两户”养老保障基金制度的建议，获得与会代表支持将其作为议案向大会提出，并经过县人大常委会会议审议通过，形成了《黎平县农村独生子女户双女绝育户养老保障基金建立与使用管理暂行办法》的法律文件，由县政府公布实施。暂行办法规定农民“两户”夫妻（男年满60周岁，女年满55周岁）每人每月领取养老保障金60元~70元。目前，全县农村计划生育“两户”共2505户已全部办理了财政养老保障手续，其中已有36人从2004年1月开始按月领到了养老保障金。这一举措，在黔东南首开了先河。

三

尽管梅承礼的为政时间不长，但他对廉政问题却有着深刻的认识和独特见解。他认为，廉与勤二者相互关联。他说，领导干部的职务，是用来尽责、用来为人民服务。按照他对廉政的理解，一个领导干部、清廉之官，必须重视并做到勤理政、严自律、有作为、重绩效。换句话说，就是不要做官当老爷、不要以权谋私，要一心尽职尽责、办事讲效率。自担任主管领导以来，梅承礼一直以此作为自己的行为准则。

近三年来，为使工作做得更有成效，全县25个乡421个村，梅承礼全部跑了个遍，有的乡村还去过多次，每年下基层的时间达180多天。他除了自己动手写调研材料，连会议讲话稿和重要的工作建议、报告、汇报材料、工作规划等，都不叫工作人员代劳。他也从来没有双休日，经常白天干不完的活晚上接着干。生了病，只要还能动，他是不会躺下来的。有时吊着输液瓶，一边输液一边工作。

下基层，有时他一天连跑几个村，为的是能多走几个村，多解决一些问题，多办一些实事。为防止出现出生人口漏报、瞒报，力争把工作中可能出现的差错和失误解决在发生之前，并防止出了问题而不能及时发现和处理，他经常不打招呼地深入乡村明察暗访。还向县委、县政府提出了在全县推行乡镇自查、交叉检查、县人口领导小组督查的工作“三查”和责任追究制度。

梅承礼经常告诉身边的工作人员，我们不要把人口和计划生育工作绝对孤立起来，单纯地就计划生育抓计划生育，而应该多为老百姓解决一些实际困难和问题。下乡搞调研，他除了了解计划生育工作的情况外，还注意听取乡村和群众有关要求解决生产生活问题的呼声，认真记录并记在心里。回到县里，及时抽时间主动与卫生、民政、扶贫、农业、水利、交通等部门进行反馈、交流，提出建议，争取资金。近三年来，他共为群众协调筹集解决生产或公益事业建设资金达20多万元。先后为铜关村、黄岗村、沈团村、平善村、包寨村等解决了修建公路、自来水以及建学校等方面的问题。由此赢得了称赞、信任和基层干部群众对计划生育的支持。为做好计划生育工作创造了有利的条件。

梅承礼严格自律，公私分明，生活简朴。对于礼节性的陪客，他力争自己不陪或少陪。他是局里的主官，却主动提出不分管财务，并提出要求凡开支数额达1000元以上的，必须经局领导班子集体研究决定。开支在10000元以上的，必须报经县分管领导审批。为严格管好用好计划生育专项资金，他先后主持制定了《黎平县社会抚养费征收管理实施意见》《黎平县计生局财务管理制度》《车辆管理制度》《接待管理制度》《手术减免费管理规定》等一系列规章制度，实现了每年计划生育经费的有效使用和严格管理，从不乱花一分钱。

几年来，正是由于梅承礼勤政廉洁的良好示范。营造和形成了县计划生育局和全系统的良好政风和工作作风，树立和维护了政府机关部门的良好形象权威和公信力，增强了计划生育工作部门的影响力、凝聚力和向心力，从而有效地推动了全县的人口与计划生育工作，创造了良好的工作业绩。

三年来，黎平不仅扭转了全县计划生育工作的被动局面，还在地区评比和排位中稳步迅速靠前，连续三年分别荣获一、二等奖，实现了逐年上台阶，迅速跨入全州人口与计划生育管理一类县行列。梅承礼也因此多次被县里评为优秀共产党员和先进工作者。2004 年 3 月还被评为全县计划生育协会先进个人，受到了国家计划生育协会的表彰。今年 11 月 16 日，在北京召开的“全国人口计生系统作风建设先进集体和先进个人”表彰会上，梅承礼再次被国家计生委评为“全国人口计生系统作风建设先进个人”而受到表彰。

（原载《黔东南报》）

用生命谱写的青春

——记舍己救人的共青团员邰斌斌

邰斌斌匆匆地走了，他生命之树，只留下16道年轮。

邰斌斌壮烈地走了，他以自己的死，换来了别人的生。

邰斌斌不顾个人安危，冒险奋勇救人的壮举震撼人心，他用青春和热血谱写了一曲高昂的社会主义精神文明之歌。

关键时刻挺身而出

炎炎盛夏，烈日当空。火一样的太阳，烧烤着大地。

7月14日下午，自治州首府凯里龙头河休闲山庄的河滩上，结伴而来避暑游泳的男男女女越聚越多。50余米宽的河面上，到处人头浮动，浪花飞溅，击水嬉闹，充满欢声笑语。

台江县民族中学应届初中毕业生，共青团员邰斌斌，中考结束后来到凯里，想在人生转拐之际，轻松度过假期，养蓄精力，迎接新的学年。这一天，他也来来到龙头河游泳。

16时许，邰斌斌在水里游了一阵之后，正要游回岸边休息，突然听到离自己约10米远的水面有人连喊“救命”。他抬头一看，猛吃一惊，发现立有警示牌的事故多发区水域深水处，一位少年正扑打着在水中挣扎，人开始下沉。

危险！要出人命，可那里……邰斌斌不敢多想，不敢犹豫，不敢拖延，立即奋不顾身冒险猛游过去，迅速潜入水中寻找被漩涡卷入水底的13岁少年徐杰，随后把他托出水面，用力往水浅处猛推，他自己连呛了好几口水。站在河边心里咚咚直跳的16岁少年韦力，这时也鼓足勇气冲到齐颈深的险区临界点帮忙接应，他拉住被推过来的徐杰，拼命用力往岸边拽。

韦力、徐杰上了岸，转回头却不见邰斌斌踪影。惊魂未定的徐杰，拼命向周围正在游泳和观看的人们呼喊着“救人”。一边瞪大眼睛死死盯住河面，希望看到郃斌斌游出水面，希望看到两边的大人们扑过去营救。等啊，盼啊……时间一分一秒地过去，“奇迹”却始终没有出现。

郃斌斌奋勇冲入险区舍生忘死救出了少年徐杰，最终自己却因精疲力竭不幸被河水吞没，再也没有出来。直至第二天上午，人们才用船把他的遗体打捞上岸。

从我做起力倡文明

郃斌斌救人牺牲的噩耗，传到“苗疆腹地”古镇台江县城，人们悲痛万分。“太可惜了，那是一个多好的孩子啊！”

回顾郃斌斌的生平，人们进一步发现，在公民道德和社会主义精神文明建设中，郃斌斌为人表率，用自己的一言一行影响和带动身边的人。

初三（一）班班主任老师欧阳勇说：“郃斌斌是一个集体荣誉感和组织纪律性很强的学生。班里组织的每一项活动，每次他都积极参加。为了把班里‘班刊’办成全校最好的班刊，郃斌斌费尽了心，主动利用课余时间，拿纸剪花美化版面，硬是使班刊在班级中力拔头筹。”

说起郃斌斌，他的同学杨亮亮想起往日的交往，心里十分敬佩。他说：有一次，几个同学一起到“秀眉广场”河滨公园中玩耍。见一片草坪绿茸茸的，就冲进去在上面翻滚。郃斌斌一见急了，马上劝他们说，草坪是公共绿地，你们快出来，不要把它弄坏了。同学们一听有理，马上退了出来。

又一次，几个同学一起到河边游泳，尿急了就撒在河里郃斌斌发现后认真对他们说：你们这样做真不应该。尿撒在河里，污染了环境。下游的群众喝的用的都是这里的水呀！你们心里过意得去吗？以后可要注意了。一席话，说得同学们一阵阵脸红。

还有一次，几个同学双休日上山去玩，肚子饿了，就想去摘农民树上的桃子充饥。郃斌斌立即劝阻说：别摘，别摘，那是人家群众的东西。几个同学只好退了回来。

遵守社会公德，郃斌斌总是从自己做起，用实际行动，影响周围的人。电信局设在街边的公用电话亭，常有人打了电话后，丢下话筒就走，不少大人都视而不见。好几次有人发现邰斌斌过路时看到后，就走过去把它收挂回原处，同时还检查一下，看看是否坏了。

助人为乐捧出爱心

把爱心捧给人民，让人们充分感受到共和国的美好和人世间的温馨。邰斌斌每时每刻都是这样想和这样做。他把能帮助别人，给人以爱的人，看作是最幸福的人。他在课堂上做的一篇快速作文，题目就叫“什么是幸福?”

有一次，几个同学在河边游泳，邰斌斌和几个同学都上了岸。他发现其中少了一人，转身回头一看，发现那位叫欧阳光的同学在游回来时，游到河中心水深处游不动了。邰斌斌立即下河游过去拉住这位同学的手，拖着他游回岸边。

一位在河边洗衣服的妇女，不小心一件衣服落下河坎，向深水区漂去。邰斌斌看到后，立即跳下河里帮她把衣服捞了上来。

郎等寨一位青年，被人打伤住了医院没人照管，邰斌斌知道后，就用自己平时省下来的零花钱买了水果送到医院看他，还在医院整整守护了一天半。

一位叫王小明的同学，爸爸妈妈经常吵架闹矛盾，一闹就什么都不管。王小明十分苦恼。有一次，爸爸妈妈吵架后，饭也不煮，王小明放学回家吃不上饭。邰斌斌知道后，就把王小明接到自己家里来吃饭。

像这样看起来虽然寻常，却充分体现了个人品行和爱心的事，邰斌斌做得实在太多了，数也数不完，而每一件都做得非常主动、认真。年年、月月、天天，一直持之以恒。

中国一位伟人说过，一个人做点好事并不难，难的是一辈子做好事，不做坏事。一贯的有益于群众，一贯的有益于青年。邰斌斌坚持从每一件小事做起，延续着中华民族传统道德中最优秀的部分，以他的朴实和优良品行，寻常和超常的所作所为；默默地走进人民心里，登上了人生的巅峰。

邰斌斌永远活在人们心里

在7月15日为邰斌斌举行的追悼会上，人们从四面八方赶来，为他默哀，为他送行。被他救起的13岁少年徐杰，在摆满花圈的灵堂前，含着热泪大声地说：邰斌斌哥哥，你还没死，我就是你的现身，我就是你生命的延续，我就是你父母的儿子。我要一生一世以你为榜样，做一个品德高尚，一贯有益于群众，有益于社会的人。

近日，共青团台江县委做出决定，追授邰斌斌为“见义勇为的优秀共青团员”。同时，号召全县共青团员和青年学生开展向邰斌斌学习的活动。中共台江县委、县人民政府也号召全县人民向邰斌斌学习，要求以邰斌斌为榜样，结合学习“三个代表”重要思想，掀起新一轮道德教育和精神文明建设新高潮。

原载《黔东南报》

作者附记：

金钱和物欲的泛滥，使新中国成立后经几十年教育培养建立起来的团结友爱、互助、大公无私、舍己为人等理想信念和道德情操，受到了前所未有的冲击。有人把买了个“名包”背在身上，就自诩为“成功人士”。不少人为了自己，竟变得自私、冷漠。

1999年7月的一天，一位名叫徐杰的学生在家长的陪同下，来到报社向社领导递交了一封感谢信，感谢台江中学初中毕业生邰斌斌舍身相救。感谢信很短，但报社副总编文志光看后，觉得事情非同寻常。于是把信交给我，要求我去采访一下，把事情调查清楚，如果事情真实，可写成报道在报纸上发表，通过这件事唤醒已经麻木了的人心，呼唤正义和良知。

按照文志光副总编的交代，我赶到邰斌斌所在学校，采访了他的老师和同学。还采访了邰斌斌家的左邻右舍，他们都对邰斌斌有很好的评价。随后，我又来到出事地点，寻找目击证人。他们除了证明邰斌斌属于见义勇为、主动出手救人的事实外，还讲到了现场有很多成年人见死不救，最后导致邰斌斌救了别人却自己失去了生命的悲剧。这事使我心里感到刺痛，最终写成了这篇稿子。文章见报后，在社会上引起了很大的反响。最后州政法委、州文明办等单位确认和决定邰斌斌为“见义勇为”者而给予了表彰。

社会民生篇

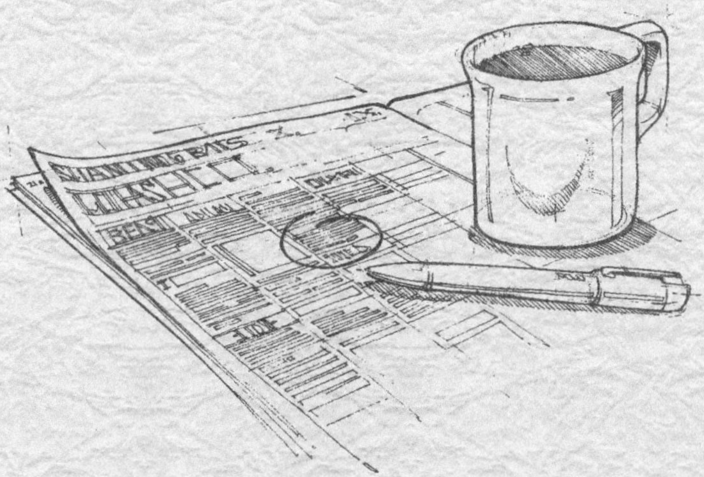

倾斜的"红十字"

对我省黎平县农村卫生事业现状抽样调查发现：

一、医疗卫生服务的重点向城市倾斜，拉大了城乡差距。以黎平县城关为例，人口不足两万，却有县医院、区医院、镇医院等8个医疗单位，占全县医疗机构总数的1/10；有医师近150人，占全县医师总数的78.9%，另外，医疗设备好，床位多。县医院专为老干部开设的康复病床经常住不满，而一些乡村老人有病因没有病床，无法住院治疗。

二、农村卫生机构用房破旧，流动资金少，药缺、设备差、卫生技术骨干外流。据统计，全县66个乡镇卫生院用房，属危房的18个，借房开业的32个。这66个卫生院中，只有1000元经费的13个。近年来，全县调出主管医师和医师16人，而同期调入的和分配的大学毕业生只有8人。

三、乡村卫生人员量少、质差、待遇低。据县卫生局提供的资料，全县平均每乡只有4.6个卫生员，每1000农村人口只有0.7个卫生员。全县300多个乡卫生员，除50人经过县卫校学习外，其余只经过短期培训。他们每人每月只有35元补贴，其中还有50%的人得不到，许多人工作不安心，有的歇业，有的改行。

四、鬼师巫婆多于医师。据县卫生局对17个村的抽样调查，未设卫生组织的11个村，占64.7%。全县60%的村级卫生组织名存实亡。农村群众有病找不到医生，鬼师巫婆随之应运而生。仅地坪乡就有鬼师巫婆21人，而这个乡卫生员、接生员只有4名，这个乡的岑扣村108户人家，529口人，没有一名卫生员和接生员，而鬼师却有8个。

（原载《人民日报》）

作者附记：

人民领袖毛泽东提出的"为人民服务"的根本理念，被敬爱的共和国首任总理周恩来制作成"为人民服务"的金字招牌，一直堂堂正正佩戴在胸前，终其一生。

生、老、病、死，人生这四件大事，是社会民生的重大关切，代表着人民的根本利益。处理好这“四大关切”是党和政府最基本的责任和义务。由于中国公民多数人在基层，在农村。于是，毛泽东提出了“把医疗卫生工作的重点放到农村去”的服务指导思想。

医疗服务单位，是“红十字会”救助服务机构的一个单元。毛泽东又为这个单元确立了“救死扶伤，实行革命的人道主义”的职业道德理念。而且，救助服务的重点和方向，依然是弱者，是大众。

曾几何时，一些歪理邪说，把上述基本理念全都颠倒了。把医疗卫生服务事业变成了“增收致富”的产业，医生看病收红包，医院开大处方变相卖药敛财。后来甚至愈演愈烈，收治病人先看钱，没钱就拒绝收治。救命手术缺钱就不做。好环境，好设备，好技术（医疗专家）大量集中在城市，医疗卫生服务的重点向城市倾斜，拉大了城乡差距。社会主义给人民大众的一大福利，被当作政府负担造成公共投资日渐减少，农村基层医疗服务机构因缺钱一度几乎崩溃。以至后来衍生出人民大众感慨“不敢生病”的无奈与叹息。

作为有良知的记者，我有责任提出问题。而且，当时本报报头就明确标示出办报宗旨：给党政传声，替人民说话，为社会服务。于是，我通过深入采访，写成“倾斜的红十字”一稿，首先在本报发表，后来被人民日报采用时，还特别在文章开头加了“调查与思考”，作为标示以引人注目。显示了党中央机关报对这一社会民生问题的特别重视。

送出培训　请师上门　自办卫校
黎平多渠道培养医技人才

黎平县卫生系统积极采取“送出培训、请师上门、自办卫校”的办法，多渠道培养本地卫生医技人才，改变缺医少药状况。

有六十六个乡（镇），三十八万多人口的黎平县，只有全民所有制卫生机构十五个，病床二百四十五张，直接从事医疗预防的医生仅一百人。平均每千人还不到一个医生和一张病床。看病难和住院难的问题十分突出。为了改变卫生工作落后面貌，黎平县卫生系统近年来采取了三条措施。

一是送出去培训、进修。1984 年，全县卫生系统送出 31 名非业务青年职工到州卫生局开办的医士、公卫医士、检验、护士培训班培训。1985 年，又通过考试选送了 26 人分别到成都中医学院、遵义医学院、都匀医专，贵医管理专修科等大、中专院校培训、进修，逐步改变了多年来医疗卫生部门行政人员多，医务技术人员少的不合理状况。

二是加强横向联系。该县人民医院与省人民医院签订了技术支边合同，聘请省人民医院的专家和主治医生到县人民医院实地讲学、示范操作、传技术、传医德，使该院医生进一步提高了医疗技术水平，并逐步扩大了十项医疗服务项目，

三是自力更生培养提高基层卫生人员，县里自办了一所卫校，对现有乡卫生员进行有计划的短期专题轮训和三年专业训练。去年，县卫校通过考试，从农村择优定向录取了 47 名农村男女知识青年入校学习。这些学生毕业后，将直接返回农村，充实基层医疗卫生队伍。

编者按

多渠道培训农村医生和卫生人员，是充实我省农村基层卫生队伍，解决农村尤其是边远山区卫生人才匮乏的好办法。

我省农村卫生事业远远不能满足广大农民对医疗保健的需求。据统

计，全省平均每千人不到三个卫生人员，不少县的农村每千人平均只有半个卫生人员，全省农村特别是边远地区缺医少药的状况至今未完全改变。因此，开辟各种渠道，采取灵活多样的办法，加快培养农村卫生人员的步伐，以充实和健全农村医疗卫生保健组织，是全省卫生工作的重要任务之一。在“七五”期间，各地卫生部门要坚持“多形式、多渠道、多层次”的培训方针，发展以县级卫校为主的各种类型的卫生职业技术教育，鼓励集体、个人和其他社会力量投资办学培养卫技人员，同时，城市医院可以派有经验的专家和医师到县、区一级医院实地讲学，这个办法值得提倡。

总之，各级有关部门应该花大力气做好培训工作，提高农村医疗水平和广大农民的健康水平。

（原载《贵州日报》）

如何吃上“放心肉”

——“热门话题”采访记

自从“注水肉现象”成为众矢之的，于是，吃“放心肉”便成为热门话题。

怎样才能吃上“放心肉”？记者为此走访了有关管理部门，参加了州、市工商部门组织的市场检查，与屠宰场职工、屠商和群众交谈，大家都感到有三句话必须要说。

工商管好卖肉摊

作为职能部门，管好“卖肉摊”是工商行政管理机关和市管人员的职责，也是保证让群众吃上“放心肉”的重要一环。

据州工商市场管理部门介绍，自1994年以来，全州工商机关根据党中央和国务院有关“让人民吃上放心肉”的指示精神，在“定点屠宰”和打击出售注水肉食方面进行了大量艰苦的工作。先后采取了定点屠宰、集中检疫、肉摊挂牌、强化管理、突击检查、群众举报等一系列措施，有力地打击了出售注水肉食的违法行为。据全州各县（市）不完全统计，仅1995年和今年上半年，全州工商机关在市场检查中收缴、销毁的各类注水肉食达2.6万余公斤。

定点屠宰、肉食检测是防止注水肉上市的关键。全州各县（市）工商部门在各级党委、政府的支持下，克服资金短缺的困难，分别投资建立了10余个固定屠宰场（点），实行了肉食须经检测验证盖章方能入市销售制度。为解决查处注水肉缺乏科学手段的问题，全州大部分县（市）工商部门累计投资2万余元分别购买了RCY—I型肉类测水仪。

凯里市工商部门的领导告诉记者，为强化“卖肉摊”管理，市政府、市工商局先后发出了在全市实行“定点屠宰管理”和“定点屠宰肉摊证”

挂牌销售的通告。为查处违反“通告”继续私屠滥宰行为，市委常委。副市长郭万才亲自带领检查人员，分别对城区23个私屠滥宰场点进行打击、取缔。市工商部门也制定了严格的定点屠宰管理制度，派人常驻屠宰场昼夜值班，对屠宰场宰杀过程进行监控，并加盖验证章后方准上市。为严格把好市场准入关，工商局还制定了市场管理人员岗位责任失职处罚和肉市管理承诺制度，使市场上肉食注水现象得到了有效遏制，保证广大市民基本吃上了“放心肉”。

有的群众请记者呼吁，希望政府和市场管理部门克服时紧时松的毛病，加大管理打击力度，市场管理人员要严格执法，不徇私情，对执法犯法、失职渎职或暗中与屠商勾结，破坏和违反规定的有关人员，必须从严查处。他们认为，只要严格管住了管理人员，使他们克尽职守．也就管住了“卖肉摊”。

群众当好监督员

工商管理机关的同志要求记者告诉广大消费者，市场（卖肉摊）管理的好坏，广大消费者既是受益者也是受害者。希望大家积极配合工商管理部门的工作，以主人翁的精神参与市场管理，当好管理监督员。

凯里市工商局副局长孙世忠对记者说：尽管我们做了不少工作，采取一系列措施强化市场管理，基本遏制了市场肉食品注水现象。但由于个别屠商没有完全理解定点屠宰的意义，暗地里还在私屠滥宰，市场上不时仍有少部分注水肉食品在出售，损害了消费者利益。还有群众议论我们个别市场管理人员以权谋私，与屠商暗中配合、收受好处后，对个别屠商出售注水肉问题睁一只眼、闭一只眼。这些尽管没有人具体向我们反映、举报并拿出事实证据，但局里仍然十分重视。为此局里制定了一系列相应措施，设立了举报电话。还正式行文做出决定和通告，并在报纸、电视上予以公布。

决定和通告分别规定：发现市场上销售有未加盖“定点屠宰验证章”和“检疫章”的肉食品，追究市场管理员和工商所负责人的责任，并按每头猪30元进行罚款；市场管理人员玩忽职守或包庇经营者损害消费者合法利益的，由其所在单位或上级机关给予行政处分，情节严重、构成犯罪的，依法追究刑事责任。欢迎全社会广大群众既参与监督管理市场，同时也大胆监督工商执法管理人员。举报只要不是捕风捉影，经查证核实，对真正违规违法市管人员，不论是谁，一律从严处罚，决不姑息迁就。

采访中，也有的群众告诉记者，对市场上出现的“注水肉现象”，除工商部门加强执法管理外，希望消费者方面也积极参与抵制，不贪便宜。只要没人买，卖注水肉的人也就没有了市场。

屠商不赚昧心钱

记者在采访中了解到，个别屠商由于受利益的驱使，不讲经营道德，通过出售注水肉非法牟取暴利。这种赚取“昧心钱”的行为，成为导致市场上出售注水肉现象屡禁不止的“祸根”。

有的屠商认为，如果样样规规矩矩，不找窍门，卖肉就赚不到几个钱。人们认为这是强词夺理。所谓经营诀窍，正确的理解应是改进经营方法和服务态度。以灵活经营与优质服务、优质优价扩大销售，或者薄利多销，守法经营，赢得合法利润。决不能靠随意抬价、掺假注水或短斤少两、损害消费者利益等非法手段牟取暴利。

人们应该明白，我们生活在一个共同的社会里，每一个人都是社会的一个成员，都有各自的个人利益，都需要社会提供吃、穿、用、住、行等各种服务，都需要公平、合理和别人善待自己。试想，如果各个行业都不讲职业道德，做买卖不讲公平交易，人人相互欺诈、互相坑害，你剥我的皮，我吸你的血，这样的社会还有什么文明，还成什么体统，又会有什么幸福安宁。

更重要的，我们现在是生活在实行社会主义制度的法治国家。不允许互相剥削和人吃人的丑恶现象再生。虽然社会主义市场经济制度承认和强调经济效益，允许获取合法利润，但必须“君子爱财、取之有道”，不允许利用各种卑劣手段损人利已，牟取不义之财。

记者感到，只要人们明白同一个道理，人人将心比心，多为别人设身处地想一想，反思自己合法利益受到损害又如何？个个自省自律，遵守职业道德，崇尚文明经商。那么，市场上的文明新风就会扑面而来，类似出售“注水肉”的掺假现象自然会逐步消失。

（原载《黔东南报》）

水龙头拧出的话题

用户一拧水龙头，没水，由不得一句话脱口而出：怎么又停水了？这自来水公司是怎么搞的？

于是，质询、投诉电话接踵而至……

人们拧开水龙头没有水用，有怨气当然可以理解。但提供供水服务的自来水公司也理直气壮：你长期拖欠水费不交，我暂停供水也是出于无奈。只要交了费，马上就恢复供水。于是，因停水又引出了供水用水的一系列话题。如：水费、水价、效益、观念、节水、水资源保护，等等。

水费。用水交费，买电亮灯，是同一个道理。但提起收水费。凯里市自来水公司确实有不少苦衷。由于行业的特殊性，自来水实行先供水、后收费。于是，由此带来一是收费难，二是欠费多。长期以来，自来水被认为是公益福利事业，吃国家“大锅饭”的心理普遍存在。其次，由于部分企业经营效益不好，亏损严重，水费长期累积拖欠，数额增大带来支付困难。此外，还有一些交费意识差、法制观念淡薄，胡搅蛮缠，长期拖欠水费不交的“钉子户”。这些都影响了水费及时回收。据调查，过去每年水费回收率达70%~80%，今年元月，按水表读数当月应收水费73万余元，实际收回61.4万余元。回收率只达84.25%。去年，公司仅追收历年欠费就达74万元。截至今年11月底，全市还有历年累积欠费58.57万余元。本来是正常应收的费，结果变成了讨债。

水价。随着改革的深入，我国已逐步由计划经济体制过渡到市场经济体制。自来水公司成了企业，但自来水却还没有完全成为纯粹的商品，自来水长期以低成本的价格出售给用户。凯里市今年3月以前的自来水价格，每吨分别为：生产用水0.95元；生活用水0.85元；经营用水1.05元；市政用水0.50元，综合均价仅为0.85元。而每吨水实际成本价则需1元多。仅此一项，每年企业负担亏损173万元。

今年3月，凯里市自来水价格虽然进行了调整，但调整后的每吨自来水实际综合售价仅为1.15元；而每吨自来水实际成本价为1.40元。以今年售水量904.3万吨计算，自来水公司全年负担价格潜亏226万多元。有人说，真是不算不知道，一算吓一跳。

效益。自来水公司作为一个特殊的服务型经营企业，既要讲社会效益，也要讲经济效益。而经济效益则是保证更好实现社会效益的前提基础条件。

但目前的现实情况是：水费回收困难，欠费问题突出；经营成本高于售价，价值与价格严重背离；资金投入量大，亏损负债严重。这三大问题，一直困扰着供水企业。据调查，凯里市自来水公司目前负债经营金额高达1500多万元，每年仅支付银行利息就需100多万元。此外，企业自身内部还有几笔较大的开支必须支付，其中有职工工资、电费、折旧费、退休人员工资、养老保险金、医药医疗费及其他开支，累计百余万元。与此同时，还要上交国家税收。

如此沉重的负担，使企业基本无利可盈。于是，设备、管网老化，企业无资金投入进行更新改造，损坏、腐蚀、阻塞，进而影响了供水和水质，结果使社会效益大打折扣。

观念。首先需要人们面对的事实是：自来水是商品，自来水公司也是企业。

自来水不会自动流到千家万户，用户用上自来水，整个供水过程很复杂。要取水，要建水厂。要把制出的水送到各单位和各家各户，还要进行管网配套安装。直到给用户接上水龙头。为了保证出厂的水质；达到食用的卫生标准，还要进行消毒、化验。还有平时管网的管护、维修、更新和改造。供水的全过程都要投资。随着改革的深入。自来水行业已逐步走向市场。企业为保障供水投入的资金。既不是国家拨款，也没有政府补贴，更不能由社会集资，全靠向银行贷款。

自来水并非自来，有投入才能有产出。由自来水公司出售供给的水，不仅具有商品的属性，又是市场经济条件下一种特殊的商品。那种把自来水当作公益福利和纯粹体现所谓社会制度优越性的传统观念，到了应该彻底转变和更新的时候了。

节水。自来水作为一种商品，一方面必须实现保障供给，满足社会需求。另一方面，作为一种特殊的社会和自然物质资源，还必须保障实现经济和社会的可持续发展。

水，并不是取之不尽，用之不竭的东西。目前已出现世界性的水资源危机。中国人均占有水资源仅为世界人均水平的1/4。我国已成为一个严重缺水的国家。有关资料显示：在全国668个城市中，缺水的达400多个，其中108个严重缺水，日缺水量达1600万立方米。全国年缺水量达780亿立方米。到2010年，年缺水将增至1110亿立方米。缺水已给工业生产和城市居民生活造成了很大影响，对经济社会发展构成了很大威胁。

凯里市目前虽然还没有出现明显的供水危机。但随着城市扩展、人口增加和社会经济发展，水资源危机同样也会发生。目前，一种潜在的危机已经显现。据凯里市自来水公司介绍：今年11月以来，龙井水厂每天出水量由原来的2万吨降到现在的1.2万吨，造成老街片区、营盘坡片区高位区域不能正常供水。除了其他外部原因之外，还与管水制度不健全、用水浪费和城区地下水的不合理开采有关。据了解，凯里地区共有20多家单位在开采地下水。目前，市区内共有60多口深井，每天都在同时抽水，最近仍有一些单位还在继续新开深井采水。这种无序任意开采现象如果不加以限制，不抓节约用水，不久的将来。凯里也会成为一座严重缺水的旱城。

但愿这些话题能够引起人们的关注。

但愿这些话题引出的议论和思考不是杞人忧天！

（原载《黔东南报》）

枕戈待旦

——凯里地区“非典”防治定点医院诞生记

早已森严壁垒，更加众志成城。2003年5月7日，一所为迎战“非典”而特别成立的黔东南凯里地区“非典”防治定点医院正式诞生并举行了开院仪式。

这是一所特殊的专科医院，又是一所没有军人和硝烟，却有“敌人”和“战士”，被宣布列为“禁区”的“战地医院”。

去年12月，一种新的传染性疾病——非典型肺炎在广东沿海出现，并迅速向全国各地蔓延，人民的生命安危，惊动了党中央和国务院。为了人民的健康和生命安全，面对来势凶猛的“非典”，党中央、国务院号令全国，部署发动了一场抗击“非典”的重大战役。

有如战报一样的全国疫情通报，通过新闻媒体每天向全国人民公布。尽管我省我州目前尚未发现疫情，尽管全州各级党委、政府快速反应，果断决策，采取一系列措施构筑了抗击“非典”的防线。但州委、州政府却始终没有麻痹轻敌，于4月27日召开专门会议，研究决定组建成立凯里地区防治“非典”专科医院，以阻击“非典”。

4月28日下午，州中医院副院长刘夔明临危受命，挑起了组建“非典”防治医院的千斤重担。当晚，他立即赶到被确定为院址的中医院原住院部旧楼现场查看。29日上午，分别从凯里地区7家主要医疗单位抽调到“非典”医院工作的医护人员，全部迅速赶到选点现场查看医院环境。当天下午，刘夔明马不停蹄赶到省城贵阳参加防治“非典”紧急会议，当晚又赶回凯里。30日上午组织全院人员研究确定医院改造方案。

从5月1日到7日，建院工作在紧锣密鼓地进行。短短7天，建院工作迅速准备就绪，一幢多年闲置不用，到处残窗破壁的医院旧楼，按规定要求维修改造一新，基本达到了防治“非典”的功能要求。这是一个奇迹！用刘夔明的话说，要在平时，这样高的要求，这样大的工程量，完工时间起码需要一个月。可是，抗击“非典”是一场战斗，一切工作都须像打仗一样紧张。

5月7日上午，“非典”防治医院举行开院仪式。下午，记者来到这家特殊的“战地医院”，尽管眼下还没有“非典”病人，但感觉这里迎战“非典”的气氛却十分浓烈。

镜头一：在远距医院百米的道口上，设置了严禁非工作人员入内的红色“警戒线”。

镜头二：医院大楼内，从一楼到三楼设置了三道“封锁线”。医护人员入内必经三道消毒关：更衣、熏蒸、换隔离鞋；消毒池浸泡、洗手，才能进人工作区。病人另有隔离通道进入病房。病区与医护人员工作休息室用两道玻璃墙严密封闭隔离。

镜头三：四部电话赫然醒目，医疗器械银光闪闪，救治药品摆放齐全，病房开门静候，医护人员白衣白帽加口罩，各就各位，严阵以待。

此情此景，让人一见就闻到了浓浓的“火药味”。

除此而外，在这里让人感觉的另一种“火药味”是全体医护人员的临战心境。院领导介绍说，来这里工作的人员大多数都是主动请战来的，真有点像上前线参加打仗一样，其中还有两位同志为来这里参战主动推迟了婚期。二病区副主任张前（来自四一八医院），今年已30来岁，来此之前已决定5月18日结婚。现在，本来已是晚婚的他，婚期又要再往后推了。他说，为了参加这一次抗击“非典”的战斗，顾不得考虑那么多了。

来自凯里市二医的张慧，原定5月16日结婚，请柬都发出去了。为了争上抗击“非典”的前线，也毅然推迟了婚期。本来即将要度的蜜月，却变成了走进抗击“非典”的战斗岁月。

“非典”，这场突如其来的疫情，破坏了人们的安宁。但为了确保人民大众的安康幸福，“非典”医院的全体医护人员以及全社会广大医务工作者，各级各部门党政领导，为抗击“非典”的侵袭，正在一天天枕戈待旦地时刻警惕着……

（原载《黔东南报》）

牵　挂

——刘光磊节前看望贫困户

1 月 21 日，离除夕只有两天了。这天恰好又是一个双休日。一大早，凯里市城区街道上人群熙熙攘攘。人们买年画、购年货，忙忙碌碌，喜气洋洋，准备欢度新世纪的第一个新春佳节。

上午 8 时，州委书记刘光磊来到他的办公室，心里怎么也平静不下来。是呵，又过年了，转眼就是年三十。那些生活中还有各种困难的群众，他们的情况怎么样？这个年他们怎么过？实在令人牵挂，走，得去看看他们。

9 时，州委书记刘光磊在州委常委、凯里市委书记龚绍涛的陪同下，带着州委秘书长罗亮权，以及州民政局、州工会和凯里市有关部门的负责人驱车上路了。

9 时 40 分，刘光磊书记一行首先来到了远离市区的凯里化肥厂。在看望了正在进行技改施工的锅炉车间一线工人之后，在厂领导的陪同下，他们先后走进了该厂两名特困职工陆七一和吴国岑的家。

这是两名曾经为企业发展做出过贡献，而今病休在家的老职工。陆七一患有肝病，因眼下企业困难，无法提供足够的医疗费用给他治病，就连每月的保命钱也只有 100 余元，妻子没有工作，女儿要上学，日子过得很艰难；吴国岑因患胸膜炎失去劳动能力，家里上有老、下有小，母亲又体弱多病、致使本来就很困难的家庭更加雪上加霜。

刘光磊细心地了解询问了他们的家境、病情，亲手把带去的慰问金交给他们，心情沉重地说：这点钱也许帮不了你们什么忙，但这是党和政府的一点心意，过年了，拿去买点肉和菜，一家老小团团圆圆过个年。话说至此，令周围的人也为之动情。是呵！任何时候，党和人民的心都是紧紧连在一起的。

离开化肥厂，刘光磊、龚绍涛又驱车返程来到了凯里市郊人民路 14 号特困户吴胜培的家。这是一位抗美援朝回来的老战士，因为身体有病使生活长期陷入困境。刘光磊书记弯腰跨进吴胜培阴暗潮湿的家，见吴胜培坐在一个光线很暗的角落里许久立不起身，刘光磊见状后快步向前关切地询问：老人家，是不是腿脚不方便了？一句问候，如一股热流，温暖了老人的心。他支撑着站立起来，弯曲的腿却颤巍巍的。刘光磊急忙接过工作人员递过来的棉衣棉被和慰问金，拱手交给老人。说：这是党和政府的一点心意，给你老人家暖暖冬，过个年。请你收下，有时间我们再来看你。

在离开吴胜培家时，刘光磊的心像在被牵住似的，走了几步后又回过头来看了看，并嘱咐凯里市的同志：要注意关照好这位老人。

11 时，刘光磊驱车来到市郊岩头河村。分别看望了刘勤英、杨光英和吴永富 3 家贫困户……

时间过得很快，当州委书记刘光磊回凯里城时，已是中午 12 时。凯里街头仍是熙熙攘攘的人群，忙忙碌碌购买年货的人们，各机关、学校和市区几条主要街道上已是彩球飞舞，红灯高挂，在这种欢乐祥和的节日氛围里，刘光磊的心仍停留在贫困户家中……

（原载《黔东南报》）

作者附记：

2000 年 1 月下旬，转眼就是春节了，按照惯例，每年这个时候都要报道节前州委、州政府有关领导慰问部队、工厂工人和贫困户，以及重点工程项目一线建设者的新闻。新闻写法也千篇一律地官腔官调，×××到×××慰问部队官兵；×××到×××看望×××等等，语言干瘪、形式单调，毫无新意。以致领导们也只把这件事当作一桩例行公事来应对。

能不能转变一下文风，改变一下采访方式和新闻格调，把冷、硬、干的消息，变成软、暖、活的散文式特写，我决定做一下尝试。于是，我在接到跟随州委书记刘光磊看望慰问工厂职工和困难户的采访任务后，提前赶到州委书记刘光磊的办公室，从他进入办公室到起身走出办公室就开始观察，一步不离左右地走、听、看、问。回到报社后，又将采访记录本重看一遍，用脑子把整个过程再过滤一遍。于是，一篇极具人情味的新闻特写《牵挂》便酝酿形成。稿子发表后，立即受到有关领导和很多读者的好评，说：希望今后能看到更多这样的新闻稿面世。

黎平县积极发展民办电影队

全县农村电影队目前已达120个，每年放映10400多场，人均看电影达15场次

少数民族聚居的贵州省黎平县电影管理部门，从本县实际出发，采取多建民办小型电影队的办法，解决山区少数民族群众看电影难问题。这一做法，效果很好，受到农民的欢迎和主管部门的表扬。

这个县地处贵州东南与湖南、广西交界的偏僻山区。由于交通不便、经济落后，居住在全县境内的38万多侗、苗、瑶等少数民族群众看电影难问题一直没有得到解决。前些年，虽然实行了民族经费补贴和群众集资等办法，但因农户居住分散，电影队少，场次低，结果，既增加了国家和农民的负担，又不能满足群众的要求。

1981年，黎平县电影管理部门根据当地群众的要求，积极发展农村民办电影队。一是帮助群众代购电影放映机械；二是经过考核及时办理放映证；三是片租实行优惠，多放多得，提高放映场次；四是排片一视同仁，上座率高的影片实行高速排片，误期者罚；五是积极为群众维修电影放映机械。六年来，全县农村电影队由1981年的24个发展到129个。其中，个体电影放映队达121个。每年放映场次达10400多场，人均看电影15场。

民办电影队负担小，收费灵活，服务态度好，群众有求必应。哪家有了喜事，或者村里要召集群众开个会，传达上级什么文件精神，只要带个口信，民办电影队就去了。既活跃了群众文化生活，传播了社会主义精神文明，而且还为各级农村基层干部提供了做群众思想政治工作的条件和机会。同时，为促进移风易俗也起了积极的作用。

（原载《中国文化报》）

把执政为民落到实处

——黎平县实施百户以上自然寨消防规划纪实

去年以来，黎平县开展了一项规模宏大的“百户以上自然村寨消防规划”实施工作，被称为史无前例的“寨改运动”。在全县引起了强烈的轰动效应，当地老百姓将其赞誉为“新世纪德政民心工程”。

为什么要实行“寨改”

黎平是一个以侗族为主的少数民族聚居大县，又是西部边远贫困县。世世代代居住在这里的侗、苗各族人民，以当地盛产的杉木为建筑材料造屋群聚而居。几十户、上百户甚至上千户的自然寨比比皆是，全县仅50户的自然寨就有531个，其中百户以上的自然寨214个。这些自然寨95%以上的住户均为木质结构房屋，且住房密集，间距窄小，多数村寨又坐落于山腰风口上。一旦发生火灾，火势蔓延很快，导致火烧连营，一户失火，全寨遭殃。

这里地处山区，交通不便，人畜饮水困难，村寨消防设施简陋，火灾年年发生。仅1998年至2002年，全县共发生火灾56起，其中重特大火灾事故9起，受灾达954户4609人，直接经济损失达660多万元。2002年底，发生在平寨乡纪迫村的一场特大火灾，尽管一接到报告县乡领导就立即组织人员奔袭70公里赶去扑救，然而人到火熄，87户人家的财产已全部毁于大火之中。巨大的经济损失给群众带来了深重灾难，元气10年内尚难恢复。正如灾民所说的：“辛辛苦苦几十年，一把火倒回‘解放前’。”

频繁的火灾事故，还造成了脱贫又返贫的恶性循环，成为全县人民脱贫致富奔小康的一大障碍。该县每年因火灾而返贫的人口达922人，占平均每年脱贫人口的1/4。年年不断的火灾，使贫困山区的农民脱贫难，致富奔小康更难。

火灾，成为黎平县各级党政领导的一桩心病。2002 年 3 月，黎平县委、县政府做出了一项重大决策：对全县百户以上自然村寨全面实行消防规划，推行大寨化小寨，按 30 户一个分区的标准开辟防火线，防火线宽度不低于 12 米，逐步完善消防配套设施，实施寨改工程。

利民之事深得民心

寨改牵动千家万户，触及群众切身利益。村民住惯了的“风水宝地”要搬出；耗资新盖的房屋要拆迁重建；当街卖顺了的小店拆后每年减少收入上千元。拆迁户费工、费时，受损失，当确定要拆时，心里一下子难以接受。亏一家，益大家；损眼前、利长远说起来容易，做起来难。

为确保“寨改”工程顺利实施，县委、县政府多次召开专题会议研究，充分考虑群众和拆迁户的意见，反复斟酌措施、方案，先后下发了 10 个专门文件。实施工作启动后，县委书记杨胜勇、县长闵启华、县委副书记吴锡锋亲自出征，进村入寨到户坐镇亲自做拆迁户的思想工作，及时解决实际困难和问题。县委副书记孙建军、政府常务副县长朱新民，从编制自然寨消防规划开始，至消防规划实施验收结束，自始至终进行全程跟踪督促检查，多次组织召开专题会议，研究解决各个阶段出现的具体问题。县里还从县直 72 个单位抽调 230 名干部职工，分成 25 个工作组赴全县 25 个乡镇直接深入到寨到户把群众的思想工作做深做细。县里在财力十分困难的情况下，拨出 118. 2 万元，同时，乡镇和群众根据自身财力自筹资金 342. 8 万元，共 461 万元，对拆迁户按每栋房屋 500 元的标准给予补助，力争把拆迁户的损失减少到最低限度。

由于考虑了群众利益，工作到家，服务到位，实施工作进展顺利。拆迁中，不少群众主动无偿出工出力帮忙，拆迁户自愿拆除，乐意搬迁。坝寨乡坝寨村农民杨宗相用了 1. 3 万元刚建的一幢新屋，接到拆迁通知后二话没说就立即动手拆迁。事后有人问他，这次拆迁你亏了好几千吧？他说：“为了大家的安全，亏了也值得。”利民事、得民心，整个实施过程，全县没有一起故意阻挠或拖延搬迁工作的事件发生。

把好事继续办好

规模宏大的“寨改”壮举，成为岿然矗立在全县49万人民心中的一座丰碑。

按照县里的科学规划，全县共拆迁房屋2318栋5943间，拆除偏厦、厨房、门面、厕所、猪牛圈等附属设施7700余个，开辟防火线533条72716米，村寨整体格局出现全新的变化。原来上百户人家集中连片的大寨，如今已切割分解为4块或5块，有的甚至8块或9块。村寨还是那个村寨，村容寨貌却发生了巨大变化。整齐、开阔的大道，形如城市中的街区，一条条宽阔的防火线，有的自然成为寨中的十字街、丁字口。有的地方开挖成梯级鱼塘、防火池；把堆放杂物的地方，改造成村寨中的休闲地，种植花草、绿化树，供村民聚会、休闲，把村寨变成一道提升村寨文明形象的风景线。

拆迁规划新区移入的房屋，一幢幢拔地而起，昔日茅屋成瓦房，木楼变“洋房”。人居环境改善了，住宅标准提高了。村中城轮廓开始显现。

在完成百户以上自然寨防火线建设的基础上，县里又随即决定，将进行20个百户以上自然寨的人饮及消防设施建设。建设中将严格按照统一规划、分步实施、整体推进的要求搞好协调统筹。一是以工代赈、渴望工程、生态工程、农网改造工程、国债旅游工程与农村消防规划工作有机衔接起来，着眼全局，防止浪费和重复建设。二是将渴望工程，扶贫、民政、以工代赈资金捆绑使用，统筹兼顾，着力改善农村消防基础设施。三是实施好“安居工程”，重点抓好农房改造，既改善居住环境条件，又改善消防条件。

（原载《黔东南报》）

扶贫攻坚篇

农民韩宏政创办农友图书馆

传播知识　传递信息

黎平县高屯镇高屯村农民韩宏政创办的“农友图书馆”，春节期间正式挂牌开馆。

这家以农民和农村中、小学生为主要服务对象的图书馆有书万余册，图书种类较齐全。有马列著作，政治读物，还有历史、古籍、世界名著、百科知识、经济、科技读物、语言文学等各类书籍。此外还有适用于广大农户阅读的农业信息、科技等10余种杂志。内容健康，具有知识广泛、经济实用的特点。

馆内墙壁上一条书写工整的字幅：没有知识就创造不出财富。明确地标明了“农友图书馆”的办馆宗旨。馆主韩宏政近年来依靠文化科学技术开始脱贫。但脱贫后如何带领乡亲们致富？如何满足富裕农户的文化需求？怎样把新世纪的新科技、新信息介绍给群众？家门口千余中、小学生令人担忧的课外阅读问题如何解决？经过思考，他决定自筹资金创办一个“农友图书馆”。他的想法得到了县委宣传部和县文化局领导的大力支持，并迅速帮助他办妥一切手续。

为了使“农友图书馆”能保持长久，逐渐办好办活，他还在图书馆一侧办了一个日杂百货、文具用品、农药农具销售服务部，为图书馆的生存扩展奠定坚实的基础。

（原载《贵州日报》）

作者附记：

1995年，我服从组织安排，到黎平县高屯镇挂职扶贫。

扶贫就要办实事，不能下去混日子。可办什么事好呢？出资金，我所在单位挤不出多余的钱，我自己也还欠着债。后来我想起我收藏积累了几十年的几千册图书，又看到韩宏政家当街住房门面还有空余的房，就想起了办图书馆用知识和信息扶贫的主意。于是我把藏书的2/3找车拉了下去，又动员韩宏政拿出门面房，花钱做书架。然后报告县文化局，最后由村民韩宏政落实把图书馆办了起来。还利用图书馆发布了各种有利于农民增收的信息。

不久，我发现镇里有数千亩柰李丰产找不到销路，农民和镇里的干部都十分着急，于是我又以图书馆韩宏政（他也有柰李销不出去）的名义，给人民日报总编辑范敬宜写了一封十万火急的求助信。很快，范敬宜总编辑把这封信处理为“优质柰李找销路”的信息稿，设“服务台”在人民日报农村经济版刊发出来。于是，立即就有好几个省的客商派出车辆，拿着刊有那篇信息的人民日报，找到贵州省黎平县高屯镇，找到韩宏政。几天后，数千亩500多吨柰李便销售一空。

为了鼓励韩宏政继续办好图书馆，于是便有了这篇新闻报道。

优质柰李找销路

编辑同志：

我是贵州省黎平县高屯镇的果农。现在我们有件火烧眉毛的急事想求你们帮忙。

前几年，县里发动我们种水果，规划了一片4000多亩的连片优质柰李（又称油柰）果园。我想，这也许是条脱贫致富的门路，就贷款搞了10来亩。谁知，从去年起，柰李进入挂果期，果子却找不到销路，水果烂在树下。真是越穷越见鬼，越冷越遭风。去年我一下亏了6000多元，欠了一屁股债。今年，柰李正是盛果期，预计全镇总产达500多吨。7月下旬水果就要下树，可直到目前，还找不到销路，真是愁死人。不知道哪个城市或哪家水果加工企业需要？请贵报帮帮我们！

贵州省黎平县高屯镇高屯村　韩宏政

（原载《人民日报》）

岩洞区区乡干部到基层任职蹲点

黎平县岩洞区实行区、乡干部深入基层，挂职蹲点的办法帮助贫困乡、村尽快脱贫。

这个区根据今年中央一号文件和省委、省政府关于在农村继续开展增收致富讨论的指示精神，结合本地实际，选择了3个乡、28个村，分别作为区、乡领导定点联系的扶贫点。区委、区公所四名副区级以上党员干部，到3个边远贫困乡兼任党委副书记；28名正、副乡级干部，分别到28个村兼任党支部副书记或村民委员会副主任。下乡蹲点代职的干部占全区区、乡党政干部总数的63%。

为了增强下基层蹲点干部的事业心和责任感，克服那种蹲点不负直接责任，时间一到拔腿就跑的老毛病，区委、区公所制订了责任制和年终考核奖惩办法。考核以百分计算，按每个蹲点干部所在乡、村完成全年计划总产值、总产量、

扶持发展“两户”、社会治安等六个方面的情况计分。达到76分以上的，每超额一分奖四元；在66分至75分之间的，不奖不惩；在65分以下的，少一分扣罚五角。目前，32名干部已到乡、村任职。

（原载《贵州日报》）

贡溪村买公用牛扶贫

天柱县三合乡贡溪村买公用牛帮助贫困户搞农业生产，收到良好效果。

贡溪村是个偏僻侗村。全村296户人家，有50户尚未脱贫。这些困难户难于脱贫的一个重要原因是缺乏耕牛。村党支部和村委会在总结前几年的扶贫工作后认为，扶贫不能只抓救济，必须从实际出发，对症下药，帮助贫困户发展生产。

村里从集体收入中挤出4000元购置了10头母牛，一头水牯，作为村里的公有财产，并用合同形式将11头牛交给贫困户代养，一定三年，三年中，若耕牛确因意外事故或疾病死亡，代养户经济困难无力偿还的，村里可免予索赔：若新生牛犊，则议价或按出售收入由代养户与村里对五分成；三年后代养耕牛由村重新作价。若代养户将牛出售，所得收入除还村购牛款外，超收部分村与代养户各得一半。

这项措施实行一年多来，代养户精心饲养，10头母牛今年已有5头喜添“贵子”。加上有了耕牛犁田，11家代养户有9家增收脱贫。杨贤章家前几年连续死了三头牛，穷得连买化肥的钱都没有。得了村里一头代养牛，今年人均口粮达300多公斤，还有了搞副业的本钱。

（原载《贵州日报》）

第二次进军

——黔东南科技扶贫追踪采访之一

黔东南人民永远难忘那个彻底改变自己命运的日子：1949 年 10 月，刘、邓、贺龙率二野、华野数十万大军进军大西南，使灾难深重的苗、侗各族人民从此跳出了苦海。

人们更记得 36 年后这又一次伟大的进军：2200 多名科技工作者和干部，沿着刘邓大军当年走过的路，投入大苗山的怀抱。他们虽然不是直接以血肉之躯去冲杀拼搏，但却用自己的赤诚与智慧，向贫困和愚昧宣战，向这块曾经革命先烈血染的土地撒播科技火种，从而使自治州的扶贫工作从高投入低效益的被动局面向充满生机活力的发展转轨，走上一条科技开发的新路。

春秋齐桓公时，官为上卿的中国古代著名农学家、政治家管仲就已经提出：治国之道，必先富民，民富则易治也，民贫则难治也。然而，众所周知，在有阶级剥削压迫下的社会制度下，统治者不会信奉这位先哲的至理名言。正是他们的残暴剥削和压迫，置民水火于不顾，才引得历史上农民揭竿而起，要求“均田”“割富济贫”。共产党选择了解放灾难深重的人民的崇高的历史使命，建立没有剥削和压迫的社会主义新制度，“必先富民”才开始变成泱泱中华的治国之道。

共产党为寻求“救国救民”之术，苦苦探索了 28 年，为黑暗的中国驱开了云雾、随后又用不到 40 年时间，解决了全球公认的头号难题——全世界五分之一人口的吃饭问题。国家开始兴旺，功高盖日月，然而，他们却兴奋与苦恼共存。

40 年代末，当蒋介石被赶上那座孤岛时，他踢给共产党的是被战乱破坏得千疮百孔的国家和一贫如洗的 4 万万同胞两个包袱，共产党和他的各级政府在接管政权时便义不容辞地背了起来。

50 年代初，国家百废待兴，人民也开口待粮。那时，黔东南也和全国各地一样，一曲《东方红》响彻苗岭清江。在“像太阳”“大救星”的赞歌声中，当年站在山头村口上迎接过解放大军的人们，这时候正架着锅、袖着手，翘首盼望政府救济粮车的到来。粮食、衣被通过那 S 型的山路，源源不断地送进了翻了身却依然贫穷的山民手中。资金，也从并不丰裕的国库年年岁岁不停地流向贫困地区那好像始终填不满的“无底洞”。

最令人苦恼的是，新中国本来就十分脆弱的少数民族地区经济，经过一系列“左”的折腾几近崩溃的边缘，到了 1978 年。黔东南所有的县、区、乡粮站前，几乎每天都挤满了争要救济粮的人群。即便到了农村第一步经济改革的 1985 年，全州 16 个县（市）中，贫困县就占了 7 个，其中国家级贫困县 3 个；年纯收入不足 200 元的贫困人口 112. 6 万人，占全州农业总人口的 36%，他们当年的人均口粮不足 160 公斤，人均纯收入仅 154 元多。

穷，成了套在山民们身上挣不开的精神锁链。穷，成了自治州大大小小官员们死后怕见马克思的一桩心病。人民为穷焦虑，公仆们为穷犯愁；干了几十年，还有那么多的人民吃不饱、穿不暖，这怎么能体现社会主义制度的优越性，我们又何以向历史交账。

农民渴望脱贫，党和政府下力扶贫，年复一年的救济，逐年增长的投资，不少地区却始终未能摆脱贫困。“输”进去的“血”，并不能使山民们站立起来，而国家的包袱，却像雨天驮稻草，越背越重。

症结在哪里?

据州区划办综合农业区划调查：1982 年，全州 1293176 个农业劳力（含农林副渔行业在业人员）中，文盲、半文盲 804066 人，占劳力总数的 62. 18%，平均每 2 个农业劳力中，就有一个是文盲，到 1984 年，全州直接从事农牧科技工作的专业人员是 1832 人，每万亩耕地仅占有农技人员 6. 8 人；每个林业技术人员面临的是近 3. 6 万亩林地；170 多万亩养殖水面，仅有专业技术人员 49 人。许多早经试验、示范成功的技术，尚未得到大面积推广。正是这些巨大的“科技赤字”，成为黔东南山区发展经济，特别是发展商品经济的决定性制约因素。

如果说，自治州党和政府早就有了摘掉穷帽的决心，那么，只有从 1986 年开始的“科技进军大苗山”战略，才是自治州扶贫政策的重大转折。经过 30 多年的探索、实践，终于找到了依靠科技和工程扶贫方式加快大面积脱贫、发展经济的唯一出路。

一项明智的靠科技启动的重大扶贫决策，在“七五”计划开始时，最终拍板敲定。上千科技人员纷纷走出机关，走向田野。试验田变成了示范田，扶贫资金由无偿变成有偿；钞票变成了化肥和农药，到了夏秋收割季节，每一项技术又奇迹般地变成令人惊愕的产量和收入。

仅仅5年，一切都发生了令人欣慰的巨大变化：要钱要物变成了要科技干部；送救济变成了送科技开发项目；排队争购救济粮变成了排队争购良种、化肥；夜校扫文盲变成了扫科盲，一个个新的农家故事，一道道增产丰收的喜讯，接二连三飞到自治州首府，飞到州党政主要领导的办公桌上。

雷山乔桑报告："稻、牛、果"齐头并进，使长期以来被贫困生活弄得愁眉紧锁的苗家人张开了笑脸。全乡1986年推广种植杂交水稻1500亩，占稻田总面积的60%。仅此一项，增产粮食达11.88万公斤，当年就解决了吃饭问题。与此同时，36户无牛户开始养牛36头，到1990年，36头牛变成了67头，增值3万多元，5年前栽种的29300株果树，已经进入盛果期，全乡有果树100株以上的农户达75户。蒙正清一家栽种的270株柑橘，1990年产果4800公斤，纯收入6000余元。

从江加鸠报告：加鸠、孔明两乡在州县扶贫组和科技人员的帮助下，1986年推广种植杂交水稻1260亩，当年增产水稻189000公斤，人均增加23公斤。第二、第三年杂交稻种植面积和产量稳步上升，三年后甩掉了拐杖，主动提出要求把扶贫点移到其他扶贫乡，达到了州扶贫协调组提出"一年扶持、二年巩固、三年自己走路"的预期目的。

剑河久仰报告："半旱式栽培法"使农家老把式大开眼界。1987年，扶贫组在这个乡推广杂交水稻种植2113亩，其中，半旱式栽培1221亩。秋季验收，半旱式栽培和杂交水稻平作两项共增产23.6万多公斤，增加产值10万多元。基佑村青年农民李通明坚持在3.19亩烂泥田里搞半旱式栽培，秋后收谷1896.5公斤，增产646.5公斤，曾经反对儿子搞半旱式的老头兴奋地逢人便说："沟沟法、确实好、我算服了"。

岑巩羊桥报告：1990年，扶贫组在这个乡的羊桥、祝坝、杨柳三个村开展扶贫示范，三个村杂交水稻种植面积由上年的310亩推广扩大到2900亩，其中规范栽培2560亩，增产稻谷达857900公斤，人均增收156.78公斤，科技扶贫一年，结束了40年来靠吃国家供应粮的历史。

全州7个贫困县综合报告：1986年到1988年的头三年，依靠科技进步，7个贫困县有37万多人解决了温饱；人均收入由154.9元提高到

168.8元；县级财政收入3年间增加了1.53倍。

喜讯、奇迹，用铁的事实印证了“科学技术是第一生产力”的伟大论断，显示了科技扶贫的巨大威力。

历史，将以刚劲的一笔，写下这伟大壮观的“第二次进军”！

（原载《黔东南报》）

星火·彩虹

——黔东南科技扶贫追踪采访之二

在侗乡黎平县，有人讲述了这样一个并非天方夜谭的故事。

高屯村农民韩老昌，在乡里以勤劳著称，又以“古板”出名。他每天披星下田，戴月影回家。可不管怎么弄，结果还是穷，口粮每年都吃不到接新。而他硬是不种杂交稻。好几次弟兄们凑在一起，大家都劝他：哥，你试种点杂交稻吧。哥却总是笑一笑，没作声，田里种的谷，还是“老常规”。

6 年前的一天，正是栽秧季节，韩老昌把扯来的秧均匀地丢在田里，转身回家吃早饭，兄弟老五乘机“偷梁换柱”，把自己育的秧丢进大哥田里。到了秋天，这丘田的谷变成了和别人一样的杂交稻。收割时，产量比上年多打了两挑。兄弟后来把谜底说穿，次年，他田里全部换上了杂交稻秧苗。

韩老昌逐步走出了困境。5 年后的 1990 年冬天，他拆掉“露天棚”，盖起了一幢想了几十年也没能盖成的新瓦房。科学技术的作用，也同这个故事一起在侗乡迅速传开。

科技扶贫是一个伟大的创举。是党和政府几十年来扶贫工作的一次重大改进。把科技星火撒播到田野、乡村，撒遍黔东南山山岭岭，让科技星火在种植、养殖、加工、制造等各个行业产生效应使其成为燎原之势，带动农村各业一齐兴旺，促进商品经济发展，这是黔东南尽快摆脱贫困，走向富裕征程的一条根本途径。

自治州的决策者们为此拟制了战略规划，确定了推广项目，拨出了专项资金。科委、科协、民委、农经委、扶贫办等州府各个部门通力合作，一场传播科技星火加快脱贫的总体战在全州拉开了帷幕。

州官“放火”，百姓“点灯”。要让党政领导、科技人员满腔赤诚的火，点亮群众心中的灯，使群众相信科学技术确实能长金长银，单靠行政命令是无济于事的。州、县各级党政领导都深明此理。他们采取选点挂钩办法，坚持在试验、示范、抓好样板的基础上逐步推开，做到抓好一点，带动一片，影响全面。

1986年，州科委带着科技火种奔赴雷山县桃江乡，连续3年驻点推广杂交稻栽培技术，全乡杂交水稻种植面积由开始时的12亩逐步扩大到1944亩，3年共增产稻谷5422385公斤，净增产值42.95万元。全乡人均占有粮食200公斤以上的农户，从28%猛增到82%。

麻江县白午，铜鼓两乡，历来耕作粗放，加上连年干旱，粮食亩产平均不到100公斤，人均口粮也不足100公斤。

几十年来，这里的人不敢有高的奢望，只要一日三餐能吃饱，不再靠国家救济度日，就已经谢天谢地了。不是这里的人没志气，他们何尝不希望尽快脱贫，抬起头来走上富裕征程。然而，年复一年的努力，日复一日的埋头苦干，却始终找不到走出困境的“秘诀”。

人民受贫、公仆心焦。为解决当地群众的温饱问题，州委、州政府多次组织农业专家到这里考察、论证。随后，1989年10月，由州科委组织，抽调州科技情报所、州农科所和麻江县科委的技术人员到两个乡驻点，实施“白午、铜鼓旱区温饱工程研究”。通过开展适用技术培训，推广“旱地分带轮作”“水稻高产规范栽培”和“两段育秧”技术。1990年，尽管老天作对，连续干旱40多天，两乡粮食仍然获得大丰收，总产达284.46万公斤，人均口粮由1989年的99.6公斤提高到284公斤。至此，两乡群众科技种田积极性空前高涨。

苗寨沸腾起来了，侗乡也热闹非凡。全州各县科技扶贫示范点上的“星火”科技推广战绩，频频向州府传来，科技育秧棚到处星罗棋布，在成百上千村寨遍地开花。

一个又一个事实证明，科学技术具有神奇的力量，它运用到哪里，哪里就会发生奇迹般的变化。

穷得出名的剑河县柳川镇麻镰苗寨，在科技人员的指导下，采用新技术种水稻、种蕖头，把猕猴桃从山上迁进园里。仅仅3年，全村年人均收入达425元，82%的农户实现了粮食自给。一个只有50户人家的山村，就抬来了28台黑白彩色电视，15台中高档收录机，12台电风扇。曾用搓衣板搓了几千年的山寨妇女，当她们亲手用上洗衣机，站在那里轻轻用手一按电钮，衣服就自动地变得干干净净时，竟愣着发呆：莫非这是梦?!

一位科技人员告诉记者：不是农民不相信科学，而是科学还没有迷住农民。一旦他们掌握了先进的农业科学技术，他们就能在几年内改变自己贫穷的命运。事实也是如此。5 年来，几十上百万苗、侗人民，通过采用先进的农业适用技术，使生活发生显著变化的无数事例，有目共睹。

黄平县东坡乡还有一位农民掏出这样一句心里话：不是我们不愿意接受先进农业技术，而是没有人经常不断地具体指导我们。这话告诉我们，不要再去责怪我们的人民落后了，而应该去反省和正视我们工作方法和各项技术指导服务落后的现状，进而努力去改变这种现状。

值得庆幸的是，自治州各级党政领导，政府农村工作部门和各级科教指导服务机构，近几年做了大量工作，采取一系列切实可行的措施，开创了科教推广新局面。成千上万名党政干部和科技人员走出机关，深入村寨、田野办点示范；以推广农业适用技术为主要内容的各种培训班，在苗岭山乡星罗棋布，5 年间培训农民技术员达 60 余万人次，还有多位农民获得了技术职称；各种农业适用技术推广面积由几千亩，几万亩逐步扩大到几十万上百万亩；推广项目由单一的种植杂交稻发展到种植、养殖、加工等 10 余个项目。

现代科学技术与世代贫困的山民之间已架起一道道彩虹。但愿黔东南的山山水水开出更多的农业科技之花，结出更加丰硕的成果。

（原载《黔东南报》）

联合之歌

——黔东南科技扶贫追踪采访之三

有人建议，应该写一部现代中国扶贫史。

据史料记载，共产党早期的扶贫工作是从打富济贫、开仓放粮开始的。

如今，剑河县人民还在传颂毛主席当年解衣救济贫民的故事。

那是1934年冬天，中央红军长征经过黔东南剑河附近一个苗寨时，毛主席遇见一位衣衫褴褛的苗族老婆婆，怀抱一个赤身的小孩，在寒风中冻得发抖。毛主席不顾寒冷，马上脱下毛衣，又叫警卫员拿出他的口粮，一并送给这位老婆婆，留下了中国扶贫史上的一段佳话。

解放初期，党和政府在领导全国人民恢复和建设国家的同时，又一直以社会救济方式，把接济贫困灾民作为政府民政部门的一项长期重要工作。

据自治州民政局统计：新中国成立以来，全州每年贫困救济资金支出由1950年的17万多元逐步增加到1985年的700多万元，36年间增长了41.17倍。此外，全州每年均下拨救济粮1618.91万公斤。

久仰，这个虽然在1∶50000中国地图上用放大镜都无法找到的偏僻山乡，却始终系在日理万机的国家领导人心上。中央和省委曾先后为改变这个乡的贫困面貌作过专门的指示，送过了不少钱粮。但几十年后，这里依然贫穷落后。除救济粮外，国家每年还要给该乡下拨返销粮60多万公斤，全国“久仰”其贫穷之名。1984年，州委、州政府专门做出“关于改变久仰贫困面貌的决定”，要求有关部门积极配合，对这个乡进行全面综合扶持，实行免粮食征购任务、免费教育、免费医疗、免费推广良种，才使该乡逐步摆脱困境。

救济，使无数贫苦农民得到了基本的生活保障，充分体现了社会主义制度的优越性。然而，救济也培养了贫困地区一些干部，群众的“等、靠、要”依赖思想。人们以贫穷为由，无所作为。又以贫穷为由，向上伸手要救济，似乎一切都理应如此。

台江县平兆乡，1956年至1986年7月底，30年亏欠国家贷款余额达20多万元，人均负债60多元。国家每年扶持救济这个乡3000元左右，1985年达8000多元。年年扶贫，越扶越贫。

谚语说：救济千银，不如授技一门。

谚语又说：愣上粪不如巧种田。

1986年1月30日上午，州委、州民政局、州科协在民委召开科技扶贫联席会议，与会者感慨万端。怎样才能进一步加快脱贫步伐？会后，纪要上写下了这样一段深刻的文字——

“改变贫困落后面貌光靠单纯输血不行，补助、救济搞了几十年，贫困的仍然贫困；得要靠造血，得要靠科学技术，广泛开展科技扶贫是十分必要的。必须用新的科学技术把农民武装起来。只有加强科技支援，才能使农业以及整个农村经济有新的更大的发展。”

人们获得一致共识：联合起来，贫愚同治！

几十年沿用的单纯救济方式被淘汰了！单枪匹马，各自为战的局面为新的扶贫格局所代替。

民委、民政、科协三家联合起来，把各家的优势捆在一起，扬长避短，集中兵力，共同开创科技扶贫新局面。他们把资金、技术力量集中起来，选定扶贫示范点，提出共同口号和奋斗目标：一年扶持、二年巩固、三年自己走路，帮一村使一村脱贫，助一乡使一乡致富。

从江县加鸠区以其贫穷闻名全省。全区1.9万人口，年人均产粮175公斤，年人均收入85元，山民们春夏吃救济粮，冬春穿救济衣，国家虽已全免征购粮，可正常年景还要外购粮食90万公斤，温饱问题是当务之急。

州科技扶贫协调组首先投资为该区购买杂交稻种7596公斤，化肥13800公斤，农药1587公斤，喷雾器124台。以孔明、加鸠两乡为重点，当年在全区推广杂交水稻种植面积2600亩。增产水稻35.5万公斤，仅此一项，净增产值8.36万元。

5年来，州民委、民政、科协科技扶贫协调组分工合作，协力同心，他们先后建立扶贫示范点，联系点100余个，取得了显著的经济和社会效益。据统计，13个科技扶贫示范点，仅稻谷一项，累计增产粮食66.37万公斤。投入杂交水稻经费33.37万元，增加产值173.56万元，一分投入获得了五倍产出的经济效益。

从单纯的救济到开发性科技扶贫，从输血到造血；从创建科技扶贫示范点到推动全州科技扶贫工作，促进了科技扶贫成果的扩散，这是自治州扶贫史上的重大转折。

更令人欣慰的是，联合科技扶贫，使贫穷的山民们看到了走出困境的希望，增强了实现温饱，摆脱贫穷，走向富裕的信心。

（原载《黔东南报》）

苗岭雄风

——黔东南科技扶贫追踪采访之四

如果说，科技扶贫是中国扶贫史上的一个伟大发明，那么，黔东南提出的用“温饱工程”规划开展大面积，高效益科技扶贫，则是一个更加雄伟的创举!

采访中，每当谈到农业，粮食、温饱、脱贫等这类问题时，有人却说：现在农业没有什么问题，粮食也已经基本解决。眼下是“种粮不如养羊，养羊不如挖塘（养鱼）、挖塘不如跑场（做买卖）”。

事实果真如此吗？不!

1984年，黔东南粮食总产达93.2万吨，创造了历史新纪录。

1985年，全州粮食却严重减产，总产63.2万吨，人均产粮只有185公斤，跌入建州以来的最低谷。

以后，从1986年到1989年，全州粮食产量虽有明显增长，但总产一直在863492吨、895988吨、793032吨、826083吨之间徘徊。4年中，人均产粮最高的1987年也只有255公斤。

据有关部门统计，1988年，全州尚有110余万农村人口年均口粮不足160公斤，年人均纯收入不足150元。解决温饱问题，任务十分艰巨。

面对如此严峻的农业形势和贫困现状，州委书记胡贤生，州长吴邦建、分管农业的副州长（现为州长）姚茂森食不甘味，夜不能寝。他们心里很明白：粮食问题是困扰本州农村经济发展的一个重大问题，粮食不能自给，不仅人民生活难以改善，也制约着其他各业生产的发展，因此，必须把努力提高粮食自给率作为本州发展农村经济的首要战略目标。

然而，黔东南是九山半水半分田的山区，土地资源有限，靠扩大耕地面积出路不大。州县财力薄弱，靠大量资金投入也不可能，出路在哪里?

经过几年的思考、探索、总结，他们渐渐清楚地认识到：农业是一个庞大的系统工程，是多种矛盾的综合体。在实际工作中，只有与此相适应，加强思维的系统性、综合性，才能把握农业整体，驾驭农业全局，促进农业全面发展，并启动加快脱贫步伐。

他们通过运用唯物辩证法的系统观，把影响农业发展的各种动态、静态因素联系起来，进行综合分析和研究，于是，一条把系统工程原理移植到农业，移植到扶贫，建设以工程开发为主的开发性农业，提高工程扶贫效益，实现“资源、人口、粮食、生态”综合发展一起进行，开发农业促进扶贫的创意，以及大规模“温饱工程”规划也在扶贫实践中诞生。

1990年初春，雷声刚刚滚过大地，一场全面实施百万亩杂稻高产工程、“八十五万亩温饱工程”“七万亩旱区改制工程”规划的伟大战役在黔东南打响了。

这是一场气壮山河的温饱攻坚战！

全州上上下下紧锣密鼓，州、县两级党委政府纷纷调兵遣将，3500余名党政干部和科技人员奔赴第一线，银行、供销、科委、气象等职能部门通力协作，提供资金、技术、物资保障，进行跟踪服务。向土地发起如此巨大规模的要粮攻势，在黔东南有史以来还是第一次。

省农经委、科委、农业厅、农科院、贵州农学院的专家来了，他们是应自治州政府的聘请前来担任工程技术顾问的。专家顾问组的10位成员，都是知名度较高的农业经济专家和学者。另一个高级“智囊团”是由省农科院、州农牧部门领导、高级农艺师和有关技术人员共11人组成的工程项目技术组。

各项决策、措施陆续出台。州长吴邦建亲任“战役”总指挥。州与县（市）政府于2月18日在双向承包合同书上签字立下军令状。州县（市）两级职能部门与同级政府也同时签订责任合同、负责物资、资金、技术匹配。另一项辅助措施是实行州、县、区、乡、村5级划片包干，村包一亩、乡包十亩，区包百亩、县包千亩、州包万亩高产样板示范田。

农业技术培训也在全州范围展开，州于2月下旬组织了各县（市）区两级技术干部114人进行了“师资培训”，随即各县（市）又专门培训了所有参加工程项目的技术干部、区、乡领导和农民技术员。

一个大规模向贫困宣战，向科技要粮的雄伟宏图在抓紧实施。

百万亩杂交高产工程，是运用农业综合增产技术措施，进一步提高坝区、半山区科学种田水平，增加粮食产量，实现稳产高产，让这些地区在全州农业发展中发挥稳定支撑作用。

八十五万亩温饱工程，主要是通过“以物放贷、以粮还贷”办法。扶持贫困地区农户推广良种、改良中低产田土等几项关键性增产措施，提高粮食产量，从而提高这些地区的粮食自给能力，逐步解决温饱。

旱区改制工程，用于全州水利条件差，靠天吃饭的（46个乡镇）干旱区，通过改制，让这些地区在未从根本上解决水利条件前，逐步顺应自然规律、因势利导，采用“分带轮作”等方式，发展旱地农业，实现粮食和多种经营增产增收。

三项农业工程的实施，使全州1990年粮食总产量达978807吨，比1989年增长18.5%，比创纪录的1984年增长5%，再次创造了粮食产量新纪录。百万亩杂交稻高产工程亩均单产525.4公斤，最高亩产达738.7公斤。85万亩温饱工程，使7个贫困县当年粮食总产，比最高产量的1984净增1128万公斤。辉煌的战果，鼓舞了全州几百万人民。一扫往昔五黄六月缺餐断顿的愁容，当年全州还向国家提供了净商品粮5405万公斤。粮食生产在全国历来榜上无名的黔东南，1990年，作为贵州唯一的粮食生产先进地州，受到了国务院的表彰。

省长王朝文，考察黔东南农业三大工程后信心百倍地说：从黔东南州抓百万亩杂稻高产工程的经验看，贵州的粮食生产是有希望的。

1991年，黔东南农业再振雄风，全州杂交水稻推广面积达163万亩，比上年增加16万亩；高产工程扩大到125万亩，比上年增加20万亩；温饱工程由上年85万亩扩大到100万亩。此外，还增加“双纲田”6万余亩，旱地粮食过纲要7万余亩两个新项目。用系统工程原理促进农业开发，推动科技扶贫的伟大实践，给贫困地区人民带来了脱贫致富的希望之光。

（原载《黔东南报》）

绝地逢生

——一个苗族极贫村的奋斗历史

消除饥饿与贫困，这个困扰人类二十个世纪的头号难题，在贵州一个偏僻的山村，由几名共产党人带领群众共同奋斗，使梦想变成了现实。

1996年，剑河县苗族极贫村——久顺，人均粮食达572斤，全村85%的苗族群众解决了吃饭问题。这成就，在人间绝地的久顺，是盘古开天的奇迹。

百折不挠的久顺人，在村党支部领导下，高擎反贫困大旗，发扬自力更生、自强不息的精神，艰苦创业，顽强地走出了困境。

从贫困依旧到巨大变迁

久顺有首旧民谣：

“三分田土半箩粮，四十老几没婆娘，火红辣椒当盐吃，肚里无油喝酸汤。”

往事不堪回首，这是久顺的昨天。

今天，久顺人又唱出了一首新民谣：

“一塝梯田一仓粮，一山林木变银行，水泥电杆牵一线，满寨明珠亮堂堂。”

12名党员形成一个堡垒，支部、村委带领全村几百号人，十年间前后办了几件大事：劈山造田、兴修水利、植树造林、推广科技，集资引电。使贫穷落后的久顺村，转眼换了人间。到1996年，全村人均纯收入达623元，10年增长10倍多。粮食人均增长1倍多。过年杀年猪，过节有酒喝。村里有了电视机、收录机、缝纫机、打米机……昔日寂静的深山苗寨开始沸腾起来了。

从依靠国家到依靠自己

久顺村坐落在苗岭腹地的大山深处。这里山高近千米，直立如绝壁。山大，坡陡，谷深，从古至今，只有一条陡如云梯的羊肠小道通往山外。被人称为“绝地”。

大山，挡住了久顺人生存和发展的希望。大山，把久顺人隔在了另一个世界。20 世纪 80 年代初，当山外形势发展日新月异，农民人均纯收入以春笋拔节之势一年一个阶梯迅速增长，万元户一批批破土而出的时候，苗岭深山里的久顺还处在粮食不够吃半年（百余斤），收入不够买油盐（50 元）的极贫境地。

面对贫穷和落后，久顺人曾一筹莫展。于是，在长期的徘徊和困惑中苦熬日月，渐渐养成了依赖国家扶持救济的习惯。在无可奈何中把唯一的生存希望，寄托在“等靠要”上。

久顺人曾经渴望摆脱困境。但办法在哪里？出路在哪里？领头人又在哪里？

1984 年 1 月，土生土长的邰政章从部队复员回到村里，家乡的贫困使他夜不成寐，发誓要带领乡亲们从艰难中杀出一条生存发展的血路。他曾经“挖肉补疮”，将复员时部队和地方民政部门分别补给他的救济粮拿出来救济缺粮的乡亲。后来意识到这样做也无济于事。个人的力量既微不足道，且单纯救济也有害无益。多年来，国家给予久顺的救济钱物也不少，而乡亲们仍然没有脱贫。

他苦苦思考，反复琢磨。走东家，串西家，找干部，谈设想，为乡亲和干部们出谋献策。他的热情和赤诚，他的思考和主张，顺应了人们的心愿，使乡亲们看到了希望。

1984 年 3 月下旬，大队改村，班子改选。“天降大任于斯人”，邰政章被选为村民委员会主任。全村几百号人，同时把命运交给了新一届领导班子。作为领头人的邰政章，更深感自己责任不轻。

那天的选举，邰政章记忆犹新。乡亲们的眼神透露出来的强烈期待，既有信任，也有依赖。透过深思，他找到了解决问题的“关节点”。

要改变贫穷。首先要改变观念。使群众树立起信心，振奋起精神，必须摒弃“等靠要”思想。他引导乡亲们思考，与群众交谈，召开支部、村委会讨论：久顺要脱贫、要发展，主要靠谁？

“当然要靠国家。我们穷，条件差，没有国家的扶持和帮助，我们什么也办不成。”

思考和辩论，终于使大家明白：改变贫穷和落后，一切最终都得靠自己。

靠自己，靠什么？靠自力更生，靠白手起家，靠奋发图强，靠自己的骨头长肉。

靠自己，怎么靠？百条门路，千种办法，万个措施，最终还得归到一个字：干！生存要干，发展要干，不是一般的干，而是大干，苦干，巧干，实干，拼命干。

久顺穷，首先是缺粮。全村 120 余户，500 多口人，85% 的人口粮食不够吃，养殖业也发展不起来。全村大部分人，大部分时间出去打零工找粮食糊口。有的关门去讨饭，耽误了自家的农活。结果，恶性循环。解决吃饭的问题，成了全村脱贫和发展的头等大事。

久顺耕地少，全村只有老祖宗留下来的 200 来亩冷阴烂锈田，人均三分多一点。种出的粮食不够吃半年，过去曾经上山种小米，毁林几大坡，收获一小箩。结果造成水土流失，到处滑坡塌方，峡谷里的田，大部分被埋在乱石山下。这样的蠢事咱不能再干。

唯一的出路，只有造田。

一提造田，全村就像山上的蜂群被捣了窝：“那么陡的坡，造什么田？要能造，老祖宗早就造了。”

“山那么高，把田造在上面，就是花了工夫垒起来，田挂在山上，没有水，只有喊天。”

村干会，群众会开了又开，别无选择。田，一定要造。任务分到各家各户，每户每冬造三至五分田，必须完成。不造田的，今后村里不给救济。好家伙，来硬的了。

村里还规定：饭不够吃要出去打零工找粮糊口的户，从现在起不准出去，全部都要上山开田。为解决这部分农户实际问题，村委主任郚政章亲自跑县里，跑州里，在州县民政部门的帮助下，给了 27000 斤救济粮。60% 用来分给农户解决眼前没饭吃的困难，40% 留作用于谁开田就补助谁。决定了的事，必须落实。村委主任郚政章一马当先，铺盖一卷住到了山上，几天几夜不下来。

1986年冬，久顺村一场声势浩大的劈山造田战役打响了。全村男女老少，从十岁童子到八旬老人一齐上阵，10余个光棍汉也扛着工具加入了造田大军。

挖山、打钻、掘岩、推土、砌坎。全村几百人，在村党支部统一规划的一片陡坡上全面展开，遍地银锄挥舞，其势如排山倒海。呐喊声，打钻声，劈石炸岩声，巨石滚下峡谷的撞击声，叮叮当、嘣嘣嘣、轰隆隆，响声震荡深山峡谷，惊天动地。

开山炸石需要雷管和炸药，不少人家没钱买，只好把老祖宗曾经用过的办法用起来，先用柴火烧，趁烫时用酸汤水往上浇，石头炸开了裂缝，再用钢钎撬。

推运泥土没有胶轮车，就自己动手制作木轮车。又用一种名叫鼻涕榔的树，剥下皮扎成刷把，用其渗出状如鼻涕的树脂往木轮轴上涂抹代替润滑油。

在六七十度的陡坡上造田，最难最费工的是砌坎。部胜明家造的一块田，砌着砌着，轰隆一声，刚砌起来的垒坎就垮了下去。他抬起头，伸伸腰，搬起石头再砌。刚刚砌好这头，又轰隆一声，才砌的那头又垮了。一个冬天，他家造这块田，先后垮了20余次。砌了垮，垮了砌，毫不气馁。

坡度大，开一块四五米宽的田，垒坎高达八米。山高坡陡，人站在垒坎上两腿发抖，头晕目眩。有的砌着砌着，两眼发黑，一下昏倒在垒坎上，待清醒镇静下来接着又干。

苦干一冬，全村造田50.2亩。第二年种上水稻，产粮2万来斤，村民们心里别提有多惬意，脸上堆满笑容。

笑得最开心的，要数那些造田引风结束了单身汉生活的老光棍们。45岁的部毛往今，他家八口人。三兄弟中，他排行老二。造田之前，由于家里缺粮，穷得裤裆没底．一年四季睡在光木板上，只有一床没套的破棉絮盖身。40多岁了还找不到媳妇。1986年造田后，第二年粮食增收，生活有了希望。经人介绍，很快与外村一位姑娘结了婚，媳妇进门，部毛往今笑得合不拢嘴。后来，全村11条光棍陆陆续续都成了家。

造田给久顺人带来了希望，带来了诱惑。村民们意识到造田就是造福。于是，再不用村里动员，人们自觉上山。

赤脚蓑衣，风雨无阻，冰天雪地，照样上坡。丢在工地上的工具被凌冻冻住了，用手使劲掰开，敲掉锄把上冰冻，举锄挖在地面上，只现出一道白痕，双手震得生疼。遇上大雪天，工地被大雪覆盖，看不到工具，就用手把雪扒开，找出工具。手被冻开裂口，渗出的鲜血将雪地染得彤红……

久顺人自强不息，奋力拼搏的创业精神和感人事迹，引起了州、县有关部门的重视。1990 年，州、县农委将久顺造田列入以工代赈坡改梯扶贫攻坚项目，先后拨款 11 万元给予支持。

从 1986 年到 1996 年，经过历时十年的苦斗苦干，久顺村共造梯田 415 丘，新增稻田面积 244 亩，造梯土 126.3 亩。累计投工 40000 余个，搬运土石方达 90000 余立方米，垒砌田坎总长度达 20 余公里。造田新增粮食达 122000 斤。

从靠天吃饭到科技进田

在久顺山寨一排新建的谷仓侧面，仍保存着一排排木架禾晾，它既是历史的见证，又衬托出久顺的变迁。

多少年，多少代，久顺人一直靠天吃饭。

久顺稻田面积少，原有的 200 多亩稻田，全是冷阴烂锈低产田。加上耕作技术落后，生产老方式，种植老品种，稻田产量极低，使久顺长期严重缺粮。

1986 年，村党支部、村委会在组织群众造田的同时，决定在全村实施科技兴农战略。措施规定：村干包组、党员包户。每周碰一次头，报告工作开展情况，有问题共同研究解决。同时要求党员、村干从自己做起，推广良种和科技种田，为群众做出表率。

二组村民，75 岁的郃往生少是村委主任郃政章的承包户，由郃政章帮他改造一块三分面积的低产田，搞半旱式栽培。为他翻耕，帮他按技术要求搞好垄沟。

自认为是种田老把式的郃往生少，见田里扒开了一大条沟，心里便嘀咕起来：我种了一辈子田，没见人这么整过，中间那么宽的一条沟空着不栽秧，不少收谷子才怪。不行！不行！第二天，他拉牛重犁将沟全部翻平。

郜政章知道后，又找郜往生少："这丘田，今年我来帮你种，多收我不要，少收我包赔。""嗬！你就那么有把握？"郜往生少见村委主任决心已定，又愿意包赔产量，还能说些什么呢？好吧！我只要190斤到200斤，那是我往年的产量。

郜政章又重新搞了垄沟，按半旱式栽上秧。当年产量320斤，净增120斤。打谷子那天，郜政章把郜往生少约来一起收割。看到确实增了产，多收的谷子村委主任又不要，郜往生少激动得用手直拍脑门。"我们这些老辈人太笨了，有田不会找饭吃。"后来村里推广杂交稻和规范化栽培，老人二话不说，还成了村里推广科技种田的义务宣传员。

党员、村干们把工作做到了这个份上，村民们服了。良种良法，宽窄行插秧等科学种田技术，在全村逐步推开。1988年以后，全村杂交水稻推广种植面积达95%以上。十年间，全村靠科学技术新增粮食产量171600斤。

从小生产到可持续发展

与久顺人谈变化，他们总是说"我们还差得太远。"他们没有满足小有进步，都渴望追求将来更大的发展。

一系列发展变化，都在悄悄发生。

一个个远景规划，在逐步付诸实践。

——总长三千多米的两条灌溉水渠已经贯通投入使用。规划中的另一条长1.5公里的新水渠，也即将投入开工。

——荒山造林已于1994年完工，全村营造用材林3300余亩，使全村有林面积达6600亩，形成产值累计达7920万元。森林覆盖率达75%，当年实现灭荒，被评为全县造林绿化先进村。

——总投资8万元的输电线路，于1995年架通投入使用。村民集资3万元，同时承担了拉线、抬杆、竖杆全部工程义务劳动。给久顺带来了光明。为发展农副产品加工业创造了条件。规划中的全村人畜饮水工程，目前已在筹划之中，乡水利站已进村测量，计划春耕过后投入开工，今年内就可解决全村人畜饮水问题。

——今、明两年全村再造80亩新田的计划，任务已经落实到各组各户，不少农户已经提前开工。

——为解决15%缺粮户（主要是五保户、劳力缺乏户、孤儿）的吃饭问题，村里在抓好发展生产的同时，采取措施，从1990年开始，全村每个人口提留2斤粮作为“互助储粮”。现在，村里通过粮食互助调剂，外出临时打工找粮糊口的现象不再发生，村民人人安心生产。

——劳务输出从零星分散变为有组织地进行。1995年以来村里每年利用农闲季节，由一名党员带队，组织50余人外出打工，已实现劳务收入15万元，人均3000元。

——户均出栏一头牛、三头猪（养一头母猪。卖一头肥猪，杀一头年猪）的养殖业发展规划正在开始逐步实施。

修公路的事，也在酝酿中。

挣脱小农经济的羁绊，沿着可持续发展的道路，在争取1999年实现人均收入一千元，人均粮食六百斤的基础上不断超越，不断前进。

一年一个新变化，一个脚窝一支歌。久顺人发扬红军长征精神，不怕困难，奋力拼搏、披荆斩棘，冲出绝境。在无法生存的地方，创造了生存和发展的路，在没有路的地方，辟开了一条摆脱贫困的路，一条走向未来的希望之路。

评论

愚公移山　改变贫困

居住在恶劣生存环境的极贫人口，靠什么在20世纪末解决温饱问题？剑河县久顺村发扬愚公移山精神，坚持10年挖山造田改变极贫困境的伟大壮举，为我州的扶贫攻坚树立了一个值得学习借鉴的好榜样。

久顺村地处山高谷深。过去，平均每人三分地，零星破碎分散在海拔近千米，斜度达六七十度的陡坡上，生存环境十分恶劣。20世纪80年代初，这里粮食不够吃半年，收入不够买油盐，日子过得十分艰难。是望贫兴叹，继续坐等救济？还是挺直腰杆，振奋精神，下定决心苦干实干改写贫困的历史？久顺村毅然举起了反贫困的大旗。在共产党员、村民委员会主任邰政章的带领下，发扬愚公移山的精神，树立必胜的信心向穷山恶水开战十年来，他们不被重重艰险所吓倒，勇往直前挖山不止、造田不止，终于在陡峭的高坡上造出梯田244亩、梯土126亩。现在，全村人均吃粮达286公斤，人均收入达623元。同十年前相比，等于再造了一个新的久顺。事实证明，久顺的变化，不是在家中坐等得来的美景，久顺的奇迹，不是从天上掉下来的神话。而是靠百折不挠艰苦奋斗换来的，靠披星戴月顶风冒雪一锄一钎干出来的。

愚公移山，改变贫困，这是久顺的精神。有了这种精神。就不被恶劣的生存环境条件所吓倒。就会改变那种听天由命、安贫乐道的精神面貌，树立起自力更生、艰苦奋斗精神。把苦熬变成苦干。变等、靠、要为干、闯、造。有了这种精神，就能排除一切困难去战穷山斗恶水，让人间绝地变为米粮仓，让极贫村变为小康村。当前，我州要打赢扶贫攻坚战，重要的一点，是要解放思想、转变观念、振奋精神、苦干实干，不达到脱贫目的誓不罢休。久顺人的反贫困苦干历程，充分地证明了这个真理。

我州贫困地区的贫困原因几乎是相似的：大多数贫困人口，主要集中在生存条件恶劣、交通不便的深山区和高寒山一区以及文化教育落后的少数民族地区。这些地方的扶贫工作当然需要国家的扶持和社会各界的帮助，但要从根本上解决问题，需要的是当地的干部群众的团结拼搏、负重奋斗、排除万难、勇夺胜利，需要当地的党员干部想在先、干在先。需要当地的党组织一届接着一届干，一届干给一届看，年年都有新变化。久顺的变化，在很大的程度上是有一个坚强的党支部，有一个好的领头人。

苦熬没有出路，苦干才有希望，我们学习久顺，就是要学习他们这种自力更生、艰苦奋斗的精神。只要我们把这种精神力量化为苦干实干改天换地的实际行动。我们就一定能够达到富民兴州的目标。

（原载《黔东南报》）

大山在呼号

——来自黎平县平寨乡的扶贫攻坚报告

层层叠叠万重山，

贫困像道鬼门关。

苗族聚居的黎平县平寨乡，深嵌在大山皱褶里。22 座千米海拔山峰，起伏连绵，层层叠叠，把人们脱贫的步子拦了又拦。使居住在这里的数千苗族农民，至今仍然深陷贫穷困境。要脱贫！要帮扶！声声呼号，在大山深谷中回荡。

在这里，全面建设小康社会任重道远。摆脱贫困，改善生存环境和基本生活条件，成为急待解决的首要课题。

贫困：一道难迈的坎

7 月初，记者到这里采访，耳闻目睹农民的贫穷境况，令人揪心。

据平寨乡党委书记张剑锋介绍：2002 年，全乡人均国内生产总值只有 1097 元，农民年人均纯收入（按上报数）601 元，人均产粮 109 公斤，全乡年缺口粮 67.6 万公斤。目前，全乡有 8 个村，38 个自然寨，8756 人生活饮水困难，近十分之一的农户还在用煤油和松柴照明，无住房人口达 408 户。

乡所在地平寨村，极贫户比比皆是。四组农民姜光兵家低矮潮湿的木屋里，一盏用墨水瓶自制的小煤油灯忽明忽暗。灯影下，姜光兵双脚一只赤足，一只拖着破塑料鞋。揭开火塘边的饭锅，里面是半锅菜叶掺米熬的稀粥。问其收入，他犯愁地说：“找钱太难，吃盐只有拿米去换。粮不够吃，连只鸡都养不起来。”

腊亮村二组农民胡荣清，作为该村一般困难户的代表，家徒四壁。全家 5 口人一年可支配收入只有 594 元。一年 120 元农业税，分 4 次才能缴完。

平寨乡没有农贸市场，距周边市场又远，农产品卖不出去，农民增收难。缺钱就缺少投入，全乡不少农户喂不起猪，养不起牛；小孩读不起书，儿童失学率达15%；80%的农民有病不能上医院，只好“小病拖，大病挨，病危才往医院抬”。

去年初，腊亮村一位50岁的农民，搬石头砌堡坎时被压伤手指，因无钱没有及时上医院医治，小伤酿成大难，严重感染最后殒命黄泉。该村另一位年仅30岁的农民姜文龙，患乙肝后无钱上医院治疗，家里人眼睁睁看着他被疾病折磨致死。

找钱难，脱贫难，致富更难。贫困，成为平寨农民一道最难迈过的坎。

返贫：一个难解的结

脱贫难的另一重要原因是返贫。平寨乡的返贫现象尤为突出，被人称为“平寨现象”。

平寨乡地处高海拔山区，千米以上山峰22座。山高坡陡，山地面积占总面积的95%。土地贫瘠，望天水及冷阴烂锈中低产田土占总耕地面积的47%。农田水利、交通基础条件差，教育、卫生事业落后，农民文盲率高，医疗、健康条件没有保障。居民住房均为木质结构，还有不少是茅屋，防火性差。

恶劣的自然地理环境和生存条件，频繁的自然灾害和火灾事故，微弱的抗灾抗病能力，造成农民生产生活困难，导致返贫率高，形成脱贫再返贫的恶性循环，增加了脱贫的难度。2002年，全乡遭受低温冷冻，稻田受灾面积达100%，绝收面积11119亩。粮食总产量比上年下降58.9%，造成大量人口返贫。

同年发生在纪德村的一场特大火灾事故，使87户人家的财产化为灰烬，多年扶贫工作的成果随之灰飞烟灭。刚脱贫过上好日子的村民姜海堂，新建的一幢水泥砖柱房屋，门前有走廊、院门，屋里地面和走廊过道铺上了彩色瓷砖，成为当地农民脱贫的最好见证。两个儿女都上了中学，一家人开始往富路上奔。然而，一场大火，使多年的奋斗成果毁于一旦，房屋成了废墟，致富希望成为泡影，好日子刚刚露头便又重新返回贫穷困境之中。

返贫成为该乡遇到的一种“顽症”，挫伤了当地农民奋力脱贫的信心和勇气，使扶贫工作增加了更大难度。抑制返贫，成为巩固扶贫成果一个必须认真解决的问题。

脱贫：一场攻坚之战

在乡里，记者听到一件很感人的事：乡党政机关、各站、所，从领导到一般干部，每人从微薄的工资中拿出一笔钱，负责一包一救助一名贫困户子女入学。初中3年，小学6年，谁也不许半途而废。

听起来此举确实令人十分感动。可干部们说：“我们是人民的公仆，为扶贫攻坚尽一点力，是我们的义务和责任。为使更多的人摆脱贫困，我们将殚精竭虑。”

从这第一件事做起，全乡的扶贫攻坚决战，已正式打响。

今年初一平寨乡被列入“两山”地区扶贫攻坚重点乡镇。乡党委、乡政府抓住这一重要机遇，立即行动起来，认真规划，统一部署，把消除贫困和抑制返贫结合起来，展开了一场扎扎实实的攻坚之战。

修路。公路通才有富路通。乡里规划，在重点抓好通乡公路改造的同时。全乡每年新修1至2个村通村公路。力争2005年实现村村通公路的目标，彻底改变交通落后的状况。

引水。认真抓好农田水利建设和人畜饮水两大工程。改善农田灌溉条件，提高抗灾能力，确保粮食增产增收。解决人畜饮水困难，同时结合实施村寨消防规划，确保防火安全，避免火灾事故发生，抑制因灾返贫。

建市场。开工建设平寨集贸市场，结束全乡没有集贸市场的历史，为农民出售农产品创造条件，促进城乡商品交流，激活农村经济，增加农民收入。

抓好教育、卫生和计划生育。着力改善办学条件，抓好“普九”工作，提高适龄儿童入学率。加强对农民的技术培训；建立健全村级卫生服务网络，改善医疗卫生条件。抓好疾病预防。确保农民身体健康；扎扎实实抓好人口与计划生育工作，控制人口增长，实现少生优生，从根本上全面提高农村人口和劳动力整体素质。

调整产业结构，发展农村经济。实施退耕还林工程，计划到2005年，全乡退耕还林10000亩，其中楠竹5000亩、花椒2000亩、厚朴等其他药材3000亩。推广和发展种草养殖业，种植优质牧草3000亩，大力发展猪、牛、羊为主的养殖业。改变单一生产粮食的传统产业格局，培育新的支柱产业。结合沼气工程建设，改善生态环境、生存环境和农民的生活条件。

走进今日平寨群山之间，处处热火朝天。公路施工工地上，人声、镐声、钎声、开山炮声不断；村寨里、山坡上、田野中，牛群、羊群、鸭群，一群群迎面走来，养殖业起步正兴。

脱贫，一场攻坚鏖战，正在全乡各地全面展开！

（原载《黔东南报》）

月亮为啥难出山

——月亮山区贫困考察追记之一

都说月亮山区脱贫难，原因究竟在哪里？最近，记者随从江县月亮山区贫困考察队进山考察，所闻所见，深解其难。

一个数字和一组镜头

在加鸠乡政府。考察队领队、从江县委副书记邓仕雄追问乡长王忠诚：请你讲实话，这里农民人均纯收入到底有多少？王忠诚回答：去年，全乡实际产粮3200吨。人均328公斤；人均纯收入最高860元。最低的只有420元。

邓副书记不放心，带着考察队员下村去看，几个镜头映入眼帘：

在加鸠乡政府驻地，一位单身农民长年在一口残缺的防火池上搭铺而卧，床下是冷水浮漂，四周围着破席和草帘。在党丢村，打开党支部书记王文斌家的谷仓，仓里已经没粮，这一天，刚过农历五月二十日。到光辉乡加进村，路边一间歪歪扭扭的木楼上，百岁老人黄务荣躺在稻草垫的草窝窝里，其贫之状，使人惨然。翻坡登上污虽苗寨，夜幕已经降临，全寨11户人家还未见炊烟。考察队的晚饭米，靠各家各户去凑，每户不到一斤，拿筒量米的手都在发颤……

一首民谣和一个故事

月亮山区山势陡峭，海拔最高处达1500多米。深山峡谷之间，村寨挂在山梁或半山腰上，数十里之内，荒无人烟。

绕山盘旋的梯田，有的每块仅一尺多宽，有首民谣形容这里稻田的窄小：田如腰带绕圈圈，刚才调头又转弯，蛤蟆蜷腿埂上站，一蹦跃过几丘田。这类耕牛用不上，全靠人力锄的“腰带田”，遍布整个月亮山区。耕地分散、零碎、粘、酸、瘦、锈、烂等不良土壤占40%，稻田远的距村寨10多公里。

这里天生的恶劣生存环境和生产条件不必再去形容，让我们再来讲一个令人尴尬的故事：

7月5日，考察队来到月亮山腹地的长牛村。夜晚，考察队与村组干部在昏暗的烛光下一起交谈。当村组干部介绍当地情况后，带队的县领导询问村主任周格：根据你们村里的情况，说说你们对县里有什么要求。

周格愣了一会儿不说话，最后不紧不慢开了口：别的没什么要求。我们这里遍地是森林，没地方放牛，希望上级批给我们一点山烧养牛坡。

此言一出。全场愕然！一霎，县领导干脆明确提问：这里不通公路不通电，是眼下摆在村里最要紧的两件事。你们先提个意见，需要县里怎么帮？

谁料话未落音，周格脱口而出：引电怕引起失火，修公路太累乡亲……

一系列现象和一连串思考

先别笑话那位村主任的荒唐，让我们还是再来看看存在于月亮山区的另一些现象：

这里方圆几十里内很少有乡场，而新开乡场又赶不起场；

劳动力人口中的文盲、半文盲占43%，不少村组干部只读过小学一年级，有的连发票都不会写；

村小学开班有的只设二年级，乡里才有完小。村寨间相距遥远，山高路险，蛇虫野兽出没，家长不放心让孩子出寨读书，失学、辍学不少；

种植、养殖缺少技术人员指导，生产经营粗放，没有完全脱离刀耕火种。收成靠天赐福。灾来求神弄鬼；

月亮山区8个乡镇，通路通车的只有4个。两个乡至今没有一寸公路，另两个乡通路仍未正常通车，进出物资全靠人力肩挑背驮；

乡里每月只送两次报纸。有的乡电话机还是手摇机，与县里通话还要通过中转……

恶劣的生存环境和落后的生产条件，严重制约了这一地区的生产力发展，造成了这里少数民族群众生活的艰难。长期难以改变的生存生活现状，导致形成了一切听天由命，顺其自然的消极心理。人们没有也不敢有过高的奢望与追求，仅仅满足于“盖间茅屋避风雨。种点粮食填肚皮”。

交通闭塞，农用物资和日用商品进不了寨。农副产品、森林资源产品出不了山。堵塞了增收渠道。同时，人员往来受阻，影响思想交流、文化传播和风气开化，致使风俗难变，沿袭祖传，思想守旧，观念和积习难改。

市场是产品和商品交流的场所。没有乡场，产品不能通过交易变成商品，商品和市场经济难以形成，从而导致商贸不兴，生财无道。也使从自然经济到市场经济过渡困难。

这一切。正是月亮山区脱贫艰难的根源。

（原载《黔东南报》）

加鸠还需再加油

——月亮山区贫困考察追记之二

加鸠。一个悠远而荒凉的名字，它的命运，与偏僻贫穷的月亮山区紧紧连在一起。

近年来，经过党和政府长期扶持与全乡人民的共同努力，贫穷落后面貌有较大改观。年吃返销粮由1985年的200吨减少到1998年的仅2吨。这一年，加鸠沾全县的“光”搭车越过了“温饱线”。但这个消息，并没有引来山笑人欢。

相反，不久前的一场暴雨，导致山洪泛滥，使加鸠电站堤坝垮塌几十余米。停电，不仅造成山村一片漆黑，还给山乡人民蒙上了一层难以稳定脱贫的阴影。

加鸠乡干部、群众的心里都有数，这里各种基础条件都不牢固。种田靠风调雨顺，挣钱靠杉木棍棍和手粗肩硬。收入菲薄，积蓄不丰或没有积蓄，稍有自然灾害，转眼重陷困境。

其实，并不是加鸠人天生落后，也不是加鸠没有出路。解放几十年来，加鸠人一直在为改变这里的贫穷落后面貌而战天斗地。修公路，建电站，男女老少上工地，出血流汗尽义务，人人争先恐后。终于修通了路，引来了电。

改禾种杂交，推广两段育秧技术。加鸠人也不含糊。说改就改，说干就干。杂交水稻推广种植面积达95%，终于使粮食总产翻一番。

提倡种果树，加鸠人也闻风而动。积极探索，试栽试种。但由于山高水冷缺技术，苹果只有杏子大，柑橘扬花不挂果，板栗3年不长树。虽未成功，但从实践中明白了一个道理：开辟生财之道要因地制宜。

如今。加鸠人总算找到了自己的优势——香猪。加鸠是从江县纯种香猪的种源地，具有得天独厚的自然地理和香猪特殊饲料资源优势。发展香猪养殖，不仅是使加鸠实现稳定脱贫，而且是加鸠人民实现小康和走向富裕的通天大道。

去年以来，加鸠乡紧紧抓住香猪这个特有优势不放，致力于开发以香猪为主体的特种养殖业。全乡香猪母猪一年内发展达1180头。今年，预定发展2000头，到6月底止，已经完成980头。有人算了一笔账，加鸠乡有2242户，如果户均年饲养3头香猪母猪，全乡可发展近7000头。仅此一项，全乡可创收560余万元，人均收入550余元。香猪养殖，在加鸠大有潜力可挖。

发展香猪养殖需要饲料，养殖促种植，种植促养殖，相互推动，滚动发展，加鸠实现稳定脱贫奔小康大有希望。

加鸠，发展还要再加油！

（原载《黔东南报》）

“光辉”何日才灿烂

——月亮山区贫困考察追记之三

光辉乡坐落在太阳山和月亮山两山之间，顾名思义，希望太阳和月亮的灿烂光辉能洒遍全乡。

有人说，光辉乡是躲在深山里的一轮明月和红日。考察中我们也发现，光辉乡境内潜藏着极其丰富的资源，具有较大的开发潜力和发展后劲。

这里地广人稀，全乡方圆155.36平方公里，人口密度每平方公里只有18人。森林覆盖率达76.44%。近18万亩森林面积中，人均50余亩。1.2万余亩九月笋竹林，人均近4亩。资源积蓄丰富，人均占有率高。

乡境内50000余亩草山空地，可大力发展牧草和牛、羊养殖。在加叶村的山道上，我们正碰到一对年轻夫妇赶着数十只羊从山上放牧回家。在长牛村、85户人家，有50%的农户户均养牛达10头以上。一位考察队队员，看后由衷地赞叹：长牛长牛，大养其牛。

另据乡里介绍，光辉乡不仅是从江香猪的主要产区，而且在加牙村一带还有锰矿资源可供开采。新中国成立，这里曾开办过硫磺厂生产硫磺。后因交通不便并缺乏技术和管理，硫磺厂才停产倒闭。

光辉乡另一个引人注目的是这里的森林生态旅游资源。从江县人民政府划定的“月亮山水源林自然保护区”就在光辉乡境内。这里，太阳山、月亮山两山雄居，相依相连。清晨太阳山顶观日出，傍晚月亮山中赏月明，别有洞天和一番情趣。

月亮山自然保护区是都柳江支流的源头，总面积约5300公顷。区内保存着大量第三纪孑遗植物和古老树木，具有较高的科考价值。这里还有成片丰富的藤草，各种名贵中草药材达560余种，是一座天然药库。

在深山峡谷和茂密的森林中，有众多的珍贵动物大鲵、穿山甲、大树蛇、虎纹蛇，有猕猴、黑熊、野牛、苏门羚、狗熊以及重达二三公斤的飞鼠。鸟类有锦鸡、猴面鸟、猫头鹰等；爬行类初查有24种，其中丽脊树蜥为国内首次发现。其他还有蛙类等多种动物和昆虫。春夏百花盛开，满山蝴蝶翩翩起舞，异彩纷呈。人在山中转悠，飞瀑流水，凉风习习，使人流连忘返。这里，的确是发展生态旅游的首选之地。

然而，资源如此富饶的光辉乡，至今仍处于贫穷落后的困境中。乡境内没有一寸公路。山里出产的木材以及香菇、木耳、竹荪等大量名优特产难以出山进入市场。县里曾把光辉乡公路建设列入扶贫攻坚计划，但由于县里财政困难，资金短缺，公路建设困难重重。乡境内还没有乡场和乡镇企业。乡里曾办了一个竹笋加工厂，因产品运不出山，最终倒闭停产。于是，乡里的财政除了纯农业税外，再没有其他税收。到1998年，全乡农民除了粮食，人均收入仅300余元。教育、文化也十分落后，全乡1600多劳动力人口中，大多数为文盲和半文盲。

富饶的资源，偏僻的环境，贫困的现状。充满希望又困难重重，增强信心又必须面对现实。因而有人发出这样的感叹：光辉何日才灿烂？

光辉人坚定地回答：希望在明天，路就在脚下，榜样有脚尧和大关，同时，也亟盼外界支援。

（原载《黔东南报》）

香猪“拱”出脱贫路

——月亮山区贫困考察追记之四

正当月亮山区的人们努力寻找脱贫良策之际，一直被称为“活宝”的从江香猪，也在致力为它的主人们“拱”出一条加快脱贫的生财之路。

其实，从江香猪的原产地就在月亮山区。据当地苗族老人说，香猪是当时住在这里的苗族祖先用从当地山上捕获的活野猪，经过驯养繁殖而成。后经几代人用圈饲和放养相结合的养殖方式，逐渐成为当地的一个特有品种。

香猪，由于其肉细嫩奇香，自明代就开始四方闻名。到新中国成立后，由农业部确定把从江定为香猪保种开发区，于是，香猪从此正式定名为从江香猪。从江县也由此被称为“中国香猪之乡”。

1993 年，全国刮起一阵“香猪风”，当时，全国 20 多个省市的客商纷纷涌入从江抢购从江香猪，有的直接进入产地月亮山区收购，大至成猪，小到幼猪、仔猪，拉网式抢购一空，导致香猪顷刻间种源稀缺。同时，附近一些地方的农民为趁机大发“香猪财”，纷纷把其他猪种的幼猪也拿出来充香猪卖，败坏了香猪的名声，造成正宗从江香猪的产销量渐渐下跌。还有一些外地商人以为买到猪种就可以异地大量繁殖，殊不知一方水土养一方猪，香猪离开了从江便不“香”了。

“香猪风”刮过之后，从江县的干部群众从“香猪热”中不仅看到了香猪的经济价值，同时也看到了从江发展这一特殊品种的特有优势。近几年来，县里迅速调整思路，研究发展对策，制订措施，把发展香猪养殖作为特色产业和加快扶贫攻坚、增加农民收入、实现脱贫致富奔小康的重要项目来抓。实行保种繁殖，区域化发展，产业化开发。以及省县联营，股份制合作等，以公司 + 农户 + 基地的方式，一手抓繁殖、一手抓养殖，一手抓加工，一手抓市场，使香猪的发展形成一个大产业，使县内西部月亮山区实现稳定脱贫和带动全县经济快速发展。

目前，从江县委、县政府已经制定了“东部柑橘，西部香猪”的发展战略。县里在西部月亮山区建立了 8 个香猪保种繁殖基地，并先后相继建立了“从江县香猪开发总公司”和“贵州从江县金牧特色畜禽有限责任公司”，同时，香猪屠宰加工厂和可储藏 100 吨的香猪冷库也已建成。截至 1999 年 6 月上旬，全县香猪养殖基地由西部月亮山区逐步扩大到县内 14 个乡镇，项目覆盖 130 个行政村。饲养户已达 1.7 万余户，建成了 15 个香猪养殖专业村，香猪存栏数近 15 万头。

从江香猪，正在为从江西部月亮山区及全县人民“拱”出一条脱贫致富之路。

（原载《黔东南报》）

改革创新篇

黎平县实行养猪户自养自卖

取消派购后给农民、地方、国家都带来好处

贵州省黎平县人民政府决定，1985年1月1日，农民养猪全部实行自养自卖，即可就地处理，也可直接销往外地或按议价卖给县食品公司。

生猪实行自养自卖的好处是：

——减轻了贫困落后地区农民的负担。过去，实行生猪统一派购，山区一些养不起猪、养不好猪的农民，常常为完不成生猪派购任务而发愁。有的节衣缩食，借钱买猪交售。实行自养自卖后便可免去他们的这一项负担。

——减少了国家对肉食的亏损补贴。实行自养自卖后，肉食品经营由平价供应改为议购议销。国家每年可减少几万元的肉食经营亏损补贴。

——简化手续，方便农民。过去，实行生猪派购，农民得走几十里路把猪赶（或抬）到区、社食品站交售，然后再由食品站送交县食品公司或往外调运，费时、费工、费财力。现在，个体经营户和食品部门可直接上门收购，农民不必再为卖猪为难。国家也不必再承担收购和运输过程中的损耗。此外，有条件的农民和养猪专业户，还可直接与城市挂钩签订购销合同，将生猪运往各大、中、小城市和集镇销售，或直接用生猪换取各种工业品，进一步沟通城乡物资交流。

——根据习惯、条件，因地制宜，发展养牛、养羊、养鸡、养鸭，以适应人们肉食方面的各种需求，满足市场的需要。

（原载《农民日报》）

改变人浮于事状况　提高基层工作效率

龙额区实行干部管理尝试改革

贵州省黎平县龙额区大胆试行压缩区、乡行政干部的编制，试点乡全年各项工作任务由党委正副书记、乡长四人向区委、区公所承包。实行行政领导、合同管理，以增强基层干部的责任心和事业心，提高工作效率。

长期以来，这个区不少区、乡干部抱着干行政、饭碗硬，工作好坏，工资照领的思想，缺乏责任心、事业心。乡里七八个干部，有的经常回家，有的出勤不操心，工作不主动。结果，工作干多干少一个样，挫伤了不少人的积极性，造成基层工作效率不高，变化不大。针对这种情况，龙额区委、区公所决定，在目前干部行政体制尚未改革的前提下，从今年2月起试行压缩区乡干部编制，实行工作任务承包责任制。具体办法是：按照党政分工的原则，改革试点乡全年的工作任务由区综合列项下达写入承包合同，交乡党委正副书记、乡长承包，或经他们选定再留一人协助工作，其余干部，一律由本人写申请经区批准后留职领每月35元基本生活费，回家带领群众劳动致富。

根据区委、区公所关于对区、乡干部管理进行尝试改革办法和承包合同规定，凡本区区、乡行政在册干部、职工，均可写申请留职领基本生活费回家。现任在职区委委员、正、副区长，乡党委正副书记、乡长，一般不允许离任回家，减编乡承包人员可享受离职人员减薪部分工资基金作为岗位津贴和完成任务奖金，补发办法由承包人员根据工作责任大小和完成任务情况评定后兑现。

实行承包过程中，一般情况下不调动承包乡干部的工作。如需变动政府正、副乡长，须召开乡人民代表大会履行法律手续后方可变动。

（原载《农民日报》）

黎平县供销社系统改革步步深入

奖金与利润挂钩　工资与任务挂钩

黎平县供销系统推行经营承包责任制，实行工资与任务挂钩，使体制改革步步深入。

为了进一步改变端“铁饭碗”、吃“大锅饭”的局面，这个供销社系统实行了基层供销社，县公司向县联社承包；分销店、柜、组、个人向区社承包。同时，改革了工资和奖金发放办法：一是实行工资与任务挂钩。全县供销系统职工从7月1日起，统一先发工资80%，留20%待年终根据任务完成情况多退少补。同时，建立劳动分红制度，从税后盈余中按工资总额提取10%至15%的劳动分红基金，到年终结算时按完成任务和出勤情况发给个人。二是实行奖金与经济效益挂钩。奖金的增长与利润同步增长，上不封顶、下不保底，主要看经济效益。如果利润比上年增长10%，奖金随着增长10%；利润下降10%，奖金随着下降10%，增减比例依此类推。此外，全县所有的饮食服务业和部分边远山区的商店、门市部一律实行了利润大包干。

由于推行了经营承包责任制和实行工资、奖金“两挂钩”，调动了全体职工的积极性。全县供销系统今年上半年完成商品销售计划一千零八十三万多元，占计划的53.44%；实现利润占年计划的115.30%。购进、销售总值都达到了“双过半”。

（原载《贵州日报》）

转换机制　强化管理

——黎平县岩洞供销社走出困境记

连续4年亏损的黎平县岩洞供销社，1994年却奇迹般地扭亏为盈。企业经济效益由位居全县供销系统倒数第一，一跃名列前茅。职工精神面貌焕然一新。

岩洞供销社为何一年就实现了扭亏为盈？供销社主任黄承发回答说：关键是形成了一个新机制！

为增强企业活力，岩洞供销社曾实行过两轮承包，承包并没有使企业摆脱困境，反而年年亏损。1994年，新任领导班子在总结承包经营经验、教训的基础上，圈绕正确处理国家、企业、个人三者之间的利益关系，在改进承包经营中，制订了“销售指标与当地经济状况相适应；承包内容与工作任务相区别；承包效益与个人收入相联系”的承包方案。行政人员实行“五定一奖”（定销售计划、利润计划、费用水平、资金周转、出勤天数），工资与企业效益挂钩；各分社门市部实行“百元销售工资含量计酬制”。

由于指标分配合理，承包方法得当，激发了全社职工的积极性，去年，全社商品购进243.36万元，比上年上升83.82%；商品销售232.14万元，超年计划的36.56%，比上年上升47.83%。当年扭亏为盈，创税利5.95万元；全社44名在职职工，工资全部得到上浮，上浮最高的月工资达千多元，企业迅速恢复生机活力。今年1至5月，岩洞供销社再创佳绩。商品销售总额达177.77万元，比上年同期上升72.69%，税利比上年同期上升5.12倍，职工收入比上年同期上升227.13%。

前几年，岩洞供销社规章制度不健全，有章不循。执法管理不严，纪律松弛，人心涣散。去年，新任领导班子在实施承包经营改革的同时，采取一系列强化企业管理的措施，形成新的制约管理机制。社领导以身作则，带头遵守各项规章制度，大胆管理，不怕得罪人，去年对6名违纪职工给予经济处罚，对1名职工记大过（1人），辞退5人，在全社震动很大。在营销管理中，严格财经制度、费用开支审批制度、定期审计制度、盘点对账制度、“五员会审”进货制度，去年仅费用开支审批制度一项，就堵塞漏洞、节约增收2.9万余元。从1994年1月至1995年5月，全社清理、处理有问题商品收回资金5.8万元；清收有问题资金8.49万元，资金周转天数由过去的248天缩短到94天。

岩洞供销社地处少数民族聚居区，交通闭塞，商品经济不发达，购买力很低。对此，他们采取拓展服务领域、改进经营作风和树立企业形象、提高企业信誉等一系列措施，通过把为农村综合服务放在首位，扩大农产品收购和农业生产资料供应，扶持发展生产。在稳住农村市场的同时，不断扩大经营范围，广辟进货渠道，增加适销对路产品，增设服务网点，组织送货上门，延长营业时间；实行货物退换、商品保质销售等等。同时，利用当地民族节日举办商品交易会，有奖销售、让利销售、节日优惠等促销服务活动。去年以来，全社销售服务网点由18个增加到27个。1994年仅通过增加网点，采取多种形式促销就净增销售额54.2万元。

（原载《贵州日报》）

走改革创新之路

——镇远县国有商业发展探秘

当许多国有商业还在“山重水复疑无路”的困境中一筹莫展时，镇远县国有商业企业却已走到“柳暗花明又一村”的发展佳境。

1998年，镇远县国有商业工业产销效益取得了历史性的突破，工业年产值（现行价）达9532万元，比1996年增长18.65倍；工业产品销售从滞销转向供不应求，1998年实现销售额达10509.5万元，比1996年增长18倍；全县国有商业继1997年实现扭亏转盈后，1998年实现利润423.8万元，比上年增长70.5%，实现税利1905万元，比上年增长2.7倍。

发展的奥秘在哪里？镇远县商务局局长饶阳在最近召开的全州商务工作会上介绍说：改革创新是我们稳定发展的源泉。

改革增活力

事在人为，人是企业兴衰的决定因素。职工和企业法人的积极性，是企业活力的源泉。镇远县国有商业主管部门在企业改革中紧紧抓住激励人和选用能人两个重要环节不放。在进一步扩大企业自主权的同时，围绕调动企业职工和企业法人两个积极性，重点改革分配方式和建立利益激励机制。

打破分配上的平均主义，切实贯彻按劳分配原则。各企业采取因企制宜推行联产联销、联利、超产多奖等多种分配方式，真正体现多劳多得。

在激励企业法人方面，一是改经营承包责任制为目标任务考核。根据确定的目标任务基数，重点考核增值税入库、利润、工业产值、产品销售4项指标。奖励标准以企业的产业类型和企业经济效益确定。把企业发展，与企业法人的责任、贡献和利益捆在一起。完成目标任务按确定的奖励标准奖励，超目标任务实行提成奖励。二是改奖励企业班子为单奖企业法人并设立企业法人奖。党支部书记和其他副职及有贡献的职工，由企业法人根据其各自工作表现和实绩自行予以奖励。这样，既扩大了企业自主权，也增强了企业法人与企业其他领导班子成员之间的凝聚力。同时避免干部中“人在其位不谋其政”现象发生。三是坚持奖励兑现原则。多超多奖，不卡不拖，不眼红。1998 年，县商务局对全面完成目标任务的青溪酒厂，一次奖励企业法人 4.3 万元。对县糖酒公司法人，一次奖励 7800 元。

在选用能人方面，推行职工民主推荐与组织考核任命相结合。建立能者上，庸者下的优胜劣汰机制，使企业法人和全体干部都有危机感。进而迫使干部不断加强学习，努力提高自身素质。1998 年，全行业在对 10 个国有商业企业班子的调整中，就有 5 名企业法人被调整，还有 3 名被免职。

创新谋发展

创新问题是企业的关键。创新就是要把改革中思想上的解放和突破，落实在具体措施上，落实在经济发展的实效上。只有创新才能使企业不断有新局面。镇远县国有商业企业干部职工深谙此理，他们把创新作为创造企业活力的重要源泉。在企业扩展，资产运营等方面不断寻找突破口，创造新机制，使企业不断改变现状适应新的竞争，谋求新的发展。

随着市场竞争的日益加剧，以经营销售为主的镇远县百货公司，近年来销售营业额急速下滑，企业陷入生存发展困境。为了抢滩占市场，扩展企业发展空间，1998 年，他们借力青溪酒厂产销两旺的发展势头，筹集资金 5 万元创办镇远县百货公司纸箱包装厂，生产青酒系列产品包装箱。当年 3 月筹划，4 月投产。投产一年，已生产各类成型包装纸箱 11 万个，创产值 40.7 万元，实现税利 4.6 万元，使公司新辟出一条一业为主，多种经营的渠道，营造出新的企业商机。

一面是资金短缺，一面是资产闲置，这种矛盾状况在国有商业企业中较为普遍。而有的企业经营运作方式又不能解决这个矛盾。怎么办？一些企业选择了创新之路。经过申请批准，采用有偿转让，拍卖等方式对部分闲置资产进行处理。1997、1998 两年中，镇远县国有商业中部分企业运用转让、拍卖两种方式累计盘活闲置资产达 283 万元。

运用兼并办法，加快优势企业发展，同时为被兼并企业发展注入新活力。青溪酒厂在县城扩展需要建设用地，而县饮食服务公司和舞阳宾馆两家企业占据较好经营场地却又缺少发展资金。为实现优势互补，经过协商同意，青溪酒厂分别兼并县饮食服务公司所属国营饭店和舞阳宾馆所属西门饭店。用两饭店的场地兴建“青酒大厦”和营业、职工住房综合楼，开展综合经营。同时，由青溪酒厂出资一次性安置并接受了两家企业全部离退休和部分在职职工的基本生活保障和再就业。通过合并，实现了资产重组。被部分兼并的两家企业运用兼并补偿资金投入营业设施改造，扩大了经营接待能力，缓解了资金短缺的矛盾，增强了企业活力。这一创新举措，促进了双方的共同发展。改革与创新，营造出了新的企业生机。目前，镇远县国有商业已逐步发展壮大形成有直属企业 10 家，固定资产 27 万元，职工 1600 人，集商办工业、饮食服务、副食、百货、纺织、五金、盐业等六类商品批发零售，生猪定点屠宰等多种产业组成的一个综合型行业。

（原载《黔东南报》）

旅客钱物被盗由服务员赔偿

黎平县长征旅社实行治安承包责任制，提高了国营旅社声誉

黎平县国营长征旅社，在对服务人员加强职业道德教育的同时，实行治安承包责任制，使旅客住店不为随身携带的钱财物品担忧，提高了国营旅社的声誉。

旅客出差住店，一是需要住房清洁舒适，二是能保证财产安全。位于黎平县汽车站对面客流量大的长征旅社，掌握旅客的心理，1986 年进行了企业整顿，在加强对服务人员进行职业道德教育的同时，实行了治安承包责任制。首先，旅社建立了治安保卫小组，配备了专职保卫员，加强了旅客住店登记，如售票员登记不清，工作失职，扣发当月奖金。其次实行昼夜值班，早晚查房，严格交接班制度，做到旅客住宿情况交清，房间物品交清，客人离店交清，发现的问题交清。如果旅客房间财产被盗，当班服务员应按折价处理赔偿三分之一；旅客财物被盗，破案前先由当班服务员赔偿，破案后再退还被赔偿人。

这些措施实行后，增强了服务人员的责任心，不仅使旅客财产安全有了保障，而且服务员中还出现了拾金不昧的新风。一次，安徽省无为县一位旅客离店后遗忘二千九百元现金在枕头下，服务员王月明打扫房间卫生时发现后，主动交登记员存放，接着又如数归还失主。湖南常德一家联营公司采购员遗失现金一万八千元，服务员李安英、何力英二人拾到后也如数归还给他。

（原载《贵州日报》）

敢为天下先

——记私营企业家石荣明

黎平县国营糖果厂被私营老板兼并了。

这消息，在黎平县城确实令有些人心里咯噔了一下子。

对黎平县糖果厂的干部职工来说，则犹如改革进入深水区后有人送来了救生圈。

而糖厂的兼并者石荣明，选一个实际上已经停产倒闭的企业来兼并，这充分显示了他敢为天下先的睿智和胆略。

背后不是没有人议论，说石荣明是不是钱多了没地方扔。

石荣明究竟是怎么想的？他为什么要那样做？记者采访他时，他说：改革需要第一个敢吃螃蟹的人。据了解，黎平有些人是有钱的。他们也想扩展自己的事业，但他们不敢迈出这一步。我今天这么干，如果成功了，就能把他们都带动起来，推动黎平的改革和发展。

他还说，这么做不是没风险，但风险中也蕴藏着机遇。

石荣明是一个创业者，同时也是一个改革者。他在黎平16年，无论做事还是办企业，一直都是超前的，都是干别人还没有干、还不敢干的事。

1984年办私营服装厂，入厂工人每人自带一台缝纫机。办这样的厂和这样办厂，当时在黎平还是第一家。1986年搞沙发家具，1989年搞装潢，1992年办私营加油站。一路第一、一路领先。办加油站时，他又首创跨县经营的先例。把私营加油站点延伸到从江、锦屏两县，带出行业一片。

一路前行，一路开拓，经验越来越多，资金越滚越大，实力越增越强。1995年，石荣明涉足国企改革，以216800元（象征一路发）的资金作抵押，个人承包黎平县国营砖瓦厂，在全州首创风险抵押承包国企的先例。承包期间，工厂年产值由64万元提高到86万元，实现利润由四万余元增加到十余万元，增长率达60%。首例承包，首例成功。

开拓者需要有勇气和智慧。石荣明从来不打无把握之仗。今年4月，他以雄厚的资金实力和非凡的胆识，兼并黎平县国营糖果厂，再次展示了私营企业家和改革者敢为天下先的风采。

兼并前，黎平县糖果厂年负债54万元，加上在职职工和退休人员工资，年负债72万元。因资不抵债，工厂已停产倒闭4年，职工自谋生路。石荣明以84万元兼并后，通过取得原厂的资产和负债，投入新的资金，将糖果厂改建为固定资产250万元，流动资金100万元，计划年产值500万元的啤酒生产企业。原厂下岗职工全部得到安置，退休职工通过建立社会保险基金，生活有了保障。

建啤酒厂生产啤酒，在黎平，在黔东南州又是第一家。项目的可行性，石荣明事先做了充分的考察和论证。资金靠自己的钱滚动，技术连同设备配套引进，原料除了大麦和啤酒花，其他当地就能生产，销售靠减少运输和生产成本的差价优势和厂家直销占据市场。一切（包括管理）都有精心的安排和策划。

目前，一切都在开始紧张的运作中。设备8月15日要准时运到，机器年底前全部安装调试完毕。明年开年就正式开工生产。

从项目论证到建厂投产，要求只需半年时间。与国有企业相比，创建同等规模的企业，投资节省五分之二，时间缩短二分之一。这种效率，在黔东南州也可堪称第一。

祝愿国企改革中石荣明敢为天下先大胆兼并国企的创举取得成功！祝愿他的事业一帆风顺，再获佳绩。

（原载《黔东南报》）

柳乐欢歌

北京吉普在新修的乡村公路上颠簸，把我们带进剑河县首批被省政府命名的小康村——柳乐。

公路已经通到村里。村委会新建的两间一楼一底木质结构办公楼，就坐落在公路边上。村口一溜儿停着的汽车和拖拉机，是村民近几年购置的现代化生产和运输设备，它清楚地显露出柳乐经济和人民生活的初步繁荣与富裕。

村寨里，虽然远比喧闹的城镇宁静得多，也比富丽堂皇的繁华城市相差甚远。然而，比起20年前山村里的萧疏和凋敝，则已使人大有“换了人间”的感觉。

山寨满目生机。摇着短尾的山羊，雄赳赳从村道走来；满寨觅食的鸡群，奔跑着，蹿飞着，发出“咯—咯一路”的欢叫；摇摇摆摆的鸭队，“嘎—嘎—嘎—嘎”跑着、叫着奔向田野；逃出圈的猪儿，满寨逛游，不时用嘴拱拱地上的泥土；不安分的牛犊，冲出棚栏，蹦跳着尽情撒欢……这些当年被禁绝的“资本主义尾巴”动物，如今，使山村又显兴旺景象。

村中，一阵阵欢歌笑语。青年人唱着“卡拉OK”，老人小孩盯着电视荧屏，妇女们踩着缝纫机，男人们喝着醇香的酒。在辛劳换来的欣慰中，尽情品尝着已然来临的甜美生活。

“以粮为纲闹饥荒，多业并举奔小康”。这两句话，是村党支部书记吴昌柏对柳乐村地覆天翻变化的高度概括。

20年前那不堪回首的岁月，尽管“以粮为纲”的口号喊得震天动地，然而，由于捆住了农民手脚，“自留地、自留山、自留畜”被当作“资本主义尾巴”批来批去，割来割去。人们越干越没劲，闹得五谷不丰，六畜不兴，经济拮据，不少农民年年靠向生产队预支度日。当时的柳乐，成了全社有名的穷队之一。

1979年，柳乐的大小队干部冒着再次被头戴“猪笼”游街批斗的风险，率先实行“联产到组”的农业联产承包责任制。随后实行“包干到户”。科学种田，粮食连年丰收。1987 年，在吃饭问题得到根本解决的基础上，村党支部认真贯彻“决不放松粮食生产，积极发展多种经营”的方针。组织全村农民大搞山区综合开发，利用现有荒山，办林场，建果园，发展种植、养殖、加工、服务业。同时，发动群众采割松指、培植木耳、香菇等林副产品。到 1996 年，全村粮食总产达 31.57 万公斤，人均 420 公斤。建成用材林 1660 余亩；经济林 540 余亩，果园 100 余亩。建成和发展木材、打米、磨面等小型加工企业 10 余个，个体运输、商业和其他行业个体经营户二十余户。当年采割松脂 80 余吨。养殖猪牛 860 余头，羊 240 余只，家禽 4500 余只。农民人均纯收入达 2610 余元。

摆脱贫困的柳乐人，又开始了精神和物质生活的追求。从 1989 年到现在，村里累计集资二十余万元，先后修通了公路，架设了输电线路，安装了地面卫星接收站和闭路电视。眼下，全村 148 户，有黑白、彩色电视机 155 台，录音机 120 台，缝纫机 132 台。还有汽车、拖拉机 8 辆和解板机、打米机等各种加工机械 10 余台。

如今，村里又在筹划着兴建自来水、水泥街……梦想了几十年“社会主义是天堂”的柳乐人，今天总算初尝了“天堂”的滋味。

柳乐人终于盼来了欢欣快乐的日子！

（原载《黔东南报》）

苗乡侗寨篇

☀ 消息

侗族大歌倾世界　民族风情醉游人

全国七十家电台台长赴黎平侗寨采风

“真是山美、水美、歌声美！想不到贵州还有这么好的桃源仙境。”8月6日至8日，全国70家电台台长赴黎平采风，对黎平侗族风情、文化生态和自然风光赞不绝口。

《侗族大歌》申报世界非物质文化遗产工作启动后，引起了国内外游客和传媒的广泛关注。正在贵州参加全国广播电台工作年会的70家电台台长和记者，会后联合组团专程赴黎平侗寨考察采风。在短短的3天时间里，采访团先后游览了天生桥、飞龙洞、八舟河自然风光，参观了“黎平会议会址”“两湖会馆”“古城翘街”等历史古迹。在黎平第二大侗寨地扪，采访团受到了2000多身着盛装的侗族群众热情接待。古老纯朴的民族风情、优美悦耳的侗族大歌、奇特精美的建筑艺术、如诗如画的田园侗寨、原生淳厚的生态文化，倾倒了来自全国各地的电台台长们。“太美了！真想不到贵州还有这么好的旅游资源和风光。”中央人民广播电台一位负责人在地扪侗寨考察后当即表示，选定地扪侗寨作为中央台的固定观察点，进行追踪调查报道，陆续向全国和世界宣传介绍。

黎平县委、县政府紧紧抓住这一难得的机遇，于8月8日下午举办了“黎平侗族文化及生态旅游广播宣传推介会”，借助传媒，进一步打响侗族文化和生态旅游的品牌，促进民族地区旅游业发展。

（原载《黔东南报》）

二千五百余年历史文化积淀 二百六十万侗族同胞共同心愿

黎平《侗族大歌》申遗工作正式启动

日前，从侗族文化之都——黎平县传来喜讯，我州抢救、保护民族历史文化遗产的一件大事：《侗族大歌》申报世界非物质文化遗产工作已正式启动。

3月上旬，黎平县与中国科学院、社科院侗族大歌保护项目组签订了《侗族大歌》申报世界文化遗产工作协议书。

近日，黎平县政府又与省文艺研究所联合组织省内外专家在省城贵阳召开研讨会，研讨侗族大歌申报世界非物质文化遗产文本。据专家称：按联合国教科文组织评审委员会宣布的7条评选标准，《侗族大歌》作为人类口头和非物质遗产代表作，完全具备中选条件。如申报成功，侗族大歌将成为中国继昆曲之后的第二个世界非物质文化遗产。

侗族是中华民族大家庭中的一个重要成员，总人口约260万，主要分布于黔、湘、桂三省（区）交界的边远山区。侗族又是一个具有强烈艺术创作力的民族，侗族大歌是一种多声部、无指挥、无伴奏，自然和声的民间合唱形式，是侗族文化的主要载体，迄今约有2500余年历史，作为中国和世界的一种民族文化，具有极高的保护价值。

黎平是全国侗族人口聚居最多的县。以黎平为中心的侗族世居地区包括从江北部和榕江东部，地处“侗疆腹地”，侗民族原生态文化保存最完好，是侗族大歌产生和流行最盛的中心区域。但作为侗民族精品文化的侗族大歌，目前渐处于失传或被外来文化同化的危险境地。

近年来，对侗族大歌的抢救、保护、传承与发展，黎、从、榕三县紧密团结，并肩作战，取得了很好的成绩。黎平作为侗族文化之都，不仅率先制订了抢救、保护和传承发展侗族大歌的10年规划，同时还站在保护一个整体民族文化的高度，义不容辞地承担起将侗族大歌申报为世界非物质文化遗产的历史责任。

州委常委、副州长李再勇在参加研讨会时指出，《侗族大歌》申遗工作是黔东南州的一件大事。并表示，州委州政府将竭尽全力支持《侗族大歌》申遗。

（原载《黔东南报》）

黎平县被抽任行政领导的教师回学校

贵州省黎平县认真贯彻全国教育工作会议精神，动员被抽调担任行政领导的教师重返学校。

去年初，黎平县从学校抽调10名骨干教师担任县、区、乡各部门的领导职务。这些教师改教从政后，影响了教学工作的正常进行。他们原在学校担负的一些课程被迫停课，教学质量随之下降。黎平县委、县政府从实践中认识到：抽调骨干教师担任行政领导得不偿失，会严重影响本来就较落后的边远地区培养更多的人才。

为此，他们采取措施，在制止教师队伍随意流动的同时，做好已抽调教师的思想工作，动员他们返校任教。县委常委、宣传部长封家兴原是黎平县第一中学的骨干教师，他以身作则，恋教不恋"官"，主动申请返校。经黔东南苗族侗族自治州州委批准，他已于5月20日回到黎平一中任教。到目前为止，全县原抽调的十名骨干教师中，有七名重返学校工作。

（原载《人民日报》）

四任支书重教 父子两代扫盲

豆洞村年年出状元

只有204户人家的偏僻山村——贵州省黎平县永从乡豆洞村，今年又出了两名新“状元”：侗家子弟石锦镇、石天育分别以400分和387分的总成绩被录取为大学本科生。但这事在村里已经不算是新闻。近10年来，全村已有15人先后走进了高等学府。

豆洞村是侗族聚居村，坐落在距县城约40公里的一个山窝窝里。解放初期，村里只有近10名儿童到离村5华里外的乡办小学读书。到70年代中期，村里不但没有人考上大学，而新老文盲却有增无减。

山村教育落后的现状，没有文化带来的种种落后和艰难，深深刺痛了党支部书记石朝魁的心。1975年，他召集党支部开会，发动群众节衣缩食、献工献料，集资4000余元，在村头环境最幽静的地点建起一所学校。以后又逐步制订完善了一系列尊师重教的制度。后来，村里的支书虽然换了4任，尊师重教的制度却恪守不渝。村里的教育事业得到稳步发展，适龄儿童入学率、巩固率、升学率分别达100%、97%、82%以上。

1985年，村里开始创办扫盲班，把15岁至45岁的文盲半文盲组织起来学文化。曾在村里当过教师的70岁老人石丕云，自告奋勇担任扫盲班首届教师。之后，担任村办小学教师的儿子石寿昌，又接替父亲继续担任扫盲班教师。参加扫盲夜校学习的人数也由40人逐步增加到160多人。经过5年的努力，全村累计脱盲人数达200多人。1989、1990年两次经县有关部门验收合格成为无盲村。

小学和扫盲教育的发展，提高了村民的文化素质。具有高小以上文化程度的村民占全村人口总数的80%。40%的家庭有人在外工作当干部。科学种田家家搞；封建迷信观念淡化了，村里没有一座“土地公”，象征侗族传统习俗的社神也没人供了；青年婚姻自主，没有包办婚姻。家庭、邻里和睦相处，很少争吵之声。

有了文化，村民自己学医看病，小伤小病不出村，妇女也能给家禽家畜打针防病治病，猪牛发病率很低，养殖业十分兴旺。村里还建有 4 个微型水电站，自己搞加工，自己修理加工机械。偏僻的小山村，处处充满生机。

（原载《农民日报》）

从江农业综合开发大得益

近三年粮食产量一年一个新纪录　水果产量一年翻一番　农民人均纯收入年均增长15%

农业综合开发给从江带来巨大经济效益。近3年，全县粮食产量一年一个新纪录，水果产量一年翻一番，农民人均纯收入年均增长15%以上。

从江县委、县政府根据山地面积多，宜林荒山多，中低产田土多，热量、雨水多，贫困人口多，人均耕地少，商品经济少的县情，制定了“长抓林、中抓果、近抓温饱”和“经济与生态同步发展”的经济发展方针，在1985—1987年前期规划和初步开发的基础上，1988年全县又掀起了既有广度又有深度的治山改土综合开发热潮。

深度开发主要在11万亩中低产田和7.6万亩良田上进行。一是推广杂交水稻良种和两段育秧、高产规范化栽培等农业适用新技术；二是改造中低产田土，推广半旱式栽培，三是建设以三熟制为基础的“吨粮田”“双纲田”。到1991年全县种植杂交水稻达10余万亩，改造中低产田2.2万亩，建成“吨粮田”（达标）245亩、“双纲田”2.2万余亩。1989—1991年3年新增粮食17075吨。年均粮食总产连续3年破历史纪录，连续3年被省政府授予粮食生产先进县。

广度开发主要在97.5万亩宜林宜牧荒山上展开，重点发展林、果、茶、杜仲和牧地。到1991年，全县开发非耕地38.4万亩，其中种植柑橘2.77万亩，种植茶叶、杜仲、黄柏等5300亩，建成杉木速生丰产林35.1万亩，使全县森林覆盖率由开发前的33%提高到37%。

从江县在农业综合开发中，尽力做到设项目与建基地结合，近期与远期结合，深度与广度结合，开发与扶贫结合以及围绕开发建立健全组织管理服务体系，技术服务体系和资金、物资配套服务体系，实现了产前、产中、产后一条龙服务，调动了农民的积极性。农业综合开发取得良好效果，全县农业总产值年均以13.28%的幅度增长，农民人均纯收入由开发前的94元增加到1991年的277元，全县脱贫15.65万人，脱贫率达60%。

（原载《贵州日报》）

黎平林业形成“两大体系”

贵州省黎平县围绕建立生态、产业两大体系，转换林业建设新思路，争取林业发展战略目标转移。经过5年多努力奋斗，林业发展开始走出低谷，全县基本消灭荒山、产业结构趋向合理，林产工业初具规模，林副产品加工形成系列，全县林业逐步向纵深和高效方向发展。

近几年来。为突破发展中的传统观念，促进林业发展走出山谷。把林业建设推向以注重质量、讲求效益为特征的新阶段，黎平的决策者们做出了转换发展思路的选择。

生态体系建设以灭荒绿化为重点。通过营造用材林、经济林、水土保持林、风景林，生态环境大为改观。到1996年，全县宜林荒山全部灭荒，有林地面积达283万亩，森林覆盖率达49.14%。县内满目苍翠，林海滔滔。良好的自然生态，为农业增产丰收创造了有利条件。1995年，全县粮食总产达13.4万吨，成为历史上最好的一个丰收年。

产业体系建设以培植资源，优化结构、发展林产工业和提高经济效益为主。几年来，全县相继建成了百万亩速生丰产用材林基地以及油桐、楠竹、松脂、纸浆、水果、中药材、茶园、油茶林、蚕桑等十大经济林基地。初步形成了林产品多元化的结构体系，林产工业逐步由粗加工向深加工、精加工方向发展。林产工业加工产值已近5000万元。

（原载《经济日报》）

黎平创造条件培育市场

林出“海”粮出“仓”

侗族、苗族等聚居的贵州省黎平县通过改善基础设施，建立商品生产基地，为该县经济迅速发展创造了条件。

黎平县地处湘、黔、桂三省（区）边界。是贵州省重点林区和粮食主要生产县。有“林海粮仓”之称。过去由于基础设施落后，市场不发育，经济发展基本上处于自给半自给的自然经济状态。

近几年来，黎平县委、县政府努力改善基础设施和投资环境，建立商品生产和工业原料基地。近3年多来，全县投入交通、能源、市场等基础设施建设的资金累计达2500多万元。新修和改建公路6条58公里。接通了与湖南、广西两省（区）边界的断头路。打开了3条出省通道，建成了乡连乡、县连县、省连省的交通网架。投资3683万元，建设总装机7500千瓦的双江水电站今年又可进入试运行。投资470余万元的2000门程控电话。VSAT卫星地球站和数、汉兼容的BP机寻呼台两项工程即将开通投入使用。全县共投资530多万元，建成综合、专业市场14个。面积373000平方米。去年，已初步建成10万亩商品粮生产基地，23万亩速生丰产用材林，4万亩油桐以及五倍子、茶叶、水果、蚕桑等10个数万亩以上商品生产基地。为该县今后在国内外大市场竞争中创造了条件。

（原载《经济日报》）

沈团村森林覆盖率四年提高百分之十二

只有1500人，780个劳动力的黎平县潭溪乡沈团村，从1987年到1990年的4年间，全村造林4600亩，人均3.06亩。森林覆盖率由1986年的48%提高到1990年的60%。

沈团村偏僻闭塞，交通不便、照明无电，工、副业发展不起来。脱贫致富的优势和出路只有在14000亩林地和16000亩荒山上育林造林。在村党支部、村委会的领导下，一个兴林脱贫、兴林致富的热潮在全村兴起。1986年，原任村党支部书记龙见珍和本村州人大代表潘应香带领本组群众，一举造林350亩，率先建立起第一个联户林场。第二年，继任村党支部书记杨松昌，领头在自己责任山内植树造林20亩。村民委员会主任杨正忠一家又高标准造林40余亩，带头建起第一个高标准家庭林场。1988年，村妇女主任吴尚霞带领本组群众营造了300余亩高标准丰产基地林，树了办基地林样板。1989年冬，第1 3村民小组群众刚刚过完大年初一，扛起锄头，迎着寒风奋战一个多月，完成造林面积近700亩，超当年上级下达造林计划任务的6倍。从1987年以来的4年间，全村群众造林热潮一浪高过一浪，年均造林1150亩。造林规模、标准、质量逐年提高。在新造4600亩林中，基地林3100亩，占新造林总面积的67%。

今年，县里下达给该村世行贷款造林指标9300亩。村党支部、村委会认真拟订了落实规划，计划今年完成3000亩，力争2至3年全部完成。为此，村里做了具体安排。目前，全村上山投入整地的劳力已达400多人。

（原载《贵州日报》）

重位置投入重科技加固农业基础

榕江农业总产值连续六年稳步增长

榕江县注重从国民经济的全局来摆正农业的基础地位，农业总产值连续6年保持稳步增长的势头，年均增长率达6.75%。今年又继续采取重位置、重投入、重科技措施，进一步加固农业基础。

榕江县始终把农业放在经济工作的首位。投入主要精力抓好农业和农村工作。为支持农村抓好农业生产，这个县在统筹安排好工业、财贸和其他经济工作的同时，今年上半年共抽调224名县属机关干部和科技人员下乡，全力帮助和支持农业生产和农业技术推广工作，保证了今年农业各生产项目的落实。

资金投入是加固农业的基础。上半年县级财政农业投入达76.3万元。此外，为切实保障支农资金，这个县还成立了资金协调和清货领导小组，通过抓存款、抓清货，抓协调，使今年农业贷款在去年的基数上又增加57.6万元。为保证科技投入，今年上半年，这个县抽调120名科技人员下乡，抓水稻良种推广，杂交稻高产栽培、两段育秧等农业实用技术。分片举办农技培训班293期，培训人数达21949人次，提高了农民的技术素质。科技资金投入也比上年同期增长了16.4%。

（原载《贵州日报》）

捧出“山珍” 换回“海味”

黎平县用拳头产品拓开致富路

黎平县敞开山寨大门，采取请进“财神”，打出“拳头”的办法，走出了一条利用山区优势搞活山区经济的路子。

黎平县物产丰富。有金、银、铅、锌，大理石、水晶石等各类矿产，又是油茶、油桐、茶叶、松茯苓等的产地。尤以盛产优质杉木驰名中外，为我国重点杉木林基地县。近两年来，黎平县委、县政府先后与广东、江苏、湖北等省市县建立了横向经济协作联系，用本地的“山珍”——优质杉木，换回山区缺乏的“海味”——柴油、汽油、煤油、钢材、优质杂交稻种、化肥、农药等商品，协出协进金额达4858万多元，获纯利200余万元。

“山珍”换回“海味”，使黎平县的党政领导从中受到启迪。县里决定把“财神”——外地人才、技术、资金请进山，用本地资源发展加工业，生产出口创汇的拳头产品，打通致富路。一年多来，县里直接从安徽、湖南等地引进三十余名技术人才，开展茶叶、松茯苓加工。使“黎平红茶”在广东口岸质量评比中被评为茶质第一和加工质量第二名。茶叶、茯苓两项产品共创外汇32.5万美元。

目前，黎平县外引内联项目已向更深广的领域扩展。先后与广西三江侗族自治县联合修通了两省边界的断头公路，打开了直接通向中南及沿海地区的门户；从湖南省洪江市引进技术发展杂交稻制种，与雷山县签订绿茶联合产销合同，从省外贸厅土畜产进口公司引进资金垦复、改建茶园，发展茶叶生产。眼下，一个立足本县资源、综合开发山区经济的新前景已初露端倪。县里将捧出更多的“山珍”，换回更多的“海味”，彻底摆脱“山富人穷”的窘境，让山区优势为山区人民造福。

（原载《黔东南报》）

榕江着力让肉牛产业牛起来

西瓜退位，木材禁伐，粮食价廉，水果零散。靠什么支撑县级财政大梁，抓什么壮大县城经济，以什么突出产业特色，用什么增加农民收入，榕江县把产业做大做强的突破口究竟在哪里？县决策层在反复探索中赫然发现亮点。榕江是省产业化建设规划中的28个商品牛基地县之一，境内遍地草山草坡，牧草资源载畜量大，具有发展食草牧业得天独厚的自然条件。历史上这里的优质肉牛一直畅销东南沿海和湖北、湖南等中部各省，同时还有走出“国门”的希望和潜力。于是，在2003年，一个“发展牛产业，壮大牛经济，突击牛特色，打造肉牛大县”的新思路脱颖而出。

有了一个好的发展思路，还要有一套可操作性强的规划措施。县里推出的三大举措是：一、推广优质牧草。随着引进国外优质牧草皇竹草和黑麦草的种植成功，县里今年进一步加大优质牧草种植力度，扩大种植面积，将冬季黑麦草引入稻田，充分利用冬闲田土种植。2003年全县种植15000亩优质牧草的计划已下达分解到各个乡镇，同时要求各地要积极开展牧草和各种农作物秸秆的加工利用，大力推广青干草制作、秸秆青贮、秸秆氨化技术，提高优质牧草和秸秆利用率。二、扩大规模养殖。县里把重点培育扶持一批上规模、起点高、管理科学、经济效益好、带动能力强的“龙头”养牛专业示范户作为优质肉牛产业化建设的一个重要着力点，在全县建成示范户150户，辐射带动肉牛规模养殖500户，把千家万户的分散养殖组合成方阵向规模化目标稳步推进。三、加长产业链条。一是建立销售市场服务体系，积极培育农民专业合作经济组织和经纪人队伍等中介组织，为农牧民进入市场提供优质服务；二是着力解决好畜产品加工、保鲜和储运问题，重点培育一批规模大、起点高、带动力强的畜产品加工企业，以“公司+农户”等形式，引导龙头企业与农户建立稳定的购销关系和利益联结机制。以肉类加工为重点，以冷却肉、分割肉为突破口，开拓畜产品消费市场，实现多次转化增值，吸纳更多农业富余劳力，拓宽农民增收渠道。

让肉牛产业“牛”起来，带动农民富起来，促进县综合实力强起来，榕江开始迈出了坚实的一步。

（原载《黔东南报》）

☀ 通讯特写

侗乡第一寨——肇兴

天下有名山，国中有名寨。侗寨肇兴，以其古朴，原始、神奇、独特和民族风情浓郁，文化底蕴深厚而名扬天下。肇兴是黎平县境内一个最大的侗民族聚居自然村寨。全寨700多户人家，3000人口，在我国侗族聚居地的侗族村寨中居于首位，享有“中国最大侗寨”之称。1996年4月，中共贵州省委书记到肇兴调研时，为这里住居村寨之大，侗族风情之浓、民间建筑之精、服饰艺术之美所叹服，欣然亲笔题写“侗乡第一寨”五个大字。“侗乡第一寨”始而定名。

作为一个历史悠久，文化底蕴深厚的民族自然村寨，肇兴不仅在国内闻名，在世界东、西方各国也有较高的知名度。从1982年到2000年，世界上先后有美国、日本、韩国、英国、德国、法国、瑞典、瑞士、丹麦、挪威等27个国家的学者、专家和游客进入肇兴考察、观光和游览，人数达10万人以上。

肇兴距黎平县城67公里，由此可乘车直达桂林。村寨坐落在雄伟的麒麟山下，登上麒麟山远眺，肇兴鳞次栉比的民居瓦屋吊脚楼尽收眼底。一条小河缓缓穿寨而过，五座鼓楼错落有致地矗立寨中，如五尊罗汉呵护全寨，把肇兴点缀得格外和谐。

也许这里的自然风光并不迷人，但这里保存完整、原汁原味的古老民族文化，古朴、精湛的民间建筑、服饰工艺，浓郁的风情民俗，作为宝贵的世界文化遗产，却引起了世界文化学者和游客的特别关注。

鼓楼，是侗族特有文化的象征。是侗族人民“起款”议事的会堂、社交娱乐和节日聚会的场所。鼓楼由侗族民间艺人精心建造，整个建筑不用一钉一铆，在世界建筑艺术中是一大绝技。鼓楼顶层置一面大鼓，大鼓由族中领袖执掌，凡遇重大事件即击鼓聚众。肇兴寨内建有5座鼓楼，按中国传统文化“五常”中的“仁、义、礼、智、信”分别命名，体现了民族的凝聚力，包含着深刻的文化内涵，在全国侗寨中绝无仅有，号称“肇兴鼓楼群”。

肇兴侗寨具有民族特征的建筑还有风雨桥、寨门和民居吊脚楼。寨中沿河而建的5座风雨桥，有的与鼓楼连接，形成楼桥群体建筑。吊脚楼依山傍水而立，错落有致。寨门建于进寨的要道口上，作为护卫和一种点缀，构成了整个侗寨浑然一体的独特建筑格局。

除了建筑，肇兴的民族民间文化活动也十分活跃，体现民情风俗的各种节日异彩纷呈。其中有赛芦笙、踩歌堂、唱侗族大歌，拦路歌等。肇兴尤以踩歌堂、唱拦路歌最具特色。

拦路歌是在寨门或屋门口站着拦阻客人时对唱。拦路歌名为“拦路”，实为迎接宾朋贵客进寨入门的一种礼仪和习俗。唱了拦路歌、再喝用牛角盛的拦路酒，体现了侗族人民热情好客的情怀。

有人说，走进肇兴，就像走进一个神秘的世界。这里的神奇，吸引着无数中外游客到这里考察观光，每年接待的游人达万人以上。

肇兴，像一颗璀璨的文化明珠，闪耀在西部的土地上。

（原载《黔东南报》）

返璞归真数堂安

走进中国侗族鼓楼文化艺术殿堂——黎平，不能不说一说最具侗族特征的堂安侗寨。

1999 年 12 月 9 日，贵州省人民政府正式行文，同意建立“贵州黎平堂安侗族生态博物馆”，这是我州民族文化工作的一件大事。

由于时间仓促，记者到肇兴后却无缘再去堂安就匆匆返县，这是此次黎平之行的最大遗憾。但为了向读者介绍堂安侗寨，我们只好找到“中挪文化合作项目——堂安侗寨生态博物馆办公室”负责人胡光华先生进行间接采访，并根据他提供的详细资料来介绍堂安。

1995 年 4 月，中挪文化学者组成的课题小组应贵州省文化厅的要求，对在贵州建立生态博物馆的设想进行实地考察，到了黎平堂安侗寨。那些优美的环境，丰富多彩的侗族文化、热情好客的民风，使挪威学者杰斯特龙先生兴奋不已，激动不已。

堂安侗族古村寨在黎平县肇兴乡境内，距黎平县城 75 公里、村寨坐落在肇兴以东的“关对”山腰上，海拔 935 米。四面青山，峰峦叠嶂，梯田层叠。民居依山就势，悬空吊脚，鳞次栉比。寨中的鼓楼是该寨的吉祥物，可以扣住侗家人的灵魂。鼓楼为九层密檐四角攒尖顶，与戏楼、歌坪形成三位一体，显示出侗族村寨的特征。寨中小径曲曲，通道均用青石板铺设。

山寨出寨子的路口都建有寨门，寨门的建筑形式多为重檐歇山顶，仿如意斗拱装饰，显现三斗三升。斗拱上层装饰以交错迭覆的三层锯齿边，主楼檐下的棂格周围，彩绘双鱼、孔雀、凤凰等图案，显示了侗族艺人的巧妙技能。

寨子中的附属设施还有禾晾、谷仓、水碾、石碓、井亭、祭萨堂等建筑都具有它们的独特文化个性。寨子的中间部位，还有一块墓地，坟冢 10 余座，多为清代所建，雕龙刻凤，卷草花纹等工艺精美，是堂安侗文化遗产的另一种体现。

对于堂安侗寨自然景物和古朴的建筑与民风，这里的一切自然和文化遗产都被看作是生态博物馆的一部分，任何实物都可能成为本社区人民过去的历史记录。肇兴堂安侗族文化体是相当成熟的，作为生态博物馆，已经具备了应有的一切条件。

堂安侗寨的历史悠久。侗族本无文字记载，根据堂安侗族长者的口碑资料，该寨已有700多年的历史了。也就是说，早在元代侗民族的文化就已经在这里扎根，并放射出它的夺目光彩。

从堂安侗寨的鼓楼、戏楼、吊脚楼民居、石板路、古墓葬群、古瓢井及水碾、石碓、纺车等古朴典雅的实物状况来看，它充分体现了侗族文化的独特和其深厚的底蕴，显示出堂安侗寨是人类返璞归真的范例。这里，既具有深远的历史科学研究价值，又有侗族文化以及侗族风情研究价值，而作为民族旅游资源和人类生态保护，也有着很大的开发和保护价值。

堂安侗寨不是神话的伊甸园，不是传说中的仙境。堂安作为一个侗族文化社区，一种文化体，辐射整个六洞地区乃至整个侗族南部方言地区，堂安现象是人与自然和谐发展的运转过程，这座活生生的生态博物馆的保护与建设，以及整个社区的遗产保护，必将给旅游业带来广阔的前景。

（原载《黔东南报》）

八舟佳境话今昔

八舟是一个田园风光秀丽的村寨，山村四面环山，绿树掩映。从上游峡谷而来的一条江河，在这里从村前田野中间穿流而过。两岸鸡犬相闻，田园牧歌如画。古时这里曾设长官司，为一度繁华之地。

说起八舟，人们自然要问起“八舟”这个地名的来历。据传，侗王吴勉率农民起义军乘战船直抵八舟扎营，吴勉简装上岸打探军情，在村头遇一白发老翁，再三询问，老翁始终闭目不言，但观其神情忧郁，吴勉急问何故。老翁最后告诉他：你此去前途未卜，凶多吉少需暂且在此安营休整，不可贸然进军。吴勉诧异，将信将疑，欲拉住老翁细问缘由，居于何处？老翁再不多言，忽用手中拐杖朝江边几只战船一点。吴勉转身朝江边一看，八艘战船已经变成了八处沙洲，老翁却不知去向。后来，吴勉起义失败，为纪念吴勉这位民族英雄，人们就把这里起名为“八舟”。

在八舟村下方百米河湾处，有一处高百丈的峭壁悬崖，当地人称“仙人岩”。岩顶有几尊奇石，宛如人形。奇石中间，有一块 10 平方米的石板，形如棋桌。奇石边有一株劲松，枝繁叶茂，形如巨伞，正好罩住石桌。远远望去，酷似仙人对弈。这里是省级风景名胜区——八舟河极富神话色彩的一大景点。

八舟从古至今传说故事很多，有神仙的传说，也有革命历史传说。据当地老人介绍，这里有一位当年很受红军崇敬的老人，他的名字叫吴之焕，是一位诚实敦厚的农民，靠种田和替地主、木商在河里放原木养家糊口。

1934 年 9 月，他漂木头到中黄、映寨，碰上红军第六军团从那里经过，亲眼看见红军纪律严明，对老百姓非常客气，从心里对红军留下了极好的印象。当时，在伪军逃走之后，红军来到之前，当地群众因受伪二十五军反动宣传的影响，不免心里有些惶恐不安。吴之焕就将自己亲眼见到红军的情况向群众宣传，安慰大家不要怕，劝大家不要跑，要准备欢迎红军。由于他在村里吴姓中辈分高一些，又为人公正，乡亲们就都听信了他的话。

一天中午，红军真的来到了八舟，并在这里停下来休息，准备渡河。可当村里人都走出家门迎接红军，围着红军亲切摆谈时，却偏偏不见了吴之焕。吴之焕哪里去了？后来人们找到河边，才发现他一个人在被洪水冲垮的木桥下，正在河里拖木头。吴之焕对他们说：红军大部队马上就要过河，木桥坏了，水又太深，用船渡，不知要耽搁多少时候，会误了红军赶路。我记起前几天下边河岸停有几十根木头，想暂时拖来当桥板，把桥搭起来，好让红军过河。乡亲们和随来的红军听了，很受感动。当即就来了很多乡亲和红军战士，齐跳下河去，帮着拉木头搭桥。

这个故事，后来在红军中广为流传，还有人写了一篇题为“吴之焕哪里去了?”的文章，纪念这位老人。如今这位老人的后代——他的孙子吴锡锋，继承了老人的品格，继续为家乡的发展变化，不懈地发奋努力。

八舟，从神话中走来，从历史中走来，穿越时空的隧道，走进了现代文明的社会。如今，这里已经成为风景名胜区的重要景点，西部大开发的热点。正在修建的黎平旅游支线机场，就在八舟村后。八舟的秀丽景致，神奇传说，即将开通的空中航线，将吸引国内外更多的有识之士和游客到这里开发，观光和游览。

八舟，未来的一片旅游热土。

（原载《黔东南报》）

奔腾的马家岭

声声猪叫，掀开了夜幕，把个沉寂的马家岭顿时吵醒。

每天天未亮，民胜村常年从事屠宰业的张泽忠就翻身起床操刀杀猪赶早市。接着，摆小摊的，开饭店的，做买卖的，跑运输搞基建的，喂猪养鸡的……一家接一家纷纷起床，开门声，马达声，劈柴起火声，吆喝叫卖声汇成一片。鸡群、鸭群、猪群、牛群、车群、人群，全村上下，熙熙攘攘，一派沸腾景象。

民胜村（又名马家岭）坐落在黎平县城南郊。岭上岭下，居住着从事各种行业的近200多户人家。农村改革九年来，随着商品经济的发展，民胜村农民的思想观念、经济观念、生活观念都发生了深刻的变化。他们利用紧挨县城的有利条件，冲破世代以农为主的俗念，跳出农门，闯进城门，务工、经商样样干。生产转向商品化，生活向往现代化。据统计，全村250多家农户中，从事运输业的达57户；开店、摆摊经商的9户；办旅社、开饭馆经营饮食服务业的33户；修理业3户；建筑加工业8户；种、养、植兼营的65户。村民们还单户或联户办起了打沙厂、砖瓦厂、米粉厂。

商品生产的发展，经济收入的增加，使马家岭农民生活发生了显著的变化。眼下，虽然部分农户还未能全部归还为发展生产而欠下的投资贷款，但全村人均存款仍达200余元。200元这个数字虽不惊人，但比改革前该村户均年分红所得的总和还多。农民家锅里炒的，鼎罐里炖的，桌子上摆的，鸡、鸭、鱼、肉，长年不断。全村购置的电视机、收录机、电风扇、缝纫机，两年前就已达到330余部（台）。农民张泽忠家改革前吃不饱，穿不暖，近年来承包拖拉机成了富裕户。全家11口人，如今除了新造的三间砖木结构房，另外还有新配的三间木屋。过去连毛衣都穿不起的老父亲，今天穿上了呢子服。靠工分吃饭时家里连一条像样坐凳都没有的徐嗣福，几年来，又喂猪，又养兔，居然还开办起兔毛经销公司来。现在，家里摆设焕然一新，而且还安上了私人家用自动电话机。

支部书记龙永清说："村里这几年出现的那么多变化，改革前是做梦也不敢想、想不到的，说句天理良心话，不改革、哪会有今天。"

支书的话是发自肺腑的。最近，村里投资十多万元建造在县城的一座商业综合服务大楼，即将竣工投入使用。农民左显德个体开办的印刷厂明年初也将投入生产。村办茶厂实行了承包，百余亩林果园改变了城郊的荒山秃岭，为马家岭的奔腾增添了后劲。在十三大精神的鼓舞下，在改革浪潮的推动下，马家岭将会更加兴旺。

（原载《黔东南报》）

侗乡崛起椪柑楼

一幢幢红砖白瓷、造型别致，宽敞舒适的别墅式“洋楼”林林立立，错落有致地遍布寨中，昔日的木板瓦房和土屋渐渐消失。

茶几、转角柜、皮沙发、席梦思；彩电、冰箱，电风扇、洗衣机；音响、影碟，程控电话……这些二十年前人们连做梦也幻想不到的东西，如今都一件件实实在在地展现在从江县宰门村侗族农民眼前，摆放在各家各户清爽、整洁、宽敞的农屋里。

在宰门，人们开始自自然然、平平静静地面对眼前这一切。再没有人怀疑，再没有人犹豫，再没有人惊奇。有的只是村民们时而露在脸上，时而藏在心里真真正正感到“赖共”（汉语：好得很）的欢欣和喜悦。

二十年前，宰门还是个远近闻名的穷村。新中国成立后村民们虽然政治上翻身做主人，而贫穷却残酷地摆在眼前：人均 200 斤口粮，勉强糊口半年。人们只好啃着木薯，挑着石灰或土罐到广西融水等地换回玉米度日。

1978 年后，农村实行家庭联产承包责任制，推广科学种田，粮食连年增产增收。1984 年，由民兵连长出任村党支部书记的梁仁远，与村民们开始思考如何让一部分人先富起来，实现全村“吃不愁，穿不愁，幸福日子在后头”的治穷致富发展规划。在发动群众发展养殖业的同时，村里组织群众上山造林。两年间，全村营造用材林 1500 余亩。

山绿了，但林木生长周期长，见效慢，村民们还是不能尽快富裕起来。1986 年春节，村党支部召开茶话会，邀请本村在外地工作的干部为家乡经济发展献计献策。随后，一个利用当地独特气候土壤条件发展柑橘特色产业，富民兴村的规划酝酿出台。春节刚过，支书梁仁远立即带领 21 户农民上山营建柑橘园。两年后通过嫁接发展到全村。十年后的 1996 年，全村椪柑种植面积达 730 余亩，当年椪柑收入达 113 万余元。户均 7000 元以上，人均 1500 多元。1997 年又是椪柑丰收年，这一年，全村人均柑橘收入达 2000 多元。

种植椪柑使宰门由穷村变成小康村。村民们积极集资改造村容寨貌，铺建水泥街，兴建住宅楼，购置高档家具消费品。村里陆燕珠等3户农民还带头安装了家庭程控电话。他们告诉记者：我们安电话，不仅仅是为了潇潇洒洒地享受一下现代化通讯的好处，更是为了便于获取生产经营销售的信息。

目前，宰门村农民用种植椪柑得来的收入修建的农民高级住宅，被人们称为“椪柑楼”。这60余幢墙贴白瓷砖、室内装饰讲究、造型各异、外观高雅的“椪柑楼”，错落有致地遍布全村，形成一个特有的“农民庄园”，构成了一道亮丽的农村风景线，吸引了各地客人前来参观。去年，广西三江县一位副县长带了一批村干专程到宰门参观考察，啧啧连声称赞宰门村的巨变。

二十年改革，二十年奋斗，宰门的变化地覆天翻。如今，挣脱了自给自足、安于现状小农意识羁绊的宰门村民，又在继续规划着宰门新的发展。村里街道两侧的房屋正在改造，留出商业门面。同时计划1999年开辟市场并继续改善基础设施，争取在2000年以前把宰门村建成旅游农业园和一个初具规模的城市化山村。以崭新的面貌迎接新的21世纪，宰门人正抓住机遇，迎接新挑战，信心百倍地开创新局面，走向新未来。

（原载《黔东南报》）

从江椪柑富半县

——龙年访“龙头”系列报道之一

谈起产业结构调整，从江人最流行的一句话就是：东部种椪柑，西部养香猪。

从江椪柑，是从江最有潜力的支柱与龙头产业之一，它给从江各族人民带来了财富、甜蜜和希望……

20多年前，啃着木薯，挑着石灰或土罐到广西融水等地换玉米度日的贯洞镇宰门村民，自从80年代中期开始改土种植椪柑后，目前，全村年人均收入达2000多元。全村家家户户建起了崭新的“椪柑楼”，屋内冰箱、彩电、洗衣机、音响、影碟、电话机，一切皆有。昔日贫穷破落的小山村，如今变成了充满现代气息的“小城”。

从1986年开始，从江县有计划地在东部山区开展柑橘生产基地建设，经过15年的努力，全县柑橘生产初具规模。截至今年5月，全县以椪柑为主体的柑橘种植面积7.1万亩。1999年，全县鲜果产量达2015万公斤，实现总产值3224万元，柑橘产业已成为推动全县经济发展的新兴支柱产业。柑橘果品中的精品——从江椪柑，也因其品位优良而成为全国叫响的著名品牌。

在指导柑橘产业开发中，从江县委、县政府在充分搞好项目论证和规划的基础上，每年注入项目资金上百万元，并以优厚待遇引进技术人才。同时，不断创新经营管理机制，灵活采用公司加农户、机关加农户、干部加农户、基地连农户、大户带小户，抓好示范点、示范户等多种形式开展运作。县果树开发公司充分发挥专业技术优势，切实做好技术管理指导服务。为了打开市场销路，县里利用报刊、电视等新闻媒体，举办椪柑节、召开新闻发布会，以及通过因特网等渠道，开展对外宣传促销。县里还帮助40多个村建立了果树协会，推动了全县柑橘产业快速发展。

目前，县果树开发公司正在着手抓好龙头企业建设，公司改革改制逐步展开，果品加工原料基地建设已经启动，已建成面积达1127亩，加工项目正在酝酿之中。果品交易批发市场建设已经开工，预计年内建成交付使用。今年，从江上上下下都在努力抢抓西部大开发的历史机遇，全力加快全县椪柑产业的发展。他们将以每年1万~2万亩的扩建速度，力争在2005年完成15万亩柑橘商品基地建设的目标规划。届时，从江将成为自治州的一条果业巨龙。从江境内30万人口，将有一半在椪柑产业的带动下从贫穷走向富裕。

（原载《黔东南报》）

“㵲阳神”，神了！

——龙年访“龙头”系列报道之二

到名城镇远访龙头，记者被一个传奇般的故事所吸引。这个故事发生在1995年，这年春末夏初，州县有关部门通知贵州㵲阳神植物油有限公司报送材料和样品参加全国农业博览会评奖，可公司觉得企业刚刚起步，对产品参展评奖底气不足，不如缓一缓，以后另寻机会。于是便把此事不了了之。然而政府有关部门上京参展人员不甘心，动身前在凯里市场临时购买了两瓶“㵲阳神”油作样品，便匆匆进京。

转眼到了秋天，一日，公司突然接到州政府有关部门的通知：你公司生产的“㵲阳神”高级食用油，在全国第二次农业博览会上以其高档次、高品位、高质量得到了专家的一致好评，获得了该次博览会金奖。面对突然而来的喜讯，公司的人呆了好半天回不过神来。一些局外人也连连称奇：神了！神了！

㵲水油龙，出世不凡。公司创建7年来，靠自己的努力创造了非凡的业绩。他们一手抓生产，一手抓营销。先后在全国各地建立了10余个办事处，3个销售分公司和70多个销售网点，打出了广阔的市场天地，经营出了自己的市场优势。从1994年投产至1999年9月，企业实现产值2.6亿元，实现利税1800万元，为地方经济建设做出了积极的贡献。

作为一家有一定规模的龙头企业，㵲阳神公司在全国同行业中，属中型油脂加工企业。在贵州油脂加工行业中，属投资最大的油脂加工企业。在黔东南，它是一条产业巨龙。公司年产色拉油1.5万吨，年需油菜籽4.5万吨。仅此一项，农民可增加收入1亿多元。贵州是油菜籽主产省，黔东南油料植物资源丰富。省委、省政府关注重视油脂行业的发展，决定把油脂加工业作为一个支柱产业来抓。去年10月，省长钱运录视察㵲阳神公司时指出，油菜籽很多，作为一个油脂加工龙头企业搞好了，对促进农业产业化的发展是很有帮助的。

面对新的发展机遇和省长的鼓励，㵲阳神公司全体员工精神振奋。为了发挥龙头企业的带动作用，为了进一步把企业做大做强，为了迎接中国“人世”带来的挑战，公司董事长总经理袁尚勇运筹帷幄，主持制定了“以质量求生存，以效益求发展”的方针，确立了“全厂围绕市场转、生产围绕销售转、管理围绕成本转、质量围绕用户转”的经营策略。利用公司有自营进出口权的优势，创建“贵州㵲阳神贵阳进出口分公司”，大力开展进出口业务。同时，增设公司信息部并加入国际互联网。迫使自己走出贵州，走出中国，在参与国际市场竞争中寻求生存发展空间。

为拓宽门路，扩大生产，他们还成功试制开发了精花生油，高级食用调和油。建成了年产1200吨风味油辣椒、辣椒油，以及㵲阳神红油腐乳，风味腐乳的生产线。当前，正积极立项开发油莎豆油，计划在全州推广种植油莎豆4.5万亩，开辟加工原料新资源，为市场和众多消费者提供新产品，进而达到使企业增利，为国家创税、让农民增收的目的。

透过这一招又一招，记者看到㵲阳神的锐意进取精神，看到了㵲阳神敢于迎接挑战的勇气，了解了㵲阳神成功的奥秘，认识了㵲阳神的神奇。

（原载《黔东南报》）

三穗鸭怎么啦

——龙年访“龙头”系列报道之三

你是哪里人？我是三穗人。哦，原来你是“三穗鸭”！话虽然有些调侃，但三穗鸭的声名远播由此可见一斑。

可偏偏三穗人对自己独有的这个“活宝”却不以为然。

不少事情都让人纳闷：在县城，记者找不到一家专营三穗鸭的餐馆。大酒店里，各家推出的名吃，北京板鸭排在首位，三穗鸭却榜上无名。到有关部门了解三穗鸭发展情况，领导们不感兴趣。县里对三穗鸭的宣传，调门也越来越低。据县里的有关史料记载，三穗鸭有500多年的养殖历史，是三穗县独具特色的优良鸭种，以生长快、成熟早、觅食强、耐粗饲、产蛋多、肉质细嫩鲜香著称，被认定为中国四大地方名鸭之一，编入《全国畜禽品种志》。

1984年，三穗县人民政府曾明确提出建立三穗鸭生产（饲养）——加工——销售一条龙生产体系，把三穗鸭发展成为一定规模的特色产业。1986年，《三穗鸭饲养及其加工技术开发》被正式列入国家“星火计划”项目。在项目的推动下，到1988年，全县年孵化鸭苗达197.18万只，年饲养成鸭近70万只，创历史最高水平。与此同时，县羽绒制品厂、板鸭厂、皮蛋加工厂陆续建成投入生产。

然而，几年之后，羽绒厂由盛而衰，板鸭厂停产倒闭，皮蛋厂产品滞销，围绕项目建立起来的领导指挥体系，技术指导体系，良种鸭苗供应配套体系，饲料供应体系，防疫保险体系不解而散。费尽九牛二虎之力发动起来的三穗鸭产业开发大战，后来渐渐偃旗息鼓。

一个优良的特色品种，一项颇有开发潜力的龙头产业，缘何不能做大做强？在县里，与有关部门领导交谈，谁也说不出个子丑寅卯。讲的只是板鸭、皮蛋生产了卖不出去，叹的是羽绒制品因市场竞争激烈冲击太大，羽绒公司发展面临困难。

究竟原因何在？记者在采访中通过多方了解和观察，向有关方面的专家请教，他们觉得有两点值得思考：

一是地方特色问题。特色产品靠特色安身立命，失去了特色就失去了它的生存基础。三穗鸭作为一个地方名优品种，与它的生态特性、自然条件、养殖方法与饲料成分有关。三穗县地处中间高、周边四县低的一个台地上，自然气候必然与众不同。三穗鸭几百年来一直是圈牧与放养结合，多数时间是在山塘、河沟和稻田里觅食野草、菜，水中鱼虾与昆虫，因而它具有耐粗饲和肉质鲜香细嫩的特质。如果改用精制饲料和常年圈舍关棚饲养，其肉质品味自然受到影响。三穗鸭是一个特殊的地方优良品种，只能选优，不能杂交改良。就像从江香猪一样。如果经过杂交改良，那就不叫从江香猪了。三穗鸭自1960年以来，通过引进北京鸭、苏州麻鸭、樱桃谷鸭进行杂交利用，结果，经过改良后的新品种就是不如本地三穗鸭肉质鲜香细嫩。特殊的烹调制作工艺，才能形成特殊的风味，这是构成特色食品的关键。如果没有自己的独创，单靠技术引进是加工制作不出特殊风味食品的。

二是营销手段问题。一个产品要成为名牌，除了它的规模和特色之外，还要具有特殊的市场和较高的市场占有率。独特的产品，独特的市场和独具优势的市场占有率，必须采取独特的营销手段。在现代市场经济条件下，那种“酒香不怕巷子深”的“守株待兔”式营销观念已经吃不开了。必须主动出击，努力营造市场优势。现在，撇开外地市场不说，仅凯里市场上酸汤鱼、酸汤猪脚、啤酒鸭、大头鱼等各种风味店五花八门，唯独不见正宗三穗鸭风味店。凯里酸汤鱼可以出州、出省，走向全国，三穗鸭为何不能。

为此，有关人士提出了两大对策：一是保种繁殖，抓住不放，加快发展，逐步扩大规模。同时组织技术攻关，制作出独具特色的三穗风味鸭食品来，并且建立专卖店，实行专卖专营，无论在哪里，只有你的专卖店，出售的才是你的产品，要吃真正的三穗鸭，请到专卖店里来。这是治假冒伪劣保护品牌的治本之策。二是在现有宏志养殖开发公司、羽绒制品厂、肉联广、饲料公司的基础上，通过资产重组，按产业化的要求组建三穗鸭总公司，实行产、供、销一体化，形成“公司 + 工厂 + 农户 + 专营店”的综合运作经营模式，形成合力，把三穗鸭产业做大做强。同时加大宣传力度，提高三穗鸭在全州、全省、全国的知名度。

三穗鸭的开发前景并不暗淡。只要树立信心，认清形势，抓住特色，形成规模，占领市场，三穗鸭就一定能尽快长大起来，强盛起来，在市场搏击中破浪前行。

（原载《黔东南报》）

小茶叶大产业

——龙年访“龙头”系列报道之四

到雷山县采访，主人以地产名茶待之，喝了几口，顿觉清爽提神。

雷山茶叶产于自治州雷公山自然保护区境内，茶园多数分布在海拔1000米的高山上，自然环境、水质土壤和气候条件得天独厚。采其茶青制作的茶叶，茶质优良，耐泡味醇，清香不散。饮之使人神清气爽，真可谓“高山出好茶”。

1983年以来，雷山县生产的银球茶、天麻茶、清明茶、云雾绿茶、三尖杉杜仲茶、寿茶等系列茶叶产品，先后在全国茶叶和食品行业评比中连续夺冠。相继被评定为省优、部优、贵州名茶和全国食品行业名牌产品。并分别获得全国农业博览会金奖、全省、全国优秀新产品奖和国家专利，载入《世界名牌产品中国分册》系列丛书。经国家有关权威部门和茶叶专家推荐，雷山银球茶、清明茶被指定为中央国家机关和中央领导的特供专用茶。1991年，雷山银球茶还被认定为外交部馈赠礼品。

有人说，喝了雷山茶，再喝别的茶就没味了。多年来，雷山茶叶由于质量稳定，品味好一直受到消费者和国家领导人的青睐。1995年，邓小平同志在世时，中央有关部门考虑到他喝雷山茶时日已久，建议要给他另外换茶。小平同志一听，急着说：别换，别换，我就喝用牛皮纸装的那个茶（即雷山茶）。同年，一位日本外交官因在北京一时买不到雷山银球茶，还特地乘飞机到贵阳购买。

银球茶的魅力，一直吸引着众多消费者，在首都北京，在省城贵阳，雷山茶叶一直供不应求。全国各地要求销售雷山茶的商家因得不到货而深感遗憾。雷山银球茶也陷入订单不敢接，宣传不敢做，广告不敢打的尴尬。

产品有名牌，销售有市场，加工有能力，开发有潜力，按说应把雷山茶叶产业做大做强，做它个产值几万甚至上亿，使其成为雷山财源建设的主体，县域经济的支柱，特色产业的龙头，农民增收的渠道。然而，这一产业的发展却偏偏处境艰难。目前，全县茶地面积呈逐年萎缩之势，有的开始荒芜，有的翻土改种。现有10390亩茶园中，能发挥效益的只有2800余亩。理应成为龙头企业的银球茶叶公司，也因茶叶生产规模小，市场销量小和企业管理方面的原因，只能依托品牌优势而勉强支撑，欲图强壮大却力不从心。

雷山茶叶怎么啦？雷山茶叶产业到底能不能做大做强？不少关注雷山茶叶产业发展的人都在发问。

据有关部门介绍，雷山县至今还有近3万亩宜茶土地尚待开发，如尽快开发出来，再把原有1万多亩茶园管理好，全县茶园面积可以达到4万亩。以每亩产茶青200公斤计算，总产值可达4800万元。目前全县年茶青产值仅250多万元，广度开发的潜力很大。

银球茶叶公司年加工生产能力200吨，目前年均仅生产加工茶叶30吨，仅占加工能力的1/7。今年计划加工35吨，产值200万元。以此计算，如果全县茶园达到4万亩，年产达到660吨，茶叶加工产值可达3770多万元。深度加工增值的开发潜力也很大。

产业开发的出路在市场。雷山银球茶作为名牌产品和中央机关特供茶，认为“皇帝女儿不愁嫁”。加上产量低规模小，产品只供北京、贵阳两地市场，市场占有率很低。如果以名牌产品打开销路，同时加大宣传力度，抓好市场营销，把雷山茶叶推向全国，让享有世界名茶之称的银球茶走向世界市场，让全世界人民共享，雷山茶叶的产业化发展一定大有奔头。

人们希望雷山县委、县政府在抓茶叶产业发展中，能坚持一张蓝图画到底。做到每任书记同念一本经，每任县长同下一道令，不断推进茶叶产业化进程。同时还希望县委、县政府要关注龙头企业银球茶叶产业的发展，要采取措施，帮助解决企业目前存在的困难和问题，加强管理，推进现代企业制度建设，使企业健康发展，使龙头企业真正成为名副其实的龙头。

（原载《黔东南报》）

丹寨物以“硒”为贵

——龙年访“龙头”系列报道之五

人以“硒”为宝，物以“硒”为贵。在丹寨县成了一种特有的现象。

饮水含硒，稻米含硒，茶叶含硒，水果含硒，瓜、菜、豆、油、薯……丹寨县大部分地区一切土中生长的农作物，都含有硒的元素。以当地农作物为饲料饲养的猪、牛、羊、鸡、鸭、鹅等畜禽品种肉类和水产中也普遍含硒。

据中国科学院地球化学研究所对丹寨地质土壤取样化验检测鉴定，丹寨县内80%的土壤水源普遍含有硒的微量元素。于是，人们把丹寨县称为“硒都”，硒，又成为丹寨县的一大珍宝。

硒为何物？硒有何用？据有关资料介绍，硒是人体必需的微量元素。人体缺硒会导致40多种疾病的发生，适量补硒对癌肿、心血管疾病、白内障、糖尿病等有一定的防治作用。同时有增强免疫力、提高肾功能，抗疲劳，抗衰老，抗辐射等作用。营养学家们称硒为“生命火种”“抗癌之王”“生命之奇效元素”。我国是世界上产硒主要国家之一，世界上有40多个国家迫切需要硒。

丹寨县水源土壤和农作物中含硒的发现。为该县发展特色农业和实行产业化开发找到了一条重要途径和科技支撑。同时，也使丹寨县农产品在面向全国和世界市场中获得了参与竞争的比较优势。

近几年来，丹寨县委、县政府通过实施换脑筋工程，在农业开发中转变观念，调整思路。积极推行产业化经营，围绕硒特色，开发生产硒系列产品。县里以黔丹实业总公司为龙头，采用公司加工厂加基地加农户的模式，把产、加、销连成一条产业链。围绕资源搞加工，抓住特色拓市场。先后开发生产了硒香米、硒绿茶、硒软水、硒红薯脯、硒南瓜汁等系列产品，走出了一条独具特色的丹寨农业产业化开发之路。由黔丹实业总公司开发生产的含硒茶“黔丹牌”龙泉毛尖和含硒水，分别获得了农业部颁发的绿色食品证书，中国新技术新产品博览会金奖和贵州名牌产品称号。

目前，县里面对西部大开发和中国即将“入世”两大机遇，紧紧抓住硒优势，着力发挥硒特色，深度开发硒产品，认真做好硒文章。把硒农业产业做大做强，全面推动县域经济快速稳步发展。按照这个思路，县里进一步确定了农业产业发展规划。

一是通过招商引资，重组改制或贷款扶持等方式继续扶强壮大黔丹公司、深丹公司和黔隆畜牧科技开发公司。并以三家公司为龙头，以公司加基地加农户的运作方式，全面推动硒特色农业产业的发展。

二是抓好优质硒精米、硒茶叶，优质硒包谷种植基地建设和含硒肉类品种开发。计划5年间全县发展优质硒稻谷1万~5万亩；硒茶叶1万~2万亩；优质硒糯包谷5000到1万亩；养殖商品猪6万~10万头；牛5000~1万头；羊2万~5万只；稻田养鱼1万~3万亩。

三是抓好硒精米、硒茶叶、硒包谷和牛肉深加工。计划全年产硒精米1100万公斤，产硒茶叶（干茶）100万公斤，产硒鲜包谷600万公斤，加工牛肉产品380吨，产鲜鱼3000吨。

有关部门算了一笔账，按照县里的5年开发规划，丹寨县仅以硒为特色的农业产业化开发项目，到2005年，全县农民一年将增加收入3350万元，企业一年将增收4956万元，地方税收一年将增加936万元。仅稻谷一项，全县开发5万亩优质硒精米，就比种植常规杂交稻净增产值1150万元，增长率达40%。

硒，给丹寨农业产业化开发带来了新的希望。

（原载《黔东南报》）

麻江舞好“基地”龙

——龙年访“龙头”系列报道之六

亮晶晶的优质米，鲜嫩嫩的活蔬菜，甜蜜蜜的大蟠桃，活蹦蹦的鸡鸭鱼，一车车麻江农产品运往周边城市，淌回来滚滚财源。

优质基地，蔬菜基地，水果基地，养殖基地。一个个基地，一头连着城市市场，一头连着千家万户。通过基地这座桥，实现了农户与市场的对接，沟通了产销渠道，麻江县农业产业化发展可谓独辟蹊径。

麻江现在还没有拳头产品，但却有拳头优势。利用拳头优势，可以创造出拳头产品。麻江人这样认识麻江。

麻江的拳头优势在哪里?

紧挨城市。麻江的周边有省会贵阳市和两个州府所在地城市凯里市与都匀市，与麻江县分别相距仅 37 公里、49 公里和 140 余公里，既是城市辐射区，又处于城乡接合部。

交通便利。麻江有黔桂、湘黔两条铁路过境。县内国道、省道纵横交错，正在兴建的贵新高等级公路和凯麻高速公路，穿越麻江境内，运输条件极为优越，各类农产品可以直接通江达海运往全国各地，进入国内国外大市场。

自然资源丰富。全县农产品生产种植面积达 55. 8 万亩。境内地势西高东低，海拔为 576~ 1862 米，起伏高差形成三个不同自然气候区，为农产品分区轮作和品种结构调整创造了有利条件。

天时地利合成的区位优势，为麻江的农业开发提供了极为有利的条件。县委、县政府依托这一优势，把产业开发的市场目标选在周边城市，确立了服务城市、满足需求，建设城郊型农产品基地的发展思路。

围绕这一思路，去年以来。县里一系列项目规划相继出台。具体规划是：从 2001 年至 2010 年。全县要建成 9 万亩以大枇杷、薄壳核桃，蓝浆果为主的优质果品基地；6 万亩以反季节为主的蔬菜生产基地；3 万亩以锌硒多元素为主的优质米基地；同时还有 4 万只山羊、10 万头牛、20 万头生猪、40万只家禽的畜禽养殖商品基地，以此构成全县农业的四大主导产业。

为了配套实施农产品基地建设，实现市场连基地，基地连农户和龙头带动，市场启动，产业拉动，推动农业产业化发展。目前，县里已经决定加大市场建设力度，力争用5年时间建成下司蔬菜批发市场，城关粮油水果批发市场，贤昌蔬菜粮食批发市场、下司牛马交易市场、羊昌坡黔中综合市场等5大专业批发市场。同时正在着手筹划组建县果品开发公司，蔬菜开发公司以及果品饮料食品加工厂、果品包装材料加工厂、蔬菜、果品贮存保鲜库等龙头企业实体。配套形成公司、工厂、市场、基地、农户一条龙的产业格局。

舞好“基地”龙，推进产业化，实现高效益。麻江农业将在跨入新世纪的奋斗中达到富民强县的目标。

（原载《黔东南报》）

背水之战

——台江县“两基”攻坚纪实

2004 年，是台江县必须实现“两基”目标的最后时限。

基本普及九年义务教育，基本扫除青壮年文盲，全面提高人口素质，对地处苗疆腹地，经济社会发展滞后的台江，更显得极其重要和刻不容缓。

1 月 18 日，台江县委、县政府召开“两基”工作专题会议，全面分析县内“两基”工作进展情况。站在全面推动台江教育和经济社会发展的战略高度，审时度势，决定向省、州政府申请将原定于 2005 年实现“两基”目标的时间提前到 2004 年，同时将“两基”工作定位为“两基攻坚”。决心背水一战，确保“两基”目标的如期实现。

一

把实现“两基”目标的时间提前一年，对基础条件差，财力、人力、物力较弱的台江来说，做出这样的决定，的确是要有足够的思想精神准备和胆略的。堵死退路背水一战，别无选择务求必胜。县委书记杨静、县长潘亮亲自担任县“两基”攻坚领导小组组长和第一副组长，与大家并肩作战，共担风险。分管教育的副县长王晓琴亲任攻坚办主任，负责“两基”攻坚日常工作。设立由县委、县人大、县政府、县政协分管和联系领导，县纪委、组织部和宣传部主要负责人为成员的“两基”攻坚督查组，加大对“两基”攻坚全过程督查。

决战“两基”是台江县 2004 年的头等大事，必须把全县人民动员起来。为此，县委、县政府组织召开了声势浩大的“两基”攻坚动员大会，公布了县委、县政府《关于全面实施“两基”攻坚的决定》。各乡镇、县直各部门分别与县政府签订“两基”攻坚责任书，立下军令状，明确责任，限期完成规定任务。打折扣者，一律一票否决。散发县长“致各位家长的一封信”，书写悬挂宣传标语，组织文艺宣传队下乡演出，展开铺天盖地的宣传攻势。激发调动全县人民的积极性，全县倾力投入攻坚。

二

枪一响，战斗就白热化了，难克的“碉堡”一个接一个……

——群众观念保守，目光短浅，教育观念淡薄。“没钱读书不如不读书”，“花钱读书不如打工挣钱”，“历朝历代不识字照样种田养家糊口”。成为不上学读书的理由，不少适龄儿童弃学、青壮年不愿参加扫盲纷纷外出打工，全县辍学、失学、文盲人数累计达3400多人，控辍保学和扫盲难度增大。

——台江地处苗岭山脉，山高谷深，地广人稀，全县每平方公里人口密度仅为127人；村寨之间距离大，对学校布局调整极为不利；不少建设项目所在地交通不便，时间紧，教育部门工程技术人员和管理人才匮乏，确保建设工期和建设质量难度大。

——台江是国家级贫困县，年地方财政收入仅1700多万元，教育欠债多，投入资金需求量大，而地方财力有限。预算资金缺口大，攻坚支撑乏力。

攻坚战斗在艰难中推进。1月30日，县委书记杨静到县“两基”攻坚办督查工作，鼓舞士气，明确告诉全体工作人员，“教育滞后，必将拖全县发展的后腿，只有把教育抓上去了，台江的经济社会各方面发展才能有一个质的飞跃。”杨静鼓励大家：只要增强信心，加倍努力，没有不能克服的困难。随后他马不停蹄直奔基层，到台拱镇民族中学和城关一小，现场办公帮助解决两校在规划建设中遇到的难题。

2月10日，县长潘亮了解到施洞中学在规划新扩建教学大楼时遇到困难，当日上午11时30分，刚参加完县委常委会议走出会议室，便立即驱车直奔施洞。中午1时赶到现场，马上听汇报，审查规划设计图，部署安排征地拆迁补偿工作，推动了项目如期开工。

县主要领导亲临一线，现场办公帮助攻克难点，加快了“两基”攻坚进度。

三

“两基”攻坚直接关系到台江的未来发展和小康社会建设，代表着全县14万人口的根本利益。尽管没有枪林弹雨，但要取得这场攻坚决战的胜利，仍然要有敢于牺牲勇于奉献的拼搏精神。

台江“两基”攻坚战开始时正值学校寒假期间，全县所有教师都利用假期投入战斗。南宫乡交宫小学教师李俊负责调查全乡“两基”底数，以供领导决策参考。可就在这个节骨眼上，妻子顾倭突然病重住进县人民医院。此时，李俊又不能留在县医院陪护照料，县城又无亲友。如此两难之际，李俊毅然决定只有委屈妻子，租了一辆农用车把她送回南宫乡拥党村老家养病，托岳父母代为照顾。车行返乡途中，李俊紧紧抱住病重的妻子，两眼热泪直流：“对不住了，待我县‘两基’攻坚目标任务完成以后，我再加倍报答你，此后一生好好照顾你。”掏心一番话，无限夫妻情。病重躺在李俊怀里的顾倭泪如泉涌，她理解丈夫此刻的心情，家事，国事，国事为重。顾倭安慰李俊：你放心吧，没有什么大不了的。到家以后，有父母照顾我就够了，不要因为我影响工作，否则，我也对不住父老乡亲，放心工作去吧，我相信你会做得更好。

如此无私的奉献，在“两基”攻坚中展现了台江人勇于战胜自我，顽强拼搏，背水一战的精神。感人的故事还很多。为尽量缓解全县“两基”攻坚经费不足的困难，为帮助因贫困无钱读书而失学的穷家子弟重返校园，不少干部、群众节衣缩食、慷慨捐资。县粮食局干部、在职工两个月发不出工资，临时工、下岗职工没有工资的困难情况下，全局有32人就捐出资金1375元。

战斗在“两基”攻坚一线的干部、群众，教职员工，无数人为了实现“两基”目标，栉风沐雨，废寝忘食。方召中学教师张元贤、张儒两位老师，为动员因家贫而辍学外出打工的学生重返校园，步行30华里深入巫梭村，为堵住该村6名辍学学生外出打工，动员他们返校读书，硬是在村寨门口连续苦熬守候了三天三夜。

肩负重任的县、乡和县直机关部门各级领导，为筹集办学资金，跑断腿，磨破嘴，费尽心。或向上级争取项目；或冒险举债；或从捉襟见肘的财政中，在各项必不可少的开支预算中，算了又算，抠了又抠，省了又省。他们一直想的就是“再穷不能穷教育，再苦不能苦孩子”，硬是筹措了2260多万元资金投入全县“两基”攻坚，为今年实现“两基”目标竭尽全力。

目前，全县“两基”攻坚战役仍在继续紧张地进行。

为实现目标而战，为消除愚昧而战，为加快全面建设小康社会而战！！！

正在为实现“两基”目标背水而战的台江人民，万众一心，众志成城，最终必将迎来台江教育事业兴盛发达的春天。

（原载《黔东南报》）

在侗乡的金山上

——天柱县贯彻落实科学发展观见闻

公路如网，大厦如林；商家云集，工业勃兴；鸭欢鱼跃，林茂粮丰……

8 月下旬，记者到有“贵州高原黄金城”之称的天柱县采访，耳闻目睹天柱的深刻巨变和经济繁荣，纵观全县潮掀浪涌的发展强势，令人欣慰。使人鼓舞，催人奋进。

统计资料显示：今年上半年，全县实现生产总值 21012 万元，GDP 首次出现两位数增长，增长率达 11.04%。其中：第一产业完成 10436 万元，增长 5.12%；第二产业完成 40.35 万元，增长 36.55%；第三产业完成 7301 万元，比上年增长 9.47%。在 GDP 快速增长的同时，经济增长质量和效益也明显提高。半年间，全县完成财政总收入 2887 万元，同比增长 11.5%；工业企业主要经济指标比上年增长，规模工业实现利润额 180 万元，同比增长 40%，实现税费 340 万元，增长 16%；居民收入稳步增加，全县从业人员人均工资达 5056 元，同比增长 5.6%；农村居民人均现金收入 689 元，同比增长 19.6%。

增长是发展的结果。天柱县委书记张美圣在谈到贯彻落实科学发展观带来的巨大变化时对记者说：科学发展观的前提首先是发展，其次是科学发展的要求，也就是发展思路和增长方式的转变。于是，他结合天柱的具体县情，用“兴工、强农、扩城、绿地”8 个字，简明扼要地向记者介绍了天柱县近年来坚持贯彻落实科学发展观的探索和实践。

兴　工

天柱是资源富集县。重晶石保有储量 1.08 亿吨，远景储量 3 亿吨以上，是我国目前探明的最大重晶石矿床。黄金储量 60 多吨，是贵州省第一个“吨金县”。硅矿储量 8500 万吨，煤炭储量 1684 万吨，钾矿储量 1353

万吨，水能蕴藏量可开发电80万千瓦。曾经有人形容说：天柱的山，几乎是用金堆起来的。

然而，资源丰饶的土地，并没有给天柱人民带来巨额财富。

前些年，受一夜暴富急功近利思想的影响，县内砍树、卖树，采矿、卖矿十分火热，而加工工业却始终没有发展起来。结果导致山空、地空、财政空。资源富县一直走不出财政穷县的困境。

没有工业化就没有现代化。要加快县域经济发展，必须加快工业化建设进程。张美圣认为，只有抓住工业化。才能带动农业产业化，解决农产品的出路问题；抓住工业化，才能使财政增收，才有更多的资金发展社会各项事业，达到社会经济均衡发展；抓住工业化，才能把更多的农民转移出来，小城镇才能更快地发展，才能解决好城乡统筹发展的问题。

近几年，天柱县委、县政府大胆解放思想，转换发展方式。在缺乏资金、技术和企业管理人才的条件下，通过加大企业改制力度，加大招商引资力度，以资源优势、政策优惠、服务优质、环境优越的良好条件，吸引了中国昊华河北辛集化工集团、湖南五凌公司等9家大、中型加工和能源、房地产企业入驻天柱。特别是辛集钡盐集团落户天柱，总投资2.5亿元年生产15万吨的钡盐生产基地建设项目，将使天柱成为名冠全球的世界钡盐之都。目前，该项目中的天柱辛集钡盐有限责任公司碳酸钡厂一期工程已竣工投产，二期工程正在建设中。到三期工程建成后，辛集钡盐公司将作为天柱最大的工业龙头企业，引领天柱走上现代化工业发展道路。

强　农

近年来，天柱着力推进农业产业化经营，加快产业结构调整，使农村经济呈现出稳步增长的良好势头。今年上半年，全县农村牧 渔业总产值完成19090万元，同比增长5.5%。肉类总产量完成8228吨，增长9%。夏粮喜获丰收，总产10608吨，同比增长9.2%。

农业是国民经济的基础，是工业产品加工原料的重要来源，又是农民生存和国家稳定的根基。县委、县政府在贯彻落实科学发展观的过程中，坚持城乡统筹，提出了明确的农业发展思路。即：稳定粮食生产，发展特色产业，推进产业化经营，创建名牌产品，打造强势产业，使农业强筋健骨，促农民增收致富。围绕这个思路和目标，县里采取了一系列举措。首先加大对农业的投入，强化农业基础设施建设，抓好农民技术培训。其次是实施农业综合开发工程，加大农业产业结构调整力度，着重建好5大基地，在确保粮食总产稳步增长的基础上，建设7万亩优质米基地。

结合退耕还林还草，建设畜禽养殖基地，把天柱打造成“省级生猪生产基地县”“省级土鸭生产基地县”。林果业基地中脐橙10万亩，楠竹林5万亩，油核桃1万亩。更新改造建成优质油茶林基地5万亩，恢复建成烤烟基地2万亩。着力提高农产品市场竞争力，力争5年内形成“天柱茶油”“清水江牌脐橙”“天柱土鸭”“天柱清香型烤烟”4大农产品品牌。按照安全、优质、环保、高效的要求，抓紧制定天柱县大宗农产品、特色农产品质量标准，生产技术规范和管理标准，实施标准化生产。三是全力抓好农产品加工增值，培育发展农产品加工龙头企业，全面推进农业产业化经营。目前全县已初步形成具有万吨规模的优质米、优质茶油、优质脐橙、优质土鸭4大强势产业。这些产业为天柱农业的发展撑起了一片蓝天。

采访期间，记者漫步天柱县城，看到城中出现了不少“血酱鸭”专营火锅店，又听说还有人将“血酱鸭”打进了凯里、贵阳等地开展专业连锁经营。

“血酱鸭”是用天柱农民大量饲养的土鸭加工制作的一道地方特色菜，由于肉质清香细嫩，风味独特而风靡城乡。曾有人告诉记者，按现在的发展势头，天柱土鸭最终将取代“三穗鸭”而名冠贵州。目前，天柱土鸭年饲养量达400万羽，已经开始成为天柱农业产业中的一项重要支柱产业。

扩　城

贯彻落实科学发展观，天柱的城镇建设值得一提。近几年，天柱县城的扩展建设力度很大，城市面貌发生了翻天覆地的变化。昔日的凤城镇，在改革发展的“凤凰涅槃”中已经焕然一新。如今的天柱县城，城区拓宽了一倍。街宽了，道直了，房高了，店多了，繁华了。居住区、休闲区、商业区、工业区、行政区，全部实施统一规划布局。市政设施渐趋完备，城市功能显著提升。每当夜幕降临，城区内大街小巷霓虹灯闪烁，商家店铺红红火火。一个商贸繁荣、景观优美的现代化县级都市正在湘黔边界迅速崛起。

城市是经济社会发展的载体。城市的发展是加速推进现代化进程的重要一环。加快城镇建设有利于拉动经济发展，吸引农民进城，提高城市化水平，逐步缩小城乡差距，更有利于破解“三农”难题。近年来，天柱县委、县政府坚持实施城镇开发带动战略，新建了面积近2平方公里的县城新区，使县城规模拓宽到4.2平方公里，人口由原来的2万多人增加到4.5万人。建设中，他们还对老城区主要街道进行了改造硬化，拆迁改造了老十字至老东门的老城区，增设市场，扩大城市功能，建立垃圾箱、果皮箱、公共厕所和人行道，不断完善配套设施。又兴建了民族科技馆，民中科教楼，三中教学楼，青少年活动中心大楼和县医院住院楼等基建工程。启动了县城防洪堤三期工程，新区农贸市场也建成投入使用。竹林乡、渡马乡已完成集镇总体规划。注溪乡、石洞镇总体规划和县城北部新区详规也进入了评审阶段。随着县城的日益拓宽，流动人口与日俱增，县里组建了市政管理局，经营城镇和管理城镇的职能作用得到有效发挥，城镇辐射带动作用日趋明显。

绿　地

天柱县地处长江上游，是贵州省10个重点林业县之一，又是国家实施长江防护林工程和天然林保护工程项目区。前些年急功近利造成的超量砍伐，导致生态环境不断恶化，使生存条件恶劣，自然灾害频繁，经济社会发展后劲乏力，更使曾经有“绿色宝库”之称的天柱一度黯然失色。

既要金山银山，也要绿水青山。围绕建设“生态环境优美、文化教育优越、综合服务优质、人居环境优良、经济充满活力”新天柱的目标，县委、县政府带领全县人民坚持把环境保护与生态建设结合起来，大力实施天然林资源保护工程、山川秀美工程、退耕还林工程、国土整治工程和生态农业建设工程。积极抓好退耕地造林、荒山造林、义务植树造林和封山育林。从2002年至2003年，全县共累计完成退耕地造林和荒山造林28300亩，公益林植树25052亩，义务植树15万株。与此同时，县里还把生态建设同农业产业结构调整，发展绿色农业产业结合起来，大力发展经济果木林、楠竹林，保护改造油茶林，实施种草养畜工程。在抓好生态建设的基础上，重视强化森林资源保护管理，坚决执行国务院天然林禁伐令。对民间用材、间伐材实行严格的限额采伐和审批制度。又配合“春雷行动”“候鸟行动”“绿剑行动”等林业专项治理行动，加大林业行政执法力度，及时查处各种破坏森林资源的林业案件。经过近 3 年的努力，目前全县森林覆盖率已达 50. 7% 。

一手抓生态环境保护，一手抓沼气建设工程。把保护与节约资源结合起来，走资源节约型发展道路，提高农业经济的增长质量和效益，进一步巩固和发展生态建设成果。近两年来，县里积极抓好沼气建设工程，以节能为导向做活做强基础产业。目前，全县累计建设沼气池 6000 口，实施沼肥种果 2. 8 万亩，沼液（肥）浸种（种粮）2 万亩，沼肥种菜 8000 亩，沼肥养鱼 2 万亩，沼液喂猪 6000 头，不仅为打造农产品绿色环保品牌创造了条件，还实现了年节约生活能源价值达 600 多万元，节约生产资金 700 多万元，取得了良好的生态经济效益。

坚持贯彻落实全面、协调、可持续发展的科学发展观，使天柱处处充满生机活力，潜藏的各种优势正逐步形成无数亮点。在县委、县政府关于“围绕富民强县建市，全面建设小康社会一个目标；突出环境、财源建设两个重点；实施科教兴县、开放带动、可持续发展三大战略；推进农业产业化、城镇化、新型工业化、信息化四大进程；实现基础设施建设、特色经济、城镇建设、扶贫开发、非公有制经济五大突破；培植以水资源开发为主的能源工业，以重晶石加工为主的矿产品加工业，以种草养畜为主的畜牧养殖业，以脐橙和油茶为主的林果业，以旅游为龙头的服务业，以农产品为主的加工业六大产业”发展思路的指导下，天柱的发展前景，将更加金光灿烂。

（原载《黔东南报》）

迎战旱魔

——来自岑巩县抗灾保增收的报告

高温，高温，高温；持续不断的高温！

酷热，酷热，酷热；让人难耐的酷热！

一首民谣在岑巩县城乡传开：水井水紧，水塘水烫，水库水枯，水渠水去，干河干涸……

2004年春夏，岑巩遭遇了一场几十年来未见的特大干旱。

188座山塘一干见底；35座小（二）型以上水库中有28座降至死库容；2.4万亩稻田无水翻耕；6580亩秧田脱水龟裂；480多家农户栽不下秧；2.7万人口和近1.4万头大牲畜发生饮水困难。

截至5月30日，岑巩持续发展的旱情仍然没有丝毫缓解的迹象。受旱灾重创的大有、水尾、天星、羊桥、天马等乡镇，纷纷打电话向县里告急：近半数稻田还栽不下秧；日常生活用水已涨至1元1担；争水偷水引发的民间纠纷接连不断……

严重的干旱，埋下了社会不稳定的隐患，给正在奋力脱贫奔小康的岑巩人民将带来一场灾难。

“决不让旱魔横行肆虐，更不能使农民增收计划成为泡影。”

由县委副书记刘良敖、常务副县长黄俊、主管农业的副县长胡国珍、县政府办公室主任周普中带队，有农业、水利、供销、农信社、农机服务中心负责人参加的4个旱情调查组，紧急分赴各乡镇查核灾情，现场办公为农民抗旱排忧解难。县里紧急下拨的支农抗旱经费也火速到达农民手中。

最大限度降低灾害造成的损失，尽最大努力确保受灾农民增收有望。6月2日，县委、县政府组织召开全县紧急抗旱会议，号召全县人民万众一心迎战旱魔。会上，县长李昌能的话斩钉截铁：没有天水找地水，掘地三尺，也要把水引出来抢栽保灌。土地一亩不能丢荒，农民年内人均纯收入增长4%的目标一定要实现！

铿锵的语言，坚定的决心，使与会者精神为之一振。5 个受灾最重的乡反映：现有抽水机具功率太小，每小时抽水仅 2 个立方，根本不抵事。县长李昌能当即表态：县财政贴息，由县水利局到信用社贷款 10 万元购置大功率抽水机具。并当即对参加会议的县水利局副局长田贵龙说，你马上落实，今天下午你必须把一切贷款手续全部办好。机具 3 天之内必须到位。

紧急抗旱会开了半天就散了，一场奋力拼搏抗旱保增收的攻坚战役，迅速在全县 11 个乡镇全面展开。

公路上车轮滚滚，一车车水泥及各种抗旱物资迅速运抵第一线；掘井旁、水库边、河滩上机声隆隆，数百台大大小小抽水机全部启动，引出如注清泉；田野里水花飞溅，数万农民顶着炎炎烈日，紧张忙碌地抢栽抢插，抗旱热潮如火如荼。

抵御灾害，阻击旱魔，岑巩全县上下联动，紧密协作。县直各涉农部门围绕抗旱开展便民跟踪服务。交通、电力、金融和物资管理供应部门，在服务抗旱中开展特事特办、急事急办，一路开放绿灯。乡镇党委、政府领导和基层干部与群众一道早出晚归，并肩作战。天马镇镇长龙本贵，为保证关堰水库开闸放水期间不发生意外，带领镇机关 11 名干部和渡马等 4 个村村干在库区和渠道沿线连续巡查守候 7 天 7 夜。遭遇重灾的羊桥乡，在抗旱资金紧缺的情况下，全镇机关干部职工人人垫出当月工资支援抗旱。县抗旱服务队队长杨平尤，哪里旱情最重就出现在哪里，从 4 月中旬下乡到 6 月中旬返县，整整两个月一直没有回过家。

岑巩的严重灾情，岑巩人民与干旱顽强抗争的拼搏精神，引起州委、州政府领导的强烈关注。州委书记刘光磊、副州长杨正明在岑巩人民鏖战旱魔的关键时刻，来到了抗灾一线，来到了人民中间。

6 月 9 日下午 5 时 40 分，奔波查看了 5 个乡 11 个村旱情的副州长杨正明，已经很疲乏了，工作人员劝他返回岑巩县城休息，杨正明摆摆手说：不行，还得再多看看。于是又马不停蹄赶到遭受重灾的天马镇，专心细致地询问查看了该镇黄土塘村的灾情和生产情况，在田边与村民交谈引水打田和改种计划，直到太阳落山。离村时，天已经麻麻黑了。

刘光磊书记是 6 月 14 日来到岑巩的。当天就直奔旱情最重的天星和羊桥。在车行途中，刘光磊打开车窗，注目窗外赤日炎炎的田野，一片片龟裂的稻田出现在眼前。

停！他推开车门下车，一股热浪扑面而来，火辣辣的。“这是什么地方?”县里领导告诉他：这是天星乡毛坪村，灾情很重。刘光磊边听边看，顺着公路沿线稻田走了100多米，目睹一片片龟裂的稻田，烈焰下渐趋枯萎的秧苗，脑子里突然想起了古人的一首诗：“赤日炎炎似火烧，野田禾稻半枯焦，农夫心内如汤煮，公子王孙把扇摇”。是啊，封建统治阶级除了为满足豪华奢侈的生活而横征暴敛，谁还关心农民百姓的死活呢？自然，农民只有揭竿而起把它们推翻。想到此，刘光磊转身对身边的县乡基层领导说：

“灾情这么重，马虎不得呵！农民就指望着这田土种出来的庄稼过日子。我们是共产党人，人民的政府，我们不能眼睁睁看着老百姓遭罪而不心疼。眼下，政府再难，财政再紧，也要想尽一切办法帮助农民群众战胜干旱。”他接着强调说：“那些打不出来的田，栽了又干的田，要抓紧搞好改种，能种玉米种玉米，能种红苕的种红苕，能种烤烟种烤烟，既要尊重群众意愿，也要科学合理安排。总之，不能让群众因旱灾遭受任何损失，起码也要尽最大努力把损失降到最低。”

刘光磊一路察看灾情，一路与农民和基层干部交谈。重灾之际，书记、州长相继深入灾区，给正在抗击旱灾的岑巩人民以极大的精神鼓舞，进一步增强了抗灾夺增收的信心。经过近一个月的苦战，全县新增抢种水稻2万多亩，其余受旱稻田全部改为旱作，没有抛荒一寸土地，抗旱首战告捷，几场喜雨降临大地。一度被旱魔侵袭的广阔田野，又开始显现勃勃生机。

（原载《黔东南报》）

“旗舰”将要启航

台历，在一页一页地翻；时钟，在嘀嗒嘀嗒地响。黎平旅游支线机场建成通航的日子——2004 年 10 月 1 日，正在一天天逼近。对接机场通航的各项工作，进入了“倒计时”的关键时刻。

9 月 30 日上午 8 时，黎平县城人民会场万人聚集，全县旅游工作暨创建优秀旅游示范县城誓师动员大会正在进行。

同日上午 10 时，县里接着又在县城平街丁字路口，举行了隆重的对接黎平机场通航“倒计时”揭牌仪式和创建优秀旅游示范县城万人签名活动。

在签名活动现场，正在签名的中共黎平县委书记杨胜勇告诉记者：随着机场建设工作顺利展开，县里对接机场通航的各项工作早在去年年底就开始着手进行。随后于今年年初不断加大了工作力度。目前，一系列对接工作都在有条不紊地陆续展开。

黎平机场从立项建设时起，就明确定位为旅游支线机场。2001 年 8 月，省长石秀诗在黎平视察工作时明确指出：正是因为黎平具有丰富而独特的旅游资源优势，省委、省政府才确定在黎平兴建飞机场。机场为旅游而建，与旅游的前途命运密切相关，紧密相连。省长的指示，使县决策层对实施旅游兴县战略方向更明、信心倍增。

黎平地处侗民族地区中心区域，是侗族文化的主要发源地。这里民族风情浓郁，文化底蕴深厚。有侗戏鼻祖吴文彩；国家文物保护单位“地坪花桥”；列入世界吉尼斯纪录的述洞独柱鼓楼；全国最大侗寨——肇兴；民族生态博物馆堂安侗寨。侗族大歌最流行的六洞、九洞地区，早在明、清时期就归属为黎平府治管辖之地。此外，还有红军遗迹和“黎平会议”会址。

原始性、唯一性、垄断性强的优势旅游资源，使黎平成为具有极强竞争力的民族风情旅游目的地和侗族地区共同打造民族旅游“旗舰”的主体，又是旅游支线机场运营发展的重要支撑点。

整合侗乡旅游资源，联手打造民族旅游“旗舰”，做大做强民族旅游业，促进侗族地区区域经济的形成和发展，是对接机场通航中一项具有决定性战略意义的重要工作。处于三省（区）侗族地区金三角中心和机场所在地。黎平的决策者们深感重任在肩，使命难辞。

县委副书记吴锡锋在谈到共同打造民族旅游“旗舰”时，对记者说：联合是当今发展大势，聚指才能成拳，联合才有优势和力量。他呼吁周边地区具有同类资源的各县打破自我封闭意识和保守主义，克服相互排斥、小打小闹的小家子气，抛弃各种无谓之争，携起手来，实行资源整合，优势互补，相互帮衬，整体包装，整体推出，形成共有优势。他说，不是黎平要自称中心，是黎平客观所处的区位优势和作为机场所在地而自然肩负的一份责任。正如一次论坛会上有位专家所说的那样，黎平机场不只是黎平的，它也是黔东南和贵州的，更是属于整个侗民族地区的。

正是基于这样的认识，黎平在协调、协作方面牵头做了大量工作。首先，围绕机场建设和通航，着力改善黎平与周边各县交通状况。在完成黎榕公路、黎锦公路、黎靖公路等主要干线公路改造的同时，积极提高省际、县际公路和旅游景区景点公路路面等级，力争机场通航前完成黎从公路、黎剑公路油路改造，形成区域公路交通网，增强旅游的可进入性。其次，精心策划南部侗族风情精品旅游线路。

按照省州的统一部署，在重点开辟黎平至桂林、黎平至张家界和黎平至贵阳三条旅游线的基础上，规划推出黎平至榕江、从江、通道、靖州、剑河以及黎平至北侗地区锦屏、天柱的旅游线路。以机场为载体和引擎，拉动整个侗族地区民族旅游业的发展。三是加大侗族优势旅游资源宣传推介力度，花费巨资和巨大精力，牵头将侗族大歌申报为世界非物质文化遗产，派出黎平侗族大歌艺术团进京、出省出国演出，唱响侗族大歌品牌，提高侗族地区的知名度。四是借助黎平机场的航空交通优势，抓好以黎平为重点的城市和其他相关基础设施建设，打造建设侗乡之都，为整个侗乡扮靓撑起门面，吸引中外游客进入侗乡旅游。五是建立合作论坛，在原贵州省政府副省长龙超云的支持下，成立了侗族文化旅游促进会。牵头组织了湘、黔、桂三省区侗族文艺会演，举办了中国侗族鼓楼文化艺术节，侗族大歌国际学术研讨会，侗族稻作与祭祀文化研讨会，黎平机场建设与侗乡经济发展研讨会等，提高了侗乡的知名度和利益相关度。

州委、州政府十分重视侗乡民族旅游业的发展，支持关注联合打造侗乡民族旅游旗舰。高瞻远瞩，宏观谋划，不遗余力支持联合推出侗乡精品旅游线路。同时确定黎平鼓楼文化艺术节列为全州三大民族民间节日。“十一”黄金周，州委、州政府又将今年由州人民政府主办的“黔东南州苗侗民歌大赛”“旅游形象大使大赛”交由黎平县政府承办，扶持提升侗乡之都的文化品位和地位。同时，以黎平为南线战略支撑点，加大侗族地区旅游项目投资建设力度，扮靓侗乡之都，扮靓侗族地区，从而增强了侗族地区的凝聚力和整体竞争力。

包装黎平，推介展示侗乡，精心打造、推出侗乡之都——黎平这艘民族旅游旗舰，组成侗乡强大的民族旅游联合舰队，在参与国内国际旅游市场的竞争中搏击风浪，劈波奋进。

机场通航在即，旅游旗舰将要启航。整个侗乡，整个黔东南的民族旅游业将迎来一片朝阳。

（原载《黔东南报》）

东方欲晓

——从黔东工业园崛起看镇远的后发优势

镇远县黔东工业园，在科学发展观的指引下，目前正以其迅速发展的生产力和日渐升腾的名气、人气和旺气崛起于黔东大地，成为镇远县乃至黔东南州经济增长的一大亮点。2004年园区规模企业完成工业总产值34291万元，销售收入29116万元，入库税金1718.2万元。工业园区的成长和快速发展，为镇远实现3年撤县建市目标打下了坚实基础。

抓机遇　工业重发迹

黔东工业园辖青溪、羊坪两镇；位处湘黔两省三地五县毗邻的结合部，县道、省道、国道、铁道和沪瑞高速公路在这里交汇，具有西南各省区最大交通东出口岸的地缘优势。

这里还是历史上我国钢铁工业的发源地。据史料记载，清光绪十二年(1886年)，贵州巡抚潘慰及其胞弟向德国泰来洋行贷款30万，在青溪开办青溪钢铁厂，生产钢板、钢条、铁丝、螺丝钉等，是我国洋务运动官商合办的第一个现代化的钢铁企业，始开贵州利用外资办企业先河。由青溪泉水孕育，以纯正清香质优和“喝杯青酒，交个朋友”而扬名全国并成长壮大起来的贵州青酒集团，就诞生立足于这块土地，如今已成为贵州酒业中的行业骄子和贵州省内的工业龙头企业之一。

特殊的地缘区位优势，便利的交通条件，悠久的工业历史渊源与丰富的自然资源和人力资源，自治州优惠的政策和国家实施西部大开发的良好机遇，以及镇远县决策层“没有工业化，就没有现代化”的科学发展意识，使决策者们看中了这块“风水宝地”。2001年，县委、县政府果断决策：抢滩黔东，用5至10年的时间，把青溪、羊坪建成黔东南自治州最大的工业园区，使这块古老的工业发源地重新发迹。用坚实的现代工业基础，提高镇远的竞争力，加速推进工业化、城市化和全面建设小康社会发展进程，实现镇远撤县建市、富民强市及州委、州政府规划使镇远发展成为黔东地区区域工业中心城市的宏伟目标。

春潮涌　开发热黔东

在春潮滚滚的西部大开发中，黔东沿铁路和320国道区域各县龙腾虎跃，纷纷抢滩出招亮相，力图占据开发制高点。

岑巩以县城迁移为契机，抢先半步，直逼羊坪。力图通过新县城建设的吸引力，拓展城区，占据交通要塞优势，将岑巩建成黔东集商贸旅游为一体的现代化中心都市。

玉屏以贵州东出口毗邻湖南为优势，大量招商引资，调整产业结构，优化资源配置，通过开发大龙新区，着力打造“黔东门户”。

三穗地处国道、高速公路交通枢纽，通过东进西出，南来北往物流集散，在城市改造中完善市场软、硬件设施，倾力创建“黔东商贸城”。

同处黔东的镇远，虽面临三面夹击，在大潮奔涌，咄咄逼人的开发竞争中处变不惊。大学教授出身的县委书记黄保勤说：抢抓机遇不能仓促上阵。凡成大事者，必须具备天时、地利、人和。他还说，镇远在黔东开发中必须选择找准自己的角色定位，推出高人一筹的发展策略，才能始终勇立潮头，独领风骚。

为此，县委、县政府通过冷静地分析镇远县情，站在发展市场经济的战略高度，审时度势，通过与贵州省第一工业设计院共同对黔东开发模式进行科学论证，提出以历史文化名城为背景，以现代工业发源地和镇远现有轻重工业基础为基石，利用贵州青酒集团的品牌实力，依托青溪、羊坪良好的地缘区位，围绕发展工业、旅游两大重点，调整产业结构，优化资源配置，创建发展黔东工业园，实施工业园区与产业集群带动和一县（市）两城区（现镇远县城为旅游城、黔东工业园区为工业城）重点发展战略。通过工业做强，城区扩张，努力把黔东工业园区“一区两镇”建设成为承接湘黔两省中西部经贸合作开发的首选城市，成为贵州新一轮扩大对外开放的经济发展平台之一。建成和发展黔东地区集电能、冶金、轻工业为一体的新兴工业体系。逐步形成以园区黔东火电厂为轴心、向东西拓展；以320国道为主线，向南北发展的经济产业带和黔东区域中心城市的城镇格局。

围绕实现上述目标，县里做出营造园区五个环境的决策，即：努力营造美好和谐的工作环境，干事创业的社会环境，公平竞争的市场环境，优越完善的投资环境，健康文明的生活环境，筑巢引凤。通过实行“一站式”办公，一个“窗口”对外，24小时提供快速、便捷、周到的优质服务，感动吸引了一批批客商、外资涌入工业园区，掀起了黔东一波波开发热潮。

奔腾急　万马战犹酣

黔东工业园区作为经省州批准，由镇远新开辟建设的新兴工业园，经过4年如火如荼的开发建设，各项基础设施逐步完善，一个新兴工业城区的雏形已经出现，园区产业集群发展的综合优势初步显现出来。先期进入园区发展的商家、企业开始取得良好的经济效益。商机与发展潜力渐渐显露，工业园发展吸引力与日俱增。

随着黔东工业园的兴起，一家家企业纷纷入驻园区，竞相发展；一个个发展项目投入园区开工建设，使园区呈现出万马奔腾的竞争局面。截至今年12月，方圆仅6平方公里的黔东工业园区，入驻的大、中型企业已达34家，协议投入资金60多亿元。这么多的企业集聚，如此巨额资金的投入，在黔东南历史上绝无仅有。企业的涌入潮，资金的投入潮，项目的建设潮，昭示出黔东工业园区的名气、人气和旺气。

2004年，黔东工业园更显热气蒸腾。园区境内到处是建设工地，推土机、挖掘机、装载机、运输车往来穿梭，机器轰鸣声、凿石打钎声、开山放炮声此起彼伏。一座座山坡被削为平地，一条条道路在不断延伸。这一年相继开工建设的有：五菱集团总投资48亿元的一期规模2×60千伏黔东火电厂建设工程；江苏籍客商与青酒集团联合投资1亿多元的黔桂实业公司冶炼炉建设工程；浙江籍客商投资1280万元的铁矿石生产建设工程；湖北籍客商投资650万元日供水2万吨的工业园区供水工程，以及重庆、福建、深圳厂商投资的中碳锰铁、硅锰合金生产和冶炼厂、精炼炉新建、改扩建工程等8个工程建设项目。

又一个喜讯更加振奋人心：今年10月21日，经国家环保局评估中心评估通过正申报国务院审批的，由西南林业投资有限公司筹资73亿元的林浆纸一体化生产项目，与黔东工业园已达成意向性协议。它的入驻，将给工业园、给镇远工业的发展大振雄风。

12月2日，县委、县政府在工业园区举行“黔东工业开发总公司”成立授牌挂牌仪式。紧接着，镇远县委副书记、工业园区工委书记袁尚勇又在黔东工业园区办公大楼建设工地庄严宣布：工业园区办公大楼建设工程正式启动开工……

企业一家添一家，项目一个接一个，高潮一潮接一潮，热浪一波接一波。工业园建设发展的新活力、新契机，使这块热土变得红红火火。

黔东工业园，既是镇远工业发展的领头羊，又是镇远经济腾飞的助推器。打造实力镇远、活力镇远，使镇远乃至黔东地区走向工业化、城市化和现代化发展道路，更多的希望将寄托于黔东工业园区的工业勃兴。

如果说，地处贵州东部前沿的玉屏县，在黔东开发中捷足先登已成为一个重要经济增长点的话，那么，随着黔东工业园迅速崛起和壮大，结合镇远一县（市）两城（旅游城，工业城）战略的实施，3年撤县建市目标的实施，镇远将以其锐不可当的后发优势，最终成为贵州东部经济发展中心并带动整个区域各县的全面振兴。

镇远，将如一轮红日冉冉东升！

（原载《黔东南报》）

岑棒人真棒

这是自力更生艰苦创业的一曲凯歌！

这是实践“三个代表”的一个典范！

这是献给党的十六大的一份厚礼！

党的十六大召开前夕，一条盼了多年的乡村公路终于建成通车了。全寨村民怀着激动的心情，称颂“三个代表”给他们带来的鼓舞和希望。

岑棒公路，长5.5公里，全程40%是石山岩壁，有两处大涵洞，三座宽7米，分别长30.8米钢筋水泥公路桥。只有2万元贷款，1万元扶持物资。依靠全寨76个劳动力，经过一个冬春的奋力苦干就建成开通了。这是一条用汗水和开拓进取精神修建的创业路，脱贫路，发展路。岑棒人创造了公路工程建设上的一个奇迹。

日前，记者来到黎平县九潮镇定八村岑棒村民组采访，目睹耳闻这里艰苦创业的感人故事，暗自敬佩的心里话不由得脱口而出：“岑棒人真棒！”

岑棒，按侗语直译意为“崩坡”。传说历史上这里经常出现山坡崩塌。如今，全寨几十户人家就坐落在由崩坡泥石堆集起来的山垴垴上。这里群山夹峙，偏僻闭塞。由于不通公路，出产的花生、黄豆、水果以及精美的侗族民间刺绣只能自产自销而不能成为商品。生产力发展受到制约，农民年人均收入仅170余元，村民们长期在贫穷落后的困境中苦熬日月。

2001年，农村“三个代表”学教活动的春风吹进山寨，村民们决定把多年来没有办成的修公路问题，作为落实“三个代表”要求的一件大事来抓，努力改变山村贫穷落后的面貌。党员和村组干部也下决心带领群众办好这件为民造福、为党增辉的实事。

尽管修路缺少资金，尽管集资难度很大。但希望尽快摆脱贫困的岑棒人，决心奋发图强。“就是没有裤子穿，就是砸锅卖铁倾家荡产，也要凑钱修出这条路来！”

为凑足修路的钱，村民组长陆昌明带头把家里仅有的一头肥猪卖了。

村民滚信生，贾显明把养来买油盐的几只鸡鸭也捉去卖了。至今仍住茅草屋的滚世荣、杨昌云，把屋里翻来覆去搜了个遍，凡能够卖得出钱的，都拿出去卖了。一贫如洗的潘家齐，家里无物可卖。懂事的小孩为帮助家里找钱集资支持修路，就上山去采药材……

修路缺钱没有难倒岑棒人。钱不够，力来补。苦干实干，顽强拼搏，没有克服不了的困难，没有办不成的大事。

岑棒只有38户人家，要修5.5公里公路，工程量大，劳动力少。工程开工后，外出打工的村民闻讯后纷纷赶回家乡。八、九岁的娃娃放学后也上工地帮忙。拿不动锄头，推不动土车，就用手一块一块搬石头。挖土方，平路基，妇女们顶起修路工程一半活。抡大锤，凿石岩，男人们有的用背带背着小孩上工地。施工线路岩山多，钱少炸药不够用。村民们就想土办法，用柴火围住石头烧，烧热了用冷水浇，暴开裂缝再用铁锤打，钢钎撬。

修建公路大桥，拱架刚搭了一半，突下大雨山洪，拱架被洪水冲垮，冲跑，捞上来接着又搭。

年过半百的孤身老人吴定光，因为穷，集资出钱少，就埋头多干活，多出力。累病了，仍然坚持上工地。

数九严冬，寒天冻地，江风刮面如刀剐，水冰刺骨人打战。七十高龄的老石匠吴汉光仍然坚持上工地，整天站在河里下大桥基脚，不到收工不上岸。

村民滚世祥，在新建公路桥面上施工，一脚不慎踏空跌落到河里，头被砸伤，肩部骨折。伤未痊愈，又重返工地。

岑棒人坚持发扬穷棒子创业精神修公路，公路建设进一步打造了岑棒人团结奋斗，不畏艰难，顽强拼搏的岑棒精神。

今年盛夏，岑棒人终于圆了公路进寨梦。公路建成，山门打开，给岑棒村民带来了实惠。为岑棒经济发展和改变贫穷落后面貌创造了条件。公路刚刚开通，老石匠吴汉光立即贷款买了一台双排座小货车跑运输。接着，村民杨胜才也买了一台拖拉机。最近，村里一户接一户开始买马车。电视机也开始搬进山村农户之家。

公路通带来富路通。运输业的兴起，带动了人流、物流、信息流，拉动了小山村生产力的发展。贫穷落后的岑棒，真的要“棒”起来了。

新发展　新贡献

——“九五”期间我州农业和农村经济发展述评

2000 年，我州国民经济保持了较快的发展态势，预计国内生产总值比上年增长 11.3%，高于全省平均水平。

在国内经济发展出现整体趋缓的大背景下，我州经济呈现快速增长之势，确实是一个令人鼓舞的喜讯。它为我州实现“后来居上”带来了切切实实的希望。

农业是我州发展的基础，农业的持续稳步增长，为我州经济全面快速发展奠定了基础，做出了实实在在的贡献。

“九五”期间，我州粮食生产又上一个新台阶。与“八五”期间相比，全州粮食总产增加 133.40 万吨，增长 27.33%。2000 年，全州产粮 132.56 万吨，比上年增长 3.1%，不仅创造了历史最高水平，还取得了自 1995 年以来我州粮食生产连续 6 年丰收的业绩。

除粮食增收之外，“九五”期间，全州畜肉类、蛋、奶、水产、果品、蔬菜等主要农副产品都全面获得了丰收。这一切清楚表明，我州农业和农村经济进入了全面稳步发展的新阶段。2000 年，全州农业总产值 31.5 亿元（90 不变价）约占全州国内生产总值的 44%。在推进社会主义市场经济发展的历史进程中，农业一直成为我州改革、发展、稳定大局中最重要的支撑点。

毛泽东同志曾经告诫“全党一定要重视农业”。近半个世纪后的今天，江泽民同志又继续强调“农业仍然是经济发展、社会稳定、国家自立的基础”。多年来，我州各级党委、政府对农业的重视一直矢志不移。在注意加快其他经济和产业发展的同时，采取一系列措施，继续不断推进农业和农村经济的稳步发展。

为改变我州农业生产结构单一，农村经济滞后，农民增收缓慢的状况，州委、州政府出台了《关于我州调整农业生产结构的意见》，提出了我州农业生产结构调整要在稳定粮食生产、确保粮食安全的前提下，围绕

“产品调优、规模调大”做文章，重点抓好农业“五大工程”，即：30万亩优质米基地建设；5.5万亩破季蔬菜基地建设；万户畜牧扶贫工程；万亩稻鱼扶贫工程；3万口沼气池生态建设工程。

为确保农业“五大工程”顺利实施，州里在资金上加大投入。通过多渠道筹措资金和群众自筹，累计投入项目资金647.5万元。由于资金的注入和技术指导服务到位，“五大工程”取得了良好的建设效果，实现了农业增效和农民增收。2000年，全州农民人均纯收入达1313元，比上年增长4%。农业“五大工程”成为我州实施农业产业调整的一个伟大创举。

发展优质高效农业，是整体提高农业素质和增强产品市场竞争力的一项重要战略举措。近年来，在州里的引导下，各地积极树立创优意识，大力发展优质农产品。同时，通过开展争创名优品牌，加大了优质农产品开发力度。一批名优品牌农产品的出现，如从江香猪、从江椪柑、台江金秋梨、丹寨富硒米、雷山杨梅、天柱骡鸭、三穗麻鸭等，不仅提高了农业经济效益，而且提高了各县在国内乃至国外的知名度。使黔东南成为特色农业产业开发的一方热土。

在农业经营方式上，我州一方面积极探索各种灵活多样的产业开发和发展经营方式，开展农业产业化经营，推进农村经济实现两个根本性转变；另一方面，通过加大改革力度，转变政府职能，变领导为服务。运用政策和市场信息，及时指导农业结构调整。州及各县市通过政府上网，制作了各县市特色产业网面，发布了有关优质农产品生产项目、数量、规模、价格等信息。部分县市还建起了优质农产品批发市场。农业信息部门也及时地收集和反馈了项目实施进展、粮食产量分析预测、主要农产品价格等生产及信息，为领导决策和农民生产提供了良好服务。

“九五”期间，随着全州农业和农村经济的发展，粮食安全目标的实现，农产品的日益丰富，价格平稳和农村社会稳定，不仅为全州加大产业结构调整力度创造了条件。同时为我州在新世纪的全面发展，为实施“十五”计划打下了坚实基础。

（原载《黔东南报》）

《乡乡出新闻》选辑

209 公斤香菇的命运

交，交不掉。

退，退不了。

款，付不出。

董玉新守着 209 公斤香菇发愁……

从江县加牙乡盛产香菇，是该乡农民增收致富的一条门路。然而，由于交通闭塞，收购工作又没跟上，再好的山珍也难出手变成钱。

今年 3 月 20 日上午，加鸠区供销社电话通知本社退休干部董玉新，请他以每公斤 22 元的价格向加牙乡农民收购香菇。3 天后，董玉新便收到香菇 209 公斤。在收菇过程中，有关部门一再压价，以后又通知停收。变来变去，最后连收香菇款也不付，货也不要了，要求董玉新把收到的香菇又如数退给群众。

董玉新感到很纳闷，他搞了几十年的老供销了，还没有听说过供销部门收购的货又退给群众。这是怎么回事？他打电话、写信要找理事会评理……

眼下，209 公斤香菇成了“嫁”不出去的“姑娘”。董玉新也感到骑虎难下。

但愿这 209 公斤香菇有个好结局。

作者附记：

1988 年 4 月的一天，我从大山顶上的加勉乡一早出发。因为月亮山区都是大山，横断山脉。上一座山下一座山，就需要半天，到加牙乡时，已经天黑了。

向导把我带到一位名叫董玉新的供销社退休职工家里，我坐在黑暗的火塘边，一边等做饭，一边与屋主闲聊。谈话间，董玉新说起了他收购香菇的事。一边说，一边感慨万端。加牙乡这里是月亮山区腹地，距县距区都很远，交通闭塞，农民找几个钱比登天还难。

谈到供销社，他一边说一边摇头。“供销社是直接与农民打交道，为农民服务的。一是供给他们生产生活资料；二是帮助他们销售农副产品。可这些年不知怎么弄的，供销社纯粹成了商业社，替农民着想，为农民服务的心没了。”说着说着，就提起了那209公斤香菇的事，他被弄得很尴尬，想不通。希望记者帮助呼吁一下。于是，就有了209公斤香菇的命运这篇新闻。后来，这条新闻稿被收入由贵州省新闻工作者协会，贵州省新闻学会合编的“贵州新闻奖”作品选。

富饶的穷村

——访菖蒲

黎平县草坪乡的菖蒲村，与湖南通道侗族自治县毗邻，四面环山，林木茂密物产丰富。村里鸡鸭成群，户均三头大肥猪……菖蒲是个富饶的侗寨。然而记者目前在这里了解到，该村人均经济收入才210多元，村民是贫穷的。造成这种状况的主要原因之一，就是交通不便。

青年农民黄进力、粟才基，粟才光联合兴办的木材加工厂，生产出350多张小木椅，由于远离公路，还有100多张运不出去销售。这里山上板栗、杨梅等随手可摘，运出去就能卖钱，苦于交通闭塞，甚至不少上好的木材，也眼睁睁地腐烂在山上。

不通公路，隔断了菖蒲与外界的联系，商品经济的春风吹不进富饶山村，这里至今还沿袭各户轮流杀猪按股分肉的办法，来解决肥猪出栏的问题。姑娘们巧夺天工的织锦，也停留在自制自用上，没人想到把它作为民族工艺商品进入市场。

为加快菖蒲的经济发展，村民们曾合计集资修条公路，但因资金不足和占用田土问题无力解决，而迟迟不能动工。若上级有关部门能帮他们一把，必然大大加快他们脱贫致富的步伐。

支书只好去放牛

这天，黎平县地青乡平甫村二百多村民齐刷刷地聚集在鼓楼前，等候传达十三大文件。好些年没开过这样规模的会了，难得村民们来得这么整齐。然而，在这庄严的会场上，却偏偏少了一个关键人物——村党支部书记吴义亮。会议由村委主任主持。

有人打听："吴支书到哪里去了?"晓得情况的人说："他上坡放牛去了!"

原来，平甫村的牛是集体放牧的，挨家挨户轮流看管。昨天晚上，放牛的牌子恰巧送到吴义亮的手里。明天要开村民大会，怎么办?他连忙去找人调换，找了好几家，人家都不答应，理由都很充分：明天传达十三大精神，我们都想去听听。

吴支书只好和村委主任商量，明天的会由村委主任主持，他上坡放牛。这真是：

支书当牛郎，
村民上会场；
侗家关心十三大，
深化改革谱新章。

新屯小学因无教师被迫停课

日前，记者在黎平县平架乡采访发现，该乡曙光村新屯小学因没有教师已停办近一年。

平架乡地处湘、黔、桂交界三省坡脚下。由于全乡热心办学，小学教育有了一定的发展。但是，因经济困难，教学条件仍然很差，特别是缺少教师。九厥村小学 50 名学生，五个年级只有一个教师。曙光村新屯小学因没有教师被迫停课，30 名适龄儿童欲读不能，待在家里。到外面去读吧，距外村学校三、四公里，山高坡陡不方便，父母也不放心孩子去。

目前，平架乡还差三个教师才能维持正常上课。乡政府、乡中心辅导学校曾多次向上级有关部门反映，但都答复没有民办教师指标。乡里再三请求记者呼吁，盼上级有关部门帮助解决这一难题。

只要得到两万元新电站即可发电

黎平县德顺乡党委书记石开铭告诉记者：只要得到两万元资金，新电站即可发电，乡办木竹制品厂、造纸厂年初即可开工。

德顺乡坐落在竹山林海中，公路线横贯全境。全乡森林面积10万多亩，活立木蓄积量50多万立方米，是县内楠竹、马尾松的主要产地。党的十一届三中全会以来，他们积极发展木竹加工业。1984年，乡里接过停产的区办造纸厂，扩厂房、添设备、搞技改、抓技术培训，使造纸厂死而复生，年产值由30万元提高到105万元。同时，他们在县政协的帮助下，从广西三江引进技术、设备，联营兴建了年产值可达75.3万元的竹制品厂。

为解决发展乡镇企业的用电问题，1984年这个乡自筹资金23.69万元，贷款22万元，上级扶持13.7万元，兴建了发电量为320千瓦的下江电站。目前，电站工程已进入机组安装阶段，但是还差2万元，而乡里又十分困难，希望有关部门支持，以保证纸厂、竹制品厂按计划投入生产。

附记

璀璨夜明珠　终于德顺挂

《黔东南报》“乡乡出新闻”专栏今年1月25日刊登了“只要得到两万元新电站即可发电”的文章后，黎平县财政局领导立即派人员到德顺乡了解电站施工情况，决定借款四万元给予支持。德顺乡政府请来发电机组厂家和县水电公司的技术人员，日夜加班安装调试。到三月底，电站胜利完工，4月2日，举行了通电典礼。

电站建成，为这个乡发展乡镇企业解决了最大的难题。

目前，德顺纸厂技改设备已经到货，正在突击施工安装。黔桂联营德顺竹制品厂也即将投入试产。该乡党委、政府和几家企业领导以及全乡人民都十分感谢上级政府和有关部门的大力援助，更感谢州报“乡乡出新闻”专栏帮的大忙。他们想邀请记者韩鸿周参加通电典礼，但听说他已往榕江县采访，很遗憾。盼望记者看到电站发电的消息后，抽空重返德顺，分享喜悦。

部分乡村存在的一个突出问题

乡里稳吃大锅饭　村干报酬难兑现　村民组长轮着干

到乡村采访，最头疼的是找不到干部，原因是他们的报酬问题没有解决好。乡里的干部干和不干一个样，村组的干部辛苦一年没报酬，工作积极性调动不起来。

1月12日，记者到黎平县岑岜乡采访，乡里的干部说，区里规定，1987年的年终奖和福利费要按出勤率发放。乡财政部门不从，将年终奖和福利费按人头全部平分了。该乡有个干部原是龙额乡乡长，因落选调到岑岜乡当一般干部，每月工资100余元，出勤时间不到2/3。乡里制订的干部出勤登记表他也不填，领工资却一分不少。前两年，乡里也采取过不干工作就扣工资的措施，但因干部制度不改，被扣工资的人又有意见，说工资是国家发的，又不是哪个人的，何必这样搞。结果，不干和少干工作的工资照拿。一旦乡里的工作出了什么问题，不干工作的，责任反而最少。

乡里的情况是这样，村组又不同。岑岜乡十个村，除一个村兑现村干部报酬外，其余都兑现不了。由于没有报酬，全乡59个村民小组，就有52个实行轮流。轮流以户为单位，不分男女，轮到谁谁当组长。当小组长的时间，长的十天，短的五天。岑岜小学教导主任陆燕飞，至今已代家属轮流当过两次村民小组长，岑母村还把各家各户担任村民组长的名单超前安排到了1990年。

震荡山乡的冲击波

人们都说黎平县新平乡穷，但究竟穷到什么地步？去年初的一天，一位串寨剃头师傅来到新平，一个头发很长的小孩请师傅把头发剃了，师傅要收一角钱，小孩的母亲很为难，只好把用来换盐的鸡蛋，拣出最大的一个给了师傅。

最近，记者来到新平乡，却听到另一个使人欣慰的故事：归公村农民杨焕高过去也很穷，年年靠国家返销粮度荒。去年，他竟然卖出750公斤商品粮。原来，他为了闯出一条脱贫路，向信用社贷款500元发展生产。他搬到远离村寨的山上搭棚，先养牛，又养猪、养羊、养鸡……结果六畜兴旺。去年，他家人均纯收入达530元。

杨焕高家终于开始脱贫了。他的经验，他的故事传遍山乡侗寨，产生一股强大冲击波：在同一块土地上耕耘，人家能脱贫，我为何不能？“冲击”的反馈出现了。人们提出了这样的口号，靠勤劳争取脱贫，靠科技加快脱贫。今年，全乡将栽种杂交稻2300多亩。目前群众已买去稻种3550公斤。眼下，乡里找出脱贫三条路，改造低产田，发展养殖业，抓造林植树。争取尽快甩掉贫困帽子。

脱贫之路如何走?

——请看“菊花乡”人的路子

1984年，黎平县南江乡种植白菊花350多亩，收入32万元，成为闻名全省的白菊花之乡。

第二年，全县仿效南江大种白菊，该乡也盲目扩大种植面积650多亩。由于生产过剩，无处销售，结果，不发菊花财，反受菊花灾，乡里损失100多万元。

失败没能使“菊花乡”人失去信心，南江村农民石安华悄悄探索着其他脱贫致富的路子。1986年他养了六头猪、二头牛，当年出售四窝猪崽、四头肥猪、二头牛、一匹马，收入2450元。去年，他在继续抓好养殖业的同时，又在田里种植杂交水稻，收谷2000多公斤。他告诉记者，我找到了脱贫的途径。

乡里也从“菊花灾”的教训中醒悟过来，发展商品经济，必须因地制宜，走自已能走的路。近年来，全乡大力营造用材林。归仁村仅48户人家，就造林1173亩，户均24.4亩。去年乡里又大力推广杂交稻，粮食总产比历史上产量最高年增长17万公斤。今年，全乡计划造林1240亩，种杂交稻2800亩，养猪2284头。

告别南江，记者消除了心里的忧虑。贫困的南江，要脱贫并不困难，一条充满希望的路，已经出现在人们眼前。

麻疹肆虐孔明山

日下，小儿麻疹正在从江县孔明乡横行肆虐。截至 3 月 28 日，全乡死于麻疹的儿童已达 15 人。

2 月 12 日前，听说加鸠区公所驻地有人染上麻疹，死了人，孔明乡干部即要求群众采取措施，禁止到加鸠串寨访友，以防传染病进山。

谁知，三天后该乡分摆村即有人染上麻疹，随后迅速扩散到全乡七个村。龙早村农民叶老丁一家人患麻疹两天内死了两个小孩。党相村现在正处于麻疹流行高峰，83 户人家的小孩都受了传染，现已死亡三人。

麻疹流行发生时，孔明乡即向区里做了报告，但时至今日，未见卫生防疫部门进村，乡卫生员因缺药而爱莫能助，群众只好自己找药吃。目前，麻疹传染范围已扩展到加瑞乡、东朗乡、加牙乡及榕江县的计划乡等地，其流行趋势仍在继续发展。

东朗乡文化教育为何落后？究其原因——

政府少关心　群众不热心　教师没信心

从江县东朗乡的文化教育实在太落后了。据调查，1987 年，全乡适龄儿童入学率只达 36%。

去年，这个乡有适龄儿童 1175 人，只有 423 人入学。党讲村 139 户人家，96 名适龄儿童，到村办小学读书的只有 9 人。

东朗乡中心小学校长严明东告诉记者：我们乡教育落后有三个原因。一是乡政府对教育缺少关心。分管教育的副乡长从未主动到校过问教育工作，学校两次开会请他参加都不来。乡里从未组织过教师节慰问活动。

1986 年教师节，学区拨款 60 元慰问教师，乡里却将这笔钱拿去买了一只老瘦羊，还召集全乡村干部与教师扯伙吃了一顿。二是群众不够热心。学校缺少 20 多套课桌凳，我们请乡里安排各村组负责筹办，结果只得了 4 套。民办教师的补贴钱粮也不及时兑现。从去年到现在，党讲村尚欠民办教师补贴 350 多元。去年全乡学生书费 1038 元，学区从教师工资里一笔扣掉，由教师自己向学生收，但一直拖到放寒假，还有 76 元未收到。今年春季全乡近 1060 元书费，学区又一笔扣了教师的工资，到目前为止，也才收回 119 元。三是我们教师没有了信心。严校长毫不隐瞒地告诉记者，他自己已四次写申请要求辞去校长职务。还有一些青年教师，则千方百计想调离东朗。

加鸠民校学生退学严重

来到从江县加鸠区，听到一个令人吃惊的消息：今年，加鸠民族学校学生中途退学达60余人。

加鸠区是全省有名的穷区。各级政府为了改变这里文化教育落后的状况，于1981年建立了加鸠民族学校，每年由国家拨出部分民族教育经费给予扶持，资助少数民族贫困学生的食宿和书本费用。去年，由于补贴款锐减（由1981年的30000元减至3500元），在校学生巩固率骤然下降，由1987年的390人降至330人，眼下还有下降的趋势。

该校校长石天银告诉记者：多数退学学生是家里困难，拿不出被子给学生带到学校，没钱交伙食和书费。有的学生家里缺粮，一次回家只能拿到1~2斤米，吃完又得跑几十里路回家去要。要不到粮就只好不来了，有的则因无钱交学费而被迫退学。

求医不能方信鬼　信鬼不灵再求医

农村缺医少药亟待改变

穿行在偏僻山区，沿途“阴功桥”“土地庙”不少，信鬼信神比比皆是，耳闻目睹桩桩件件，发人深思。

去年七月，从江县加勉乡党港村农民韦大章年仅4岁的儿子韦老忠得了急病，上吐下泻，一家人束手无策，急请鬼师驱鬼，8天中杀了一头牛，3头猪，十余只鸡鸭，破费600余元，弄得倾家荡产。结果，鬼没赶去，孩子却夭折了。

今年1月28日，同村农民韦老港12岁的女儿韦老嫩，因患麻疹并发肺炎，也认为是被鬼缠身，花了150元请鬼师，女儿还是死了。

不久前，这个村农民韦老叔的妻子田老江难产，开始也以为是鬼作怪，花了500元请鬼师折腾了3天。眼看产妇气息奄奄，才慌忙到乡卫生所报告，区、乡医务人员赶到他家一看，产妇因失血过多有生命危险，经及时送到区医院住院治疗，10天后才渐渐好转。

群众为何求神信鬼，除了愚昧落后之外，缺医少药也是一个重要原因。加勉乡距区上百里，13个村，4000多人口，只有两名经短期培训的卫生员，200来块钱的药。山高坡陡，路程遥远，请医生十分困难，求医不能，只好信鬼。

破除迷信的口号天天喊，可农村缺医少药依然如故。此种状况不解决，破除迷信只能是一句空话。

山乡妇女外流记

农村向城镇涌流，城郊向市区涌流，穷地向富地涌流，内地向沿海涌流……

榕江县寨蒿区也出现了这种女性外流现象。贫穷，再也拴不住山乡妇女追求和向往的心。近几年来，全区外流妇女已达二百余人。

寨蒿区的女性外流，经历了一个拐骗、拐卖、出走的演变过程，其间演出了一幕幕发人深思的悲喜剧——寨蒿镇寿洞村农民吴良标的妻子被四川来的一位瓦匠拐跑了。这事发生在1985年12月的一天。后来，吴良标卖了一头猪、一头牛、两次入川都未能把她接回。吴良标明白，勤爱人，富迷人。失去妻子的原因，主要有两条：自己一懒二穷，拴不住妻子的心，然而，悔之晚矣！

她，姓苏，寨蒿镇一位年近28岁的妇女，不知从哪里探来的“行情”——拐卖女性可以赚钱。于是便昧着良心，开始了她的罪恶营生。

那是1986年8月的一天，她以带出去做生意找钱为名，将崇义乡陈引芝等两位姑娘骗上汽车领到河北。分别以900元和1000元的标价，卖给了两个北方男人。

尽管人贩子理应受到法律的制裁，但两位姑娘的父母却因女儿有了归宿而容忍了违法者。不仅撤回了对人贩子的控告，还逢人就宣传自己女儿去的地方如何如何好，有吃有穿，还能进厂当工人。这一来，使得不少山乡妇女动了心。

“窝在山沟，白活一世”，走！她们暗暗打主意，托亲友，找媒人，一到外地就匆匆忙忙结了婚。有的却先找工作后找意中人，成为集体工厂的工人。

消息飞到家乡，妇女们心驰神往，走的方式也五花八门。

一天，在崇义乡梨树坳公路边一个班车停靠点，出现了一幕令人难堪的情景：一位老农身边站着一位姑娘，对面站着一个广东高州市来的年轻小伙。小伙相中了姑娘，姑娘也中意小伙。可老头子却在讨价还价——

900元，

不行。

1000元，

不行。

讲来讲去，小伙子加到1200元，老汉不再吭声。

成了！小伙激动地数钱，老人颤抖地伸手，姑娘百感交集……望一眼双亲——感谢父母的养育之恩！转身跟着小伙，奔上了向往的里程。

去年八月的一天，是农民龙光远终生难忘的日子。年龄40余岁和自己共同生活了近20年的老婆，丢下两个男孩，也带着16岁的女儿跑了。母女二人在广东高州双双找到了男人，而母亲却不知自己未离又婚已经犯法。

又一天，5个一起上山砍柴的姑娘，也半路搭车走了。原来，她们已私下许定终身，事先与广东来的5个年轻小伙约好在榕江县城相会，悄悄远离了家门。

等待时机，远走高飞，离开这偏僻而贫穷的乡村，到内地去，到城里去，到沿海去，到自己追求和向往的地方去！

山区的妇女们，想着那遥远的梦，那梦是甜是苦，是愁是喜？也许都是，但妇女们还是总想去试一试。

寨头乡少年失学入歧途

全乡有120人在派出所挂上了号

记者在三穗县寨头乡采访时了解到：农村少年失学成为一大社会问题。该乡120多名失学儿童，回家后无事可做去当小偷。

寨头乡三个村有适龄儿童737人，报名就读的509人，入学率只达69.1%。全乡七个教学点，在校生832人，有五个班100多名学生因没有凳子而站着听课。七个教学点中，有三个是棚子，学生自带凳子到学校上课。去年，州教委拨款三万多元新修了四个教室，使校舍紧张的状况得到缓解。目前，还有四个班没有课桌，架着板子上课。

乡里硬着头皮办了初中班，但教师的报酬全由学生负担。全乡每年小学毕业生达90多人，能读上初中的只有5个（因缺教室和课桌凳），其余的人都要离开校园回家。他们的年龄在13岁左右，读书无门，干活年龄又还小，待在家里无事可做，不少孩子便去当小偷。

乡里的干部认为，农村只抓小学是不行的。小孩上不了初中，回到家里上不上、下不下，几年之后又成新文盲。这种循环再也不能继续下去了。

爱河村综合治理结硕果
“强盗村”变为先进村

一度被人们称为“强盗村”的镇远县金堡乡爱河村，去年以来先后被州、县评为全州综合治理先进单位。该村党支部书记田茂德，最近又光荣出席了贵州省第六次党代会。

爱河村是镇远县最大的一个自然村寨。197户苗族人家，近千口人。1984年以前，这里受“文革”十年动乱的影响，加上贫穷，偷摸扒窃十分猖獗，是闻名的“强盗村”。

1985年，金堡乡党委、政府采取措施调整了爱河村领导班子。新班子认定盗窃是因穷而起的，于是研究决定了治乱治穷同时并举的综合治理方针。生产上发动群众大搞种养业，推广科学种田。全村杂交水稻推广面积达稻田总面积的80%。人均口粮由改革前的175公斤提高到250多公斤。人均收入由改革前的20多元提高到200多元。挖了“穷根”，也治愈了盗乱，昔日的“强盗村”，如今社会秩序安定，生产欣欣向荣。

洗手办公

——孟寨村党支部书记王永良廉政小记

提起廉洁奉公，锦屏县魁胆乡孟寨村党支部书记王永良说：这一点我无愧于民。

他是自夸吗？1984年他担任孟寨村民委员会副主任（1987年11月后担任村党支部书记）以来，每年上级下拨的救济款、救济粮，王永良没沾过一分一厘、一斤一两。妻子暗地发他的牢骚：你一点不要，觉悟就那么高哟。他耐心地对妻子说：己不正焉能正人。共产党的干部是人民的公仆，当然更应该是“清官”。如果我们手里有一点权力，就为自己谋私利，群众还信任我们吗？

村里修断头公路自筹资金不够，王永良把自己多年的一千元积累借出来支援公路建设，两年后，村里才退还这笔借款。这期间，王永良损失利息一百多元。在村里修公路的两个多月时间里，王永良误工30天，一分报酬未得，还倒贴一百多元伙食费招待上面来的技术人员和来往干部，但他不在村里报销一分钱。

孟寨村没有公房，他花钱请人把两间木屋整修一新，献给集体办夜校，还自己掏钱订书报，供乡亲们学习。

王永良廉洁奉公，受到村民尊重。同时也多次受到县、区、乡有关领导的表扬。他一心带领村民脱贫致富的事迹，先后多次见诸全国和省、州报刊、电台、电视台，成为农村基层干部中受新闻单位登报表扬频率最高的人。

龙池水浅油壶干

——龙池乡困境及思考

坐落在亮江河畔的锦屏县龙池乡，油茶林漫山遍野，年产油茶籽近20万公斤。故有“油壶”之称。这里还盛产油菜、西瓜、水稻，年产粮食184万多公斤，是锦屏县主要产粮乡之一。

遗憾的是，当十年农村改革的春风将龙池乡人从贫穷推上温饱的台阶之后，眼下却面临着新的困境。全乡数万亩油茶林，承包到户后，由于缺乏管理，只“吃”不薅任其退化，有的“杀鸡取卵”，将油茶树砍作柴烧，毁坏面积达50%，年产油籽下降了64%。“油壶之乡”，已名不副实。困扰着龙池人的还有水利基础设施薄弱，全乡43%的稻田仍靠“龙王爷”施云布雨灌溉，一遇干旱随即减收。今年因久旱无雨，水稻减产九万多公斤。

“水浅油壶干”，如何摆脱这一困境呢？出路是有的。

最近，记者前往龙池，沿途看到一冲冲平坦而长满青草的土地，完全可开垦成稻田。提起这事，乡党委副书记杨胜根告诉记者：像这样的荒地全乡有1500多亩。如上面能用农业投资支持我们尽快修复水冲溪水库配套工程，既能用可蓄积在水库里的水发电，用电发展乡村加工业。又可扩大农田灌溉面积和开垦新荒，同时还能为在全乡大面积推广油菜——西瓜——水稻“三熟制”创造良好的条件。

油茶林的振兴也非无路可走。记者在一路观察中发现，不少油茶山虽然正在老化，衰退。但经过更新改造的已显示出蓬勃生机，一些油茶新幼林也正在兴起，问题是如何管理。对此，乡干部龙金奎道出了自已的看法：山林分散到户看来不全是好办法，应当考虑由集体收回划片重新承包给责任心强和有管理经验的农民联合经营。

乡政府没权　派出所没车
花脸贼公开抢劫无人管

与乡村干部交谈，话题总离不开物价和治安。有人提出疑问：法律越颁越多，社会治安却越来越乱。这到底是怎么回事呢?

10 月 27 日，记者到天柱县大段乡采访，乡长说了这么一件事：今年 8 月 13 日晚上，瓮瓦村林场守林员养的 40 只鸡，被 5 个打着大花脸的歹徒持刀抢走了。他立即跑到乡里报告，乡里马上打电话通知兰田派出所，可接电话的人说：我们没有车，也没有人，你们自己去看看。乡里派乡林管员去看了看，但看归看，要执法办案乡里没有权。派出所又不归乡管，他们不来人，乡里怎么办？由于案子没人管，守林员也不敢待在林场守林了。

乡长张秀武告诉记者：乡里没有公安员，处理治安问题乡里没有权。一不能拘留，二不能审问，三不能处罚。群众报告的案件，只要执法机关不来人，乡政府只好干瞪眼。今年 6 月的一天，农民挑烤烟到乡政府交售，人多秩序乱，两个年轻小伙无理取闹殴打收购员。我到现场处理，反遭凶手打，抓不能抓，手不能还。

兰田派出所只有 3 人。眼下还摆着杀人案、盗牛案等好几个大案。大案抓不开，小案管不了。结果违法分子无法无天，群众怨声不绝。

附录

《乡乡出新闻》序

陈　颖

A：金钱的贪求（这个毛病，目前我们大家都犯得很凶）和享乐的贪求，促使我们成为它们的奴隶，也可以说，把我们整个身心投入深渊。唯利是图，是一种痼疾，使人卑鄙，但贪求享乐，更是一种使人极端无耻、不可救药的毛病。

B：不管时代的潮流和社会风尚怎样，人总可以凭着自己高贵的品质，超脱时代和社会，走自己正确的道路。现在，大家都为了电冰箱、汽车、房子而奔波、追逐、竞争。这是我们这个时代的特征了。但是也还有不少人，他们不追求这些物质的东西，他们追求理想和真理，得到了内心的自由和安宁。

C：公元一九八八年。

A 是希腊修辞学家郎加纳斯在一千七百多年以前说的一段话；B 是德国物理学家爱因斯坦生前对他那个时代所做的评价；C 是中国的一九八八年。

我引用 A 和 B，是因为我觉得 A 和 B 所描述的，简直就是对 C 的勾勒。

我列出 A B C，是想告诉本书读者，韩鸿周、廖奇勋二位同志是在 A B 式的 C 中采写《乡乡出新闻》的。

当别人钻着找关系找后门找生意找回扣找情妇情夫的时候，他们跋山涉水，一个乡一个乡地找新闻；

当别人忙着抢彩电抢冰箱抢床单抢米抢油抢盐抢银行的时候，他们在苗乡侗寨争分夺秒地抢新闻；

当别人倒着发钢财发肥财发烟财发酒财发权财发横财的时候，他们一心一意地一篇一篇地发新闻。

找了一年，抢了一年，发了一年，得了这本集子。他们的身心没有被金钱和享乐吸进深渊，他们得到了内心的自由和安宁。《乡乡出新闻》出在 A B C 的岁月里，真难得！

读来自基层的新闻

王保民

1987年底，在一次地州报座谈会上，陈颖同志讲到《黔东南报》打算开辟一个栏目，取名“乡乡出新闻”，确定派两名记者用一段时间，到很少有记者去的偏远村寨写些报道。这显然是个好主意，当即受到与会者的称道。果然，从1988年元旦开始，在《黔东南报》的一版显著位置，“乡乡出新闻”的栏目一期接一期地呈现在读者面前了。至1988年底，登出了100多期，250多篇，其中有半数是过去很少报道的。一项颇有难度的设想，终于变成了现实，这是值得向《黔东南报》的同志祝贺的。

新闻是对实际生活的反映，这是最基本的唯物主义必新闻观点。但是在新闻实践中，不深入实际、不深入群众的情况，并不能说是很个别的。浮在上面，热衷于跑领导机关，忙于参加各种会议，写一些没有太大新闻价值的新闻，已经成为一些记者的主要工作。这样做，当然也有原因，至少说这样的新闻素材比较好搜集；这样的新闻写起来方便，这样的新闻容易被刊登。

有一家报纸作过这样的统计：一段时间的一版头条，有50%是来自各种会议、来自领导机关和领导人的活动。我们不否认，会议新闻中也有一些重要新闻，领导机关和领导人的活动，有不少也有必要报道。但如果把报纸的主要版面、记者的主要精力放在这上面，显然不是适当的。正是从这个意义上说，开办“乡乡出新闻”这一栏目，更好地面向基层、面向实际，是具有开拓意义的，是值得倡导的方向。这些来自记者很少涉足的地方出的新闻，充满新意和地方特色，是真正具有可读性的新闻。近年来全国好新闻评选，地州报被评上的好新闻逐年增多，这说明地州报在接触基层贴近实际上有更大的优势。1986年在全国各地选送的数以百计的新闻作品中，《黔东南报》的《跑在世界前面的老人》荣获二等奖，再次说明深入基层联系实际对于新闻写作的重要和难能可贵。

“乡乡出新闻”是新闻改革的一次有益尝试。新闻改革的一个重要要求，就是要扩大报道面，增加信息量，多发一些广大读者关心的、反映社会生活各个侧面的，特别是来自基层的新闻。“乡乡出新闻”栏目的开辟，抓住了新闻改革的一个关键之点，拓宽了新闻报道的思路，是报纸增加新闻、增加信息量的一个具体措施。这样做，颇有创见。这一专栏能够受到读者和新闻界的赞扬，取得较好的社会效果，是毫不奇怪的。

承担这一专栏写作任务的两名记者，行程 7300 多公里，为“乡乡出新闻”付出了艰辛的劳动。他们的采访主要是靠迈开双脚，走迷路、找不到饭吃，找不到采访对象的事时有发生，采访条件不仅无法同城市的采访相比，就是比通常的农村采访也要困难得多，但他们依靠坚韧的毅力和顽强的吃苦精神，克服种种困难，终于按计划完成预定任务。当然就报道本身来说，还有这样那样的不足之处，有些问题的深度不够，写作上有的略显粗糙，但是对于两位从事新闻工作时间不长的记者来说，任务如此艰巨，时间上又要求期期不断，能坚持每期为专栏提供稿件，已经是很了不起的成绩了，对于报道上的疵点再多加指摘，似过于苛求了。

“乡乡出新闻”结集出版，很有意义，它反映的是在改革大潮中，黔东南州一些很少报道的侗乡苗寨中发生的新情况新问题，文字简短，问题新鲜，报道角度多样，充满乡土气息，其中反映的不少问题、提出的不少意见和建议，很值得有关方面探讨和思索。“乡乡出新闻”同前几年《贵州日报》的“黔边行”和最近《黔西南报》完成的“盘江千里行”一样，将在我省新闻发展史上留下光辉的一页。我们热切期望有更多的“乡乡出新闻”这样的栏目，出现在我们各地的报纸上。

首届全国民族地区报纸好新闻评选揭晓

新华社北京 11 月 6 日消息（记者刘汉报吴广生）首届全国民族地区报纸好新闻评选结果今天在北京揭晓。贵州《黔东南报》和《黔西南报》的两件系列报道获得特别奖，另有一等奖 5 篇、二等奖 14 篇、三等奖 29 篇。

参加本届好新闻评选的有 10 个省、自治区的 30 家自治州、盟和地区报社。各报送来参加评选的作品包括蒙、汉、朝、维、藏、哈、彝 7 种文字 119 篇。其中少数民族文字 31 篇。参评的好新闻生动反映了民族地区在党的民族政策的指引下发生的新变化，开放改革给少数民族带来的新思路，以及在民族村寨涌现的许多感人至深的新人物。评委们认为，这届全国民族地区报纸好新闻评选，有着开创性的意义。它不仅首次集中反映民族地区的报道成果，体现了我国多民族的团结平等、共同繁荣，也为把少数民族语言文字纳入明年第 11 届全国好新闻评选行列奠定了基础，这将有力地推动少数民族地区的物质文明和精神文明建设。

获得特别奖的两件作品都是来之不易的大型系列报道。《乡乡出新闻》系列报道是《黔东南报》记者韩鸿周、廖奇勋采写的。他们于 1987 年 1 月 26 日出发走遍苗乡侗寨，1988 年年底归来，历时一年多，行程 7300 多公里，写出 250 多篇充满山乡气息的新闻，赢得读者好评。《黔西南报》记者胡宗裕、冯永方采写的《盘江千里行》系列报道，共有 101 篇。他们不畏艰难险阻，历时两年零三个月，徒步行走三千多里，采访了滇黔桂交界的 200 多个民族村寨。这两位记者采用了白描的手法，记述奇山异水、繁荣的苗寨、宏伟的国家重点建设工程，反映了人民的追求和引人关注的社会问题，其作品被誉为“地方新闻工作者的一块丰碑”。

本届好新闻评选是由中国少数民族新闻研究会的好新闻评选委员会和云南省《文山报》联合举办的。10 家民族报纸负责人参加初评，增加了评选的透明度。首都新闻界有关负责人经过充分商讨，提出最后的评选结果。

近几年来，我国民族地区的报纸有了很大发展。据中国少数民族新闻研究会的不完全统计，1988 年初全国已有 10 多种少数民族文字报纸 56

家，几乎覆盖了少数民族分布的全部地区。好新闻评选将促进民族地区报纸在传播党中央的声音和报道民族地区党委的工作以及反映少数民族的愿望和要求等方面，都发挥更好的作用。

果然乡乡出新闻

李葆中

我不止一次地听到大新闻单位的记者说："黔东南不出新闻。"他们来黔东南采访，见报稿件寥寥，心里是不大舒服。

可是，《黔东南报》去年却设了个《乡乡出新闻》的栏目，每期见报两篇。我的两位文友——侗族青年记者韩鸿周和苗族青年记者廖奇勋，承担了栏目的采写任务，他们深入到全州各乡，特别是贫困乡去采访，采写稿件250多篇，《乡乡出新闻》成了本报一个引人注目的栏目，很受读者欢迎。

由于工作的关系，我几乎阅读了他们采写的所有稿件，还编发了其中的一部分。在读稿编稿的过程中，我还思考了一些问题。

譬如，什么是"新闻"？不管教科书上怎样定义它，在新闻圈子里，有些人总以为能挤上版面的就是新闻。秋粮要入库了，前年写"开会重申三挂钩"，去年又写"开会重申三挂钩"今年还是"开会重申三挂钩"，一年一度，老调重弹。再就是每逢年终岁末，甲单位"圆满完成"，乙单位"超额提前"，标语几句，数字一串，新闻记者成了为他人写简报的秘书。更有甚者，有人写稿，是为了报偿人家的一席酒饭。写这类新闻的人。心里也明白读者不愿读他的稿件，可他偏要写，已经形成了写稿给领导机关看和采访对象看的习惯，这是新闻界的一种悲哀，也是有时报纸不受读者欢迎的原因之一。

韩鸿周和廖奇勋在采访活动中，心中有读者，他们把注意力放在发现那些新鲜的，有传播意义的事件上，因而不少稿件令人耳目一新。如《支书只好去放牛》《好客的苗家雇人走客》《五龙翻身记》《请听乡干话苦衷》《抗旱与看旱》《商品经济进苗寨，村村办起经销点》等等，生动活泼，充满生活气息，又富于时代精神。无论是用教科书上的定义或是以读者的态度来检查，这些才是真正意义上的新闻。只有既热情地拥抱现实生活，又热心为读者服务的记者，才能写出这样的新闻来。

我想说"黔东南不出新闻"，恐怕指的是在黔东南不容易找到为某个风头推波助澜的新闻。前些年，鼓吹“万元户”时，黔东南似乎不那么时髦；“一包就灵”的实例，好像也没有外地那么“动人”。可是，新闻就是命中注定要赶“风头”的吗？

重读一遍《乡乡出新闻》的稿件，我发现记者没有被“风头”所左右，而是从实际情况出发，用自己的眼睛观察，用自己的脑子思考，因而他们采写的新闻颇有深度。如《党早乡征兵，五年无人合格》，道出了提高人口素质的严肃问题：姑表联姻、早婚早育的陋习非革除不可。《大尖坡草场现状如何？村干部希望熟地还耕》《愿这二十万，不要付东流》，道出了农业投资体制的严重弊端。耗资几十万元的飞播草场，三年不到，变成荒坡一片；新华河上修小水电，每年投资七万元，今冬修了明春炸，炸后上级又给钱。《209公斤香菇的命运》，道出了山区少数民族农民参与商品流通的艰难。《请听乡干话苦衷》《岑巴乡四人承包乡的党政工作》，传来了基层政治体制改革的信息……同时，这些还是任何一个有事业心的新闻记者所追求的“独家新闻”，则更显得可贵。

我还想到，新闻的特征很多，针对目前报纸的局面，恐怕要讲究一下新闻的“罕见性”。大家司空见惯的事，恐怕不能算“新闻”吧？有时报纸不那么受读者欢迎，与它爱用些尽人皆知的内容和本来就很正常的事件来充斥版面大有关系。

读《乡乡出新闻》的稿件，就没有枯燥乏味的感觉。这与记者注重新闻的“罕见性”不无关系。除上面列举的篇目外，还有《迷信之火将她活活烧死》《庇佑村一村民转让妻子》《长滩村干部自行判决离婚案》等，事件实属罕见，又能发人深思，使《乡乡出新闻》赢得了读者。

韩鸿周和廖奇勋在采写新闻的过程中，很注意新闻的民族特色。如《好客的苗家雇人走客》《苗家绣花女，提笔练丹青》《花桥美招天下客，白吃白拿酿成灾》等，都用了民族民俗方面的背景材料，很好地反映了改革开放时期少数民族生活的变化，又以浓郁的民族特色吸引了读者，增强了新闻的知识性和可读性。

举办《乡乡出新闻》专栏的实践证明，不是贫困落后的少数民族地区出不出新闻的问题，而是我们能不能按新闻规律办事，象韩鸿周、廖奇勋那样，采写出真正意义上的新闻来。

天涯何处无芳草，果然乡乡出新闻。我们民族自治地方的新闻工作者，应当满怀信心。

（原载《中国记者》）

《今日村寨堡垒》选辑

党旗　在这里飘扬

接受《今日村寨堡垒》采访任务，我首先来到黎平县德凤镇民胜村。

村党支部刚通过改选，五名支部委员，除两人是新增的外，其他还是原班人马。

民胜村这些年变化很大，10年前，全村欠旧债13万多元，每年伸手向国家要回销粮14万公斤。如今，全村年产粮食330多吨，人均纯收入520元，家家有存款，户户有余粮。90%的农户家里有电视机，30%的农家用上洗衣机……日子过得红红火火。村民们说："多亏我们有个好支部!"

1980年，农村实行家庭联产承包责任制，民胜村党支部清醒地认识到，这绝非是"各种各的田，各找各的钱"。他们决心"决不让任何一个村民在致富路上掉队!"党支部决定：支委包组、党员包户，在全村开展"带头扶贫助难、带头劳动致富"为内容的"双带"活动。

村民贺黄银想养猪却又缺乏资金，支书龙永清为他担保贷款；村民刘永华种田无牛，经商无本，致富无门，党员尹光英、陈良佐借钱给他买马跑运输；村民吴培忠在春耕大忙中生病住院，党员杨光军去帮他家犁田、下种、插秧、杀虫、拿出自家的肥料为吴培忠的秧苗追肥……在党员的帮助带动下，全村258户全部脱贫。

为搞好粮食生产，去年党支部推广两段育秧和规范化栽培。村民们对此疑虑重重，担心搞试验误了季节。支委们就自己带头，还到各家各户去动员，还帮助浸种，一直到秧苗下田。全村共试种334亩，增产15000公斤，够60口人吃一年。

民胜村党支部在抓粮食生产的同时，还发展多种经营，发动群众在荒山、荒坡、水面上承包办小林场、小果园、小猪场、小鱼塘和小加工场；还发挥位于县城城郊的优势，抓运输业建筑业和饮食服务业。全村专业或兼业搞副业人员达400多人，占全村劳力的70%。

村党支部还重视发展集体经济，村办企业7个，年创产值12万多元，村干报酬，四属五保户照顾，都从集体收入中开支，还发展了公益事业。

民胜村的党员在支部领导下，处处带头。交征、定购粮，计划生育，党员个个争先。一件件为民谋富的实事、一项项实实在在的政绩，密切了党群关系，使党支部更加具有吸引力、凝聚力和战斗力。

民胜村党支部不愧为中共中央组织部表彰的“全国先进基层党组织”。村党支部遵循全心全意为人民服务的宗旨，发挥党员的模范带头作用，带领群众走共同富裕的道路，取得显著成绩。这里的群众说：“要想富，靠支部；有困难，找党员。”

党旗，在民胜村高高飘扬！

昨天　今天　明天

北京吉普在新修的林区公路上穿行，把我带进“桃园仙景”般的侗寨——黎平县茅贡乡额洞村。

村头传来琅琅书声，我走进一楼一底约320平方米的校舍。

“这校舍是1985年建的。”支书杨秀林、支委吴大粱，向我介绍额洞村的昨天，今天和明天。

“有女不嫁额洞村，年吃回销粮60000斤”，这是昨天的情景。

立春、立夏、立秋、立冬。这一天，是村党支部开会和党员学习的日子，雷打不动。5个支委，24名党员，冷静地思考和细心地描绘着额洞村发展的蓝图。

年年闹干旱。不行，得修水渠，改变农业的“命脉”。出资、出力，每户平均集资35元，三条总长4200米的防渗水渠引来溪流，淌进干涸的千余亩稻田；年年老品种，填不饱肚皮。听说山外的人种杂交稻增产，何不也试试？栽了800亩，神了，年产稻谷35万公斤，人均口粮227公斤（不包括杂粮），这是1989年的情景。

包包坎坎，坑坑洼洼，七上八下。20里山路，8万公斤公粮，400来个劳动力，肩挑背驮到粮站，累得腰酸背疼，还影响进度。得修条自己的公路。村里没钱，县、区、乡、土地、粮、水、税等部门和友邻村慷慨解囊，小学生、老愚公纷纷上阵，断断续续挖了10个月，跑来四个轱辘“大水牛”（拖拉机），人们站在村口，“看啦，背上还带拖斗。”“那叫车厢。”七嘴八舌，把“怪物”围个水泄不通。侗民们忘不了这一天，1988年10月15日。

记得公元1986年的一天，24名党员在一起商量：80家还有困难，爻（侗语：我）们脸上有什么光。包下来算了，每人3户。

党支部书记杨秀林拎着两只猪崽进了石显辉的屋“好好喂，攒钱。”吴家清也碰到了“及时雨”，杨秀林递给他整整100元，“拿去吧，买几头猪养”。杀猪那天，吴家清没忘记支书，提着七斤肉，进了杨秀林的家。

青黄不接的时候，支委吴大梁串门进了吴方忠、吴大金、吴有红三家，分别送给他们230斤、70斤、80斤粮，度过了春荒。

党员吴起科、石显仁……也送钱进了贫困户的家。

1988年秋天，农民杨礼清的稻田里来了一伙挑萝扛桶的党员，干活时不见杨礼清的面，他的脚生疮，不能动。

夜幕降临山村，鼓楼里生起了火，寨上响起了高音喇叭。我从迷人的故事中回过神来，“村里有广播?”

“办了好几年了。村里花了两千元，买一台广播机，两只高音喇叭。每天三次播音，听新闻，放侗歌，传文件，发通知，开广播会，用处蛮多。”支书说。

电视机前，人们说：“江泽民，新的总书记。”“赵紫阳犯了错误。”“邓嘎老不当军委主席了。李瑞环，新任中央政治局常委。”

“这些人，他们都认得?”

“天天看电视，还不清楚!”

“我们调了一下包：修公路的活尽义务，挤了6万块钱，加上各家各户出一点，用来修了6个共100千瓦梯形小水电站，解决了全村的照明，还用来打米、榨油……”“村里还自费建了一座电视差转台，用集体收入的钱买了两台电视机，全村两个自然寨，每寨各摆一台。”

山村的夜景迷人，山村的故事迷人。而支书最后的一番介绍更迷人：村里既无内债，又无外债，村干报酬不向群众要一分一厘。11200余亩集体林场，十五年后所得收入将用于为村民修建40栋砖木结构新住宅，还要……

额洞村的明天，多么令人向往。额洞村有这样好的党支部，令人赞叹不已!

“明星村” 里的党员们

黎平县中潮镇中潮村近几年发生了显著变化。

这里年人均收入 575 元，年人均产粮 1033 公斤。

除了这两个数字，还有一大堆数字：468 户，2374 口人。有 3 辆汽车，3 台拖拉机，150 台黑白电视机，392 部收音机，172 部录音机。294 台缝纫机，147 辆自行车，1206 块手表。此外，除了统计不到的，全村在银行存款近 20 万元……

在外地，中潮村的变化也许算不了什么，可在偏僻落后的黎平，县和区的领导说：中潮村是我们黎平这个小小“夜郎国”里的明星。

中潮村的群众说：我们村今天能过上这种好日子，是因为有党的好政策；有一个好的领导核心——党支部，有几十名受人称赞的好党员。

中潮村人均不到九分田，要吃饭，还要为国家做贡献。面对难题，党支部采取了三条措施，兴修水利，村用公共积累投资 9700 元，修了一道水坝和 7 条近 7 公里长的水沟，使 1200 亩望天水田变成了饱水田。一土多用，田里除种水稻外，还复种油菜、西瓜和小麦，提高单位面积产量。推广良种，1988 年，全村 90% 的稻田种植杂交稻，当年粮食总产 2452 吨，创历史最高水平。

“栽树就是栽富”。党支部组织群众上山造林，办集体林场。目前，村有集体林 8037 亩，成材林 2300 亩已开始进入采伐期，年出售木材收入 18 万元，增加了组干部报酬，已连续七年不向群众摊派提留。

村前有条几十米宽的河，一发山洪便无法通行，村里用集体林业收入投资 68000 元修建了两座钢筋混凝土大桥。群众称为这是党和群众的“连心桥”。

几千口人，只有两口吊井。枯水季节，人们一大早就挑着水桶到井边排队。党支部建议村委会投资 13000 元，在有关部门的帮助下，铺设了一公里长的自来水管，解决了村民吃水难问题。

烈、军属为党为国为民做出了牺牲，五保户、困难户需要党和政府的关怀，每年用于这两个方面的慰问、代耕、照顾、扶持费用也全部从集体收入中开支。

村党支部的作用体现了党的宗旨，提高党组织在人民群众中的威信。同时，也激发了共产党员们的光荣感，责任感。

群众想致富，但不知搞什么找钱。副支书周登志首先做出样子给人看。精心种好责任田，还在责任山上栽了15亩杉树，家里喂养母猪两头，肉猪10余头，水牛2头，成为村里带头致富的典型。

在党员们的启发带动下，村里出现了造林热、种果热、养猪热和务工经商热，全村年养肥猪1700头，母猪130多头，仅此一项，人均收入200元。

中潮村的共产党员们，为改变贫穷山村的落后面貌做出了无私的奉献，他们个个犹如一颗颗闪烁的明星。

“要饭村”解决了温饱问题

有女莫嫁朝坪江，半年有粮半年荒；年年背儿去讨饭，串完这村走那乡。这首民谣，是黎平县银朝乡朝坪村侗族村民昔日的生活写照。

如今朝坪村变了。这里年人均收入400元，人均口粮362公斤，家家酒坛满，户户腌鱼香。

这里的群众说：“村党支部领导我们脱贫，共产党就是好！”

1986年，村党支部借整党东风，组织党员认真学习中央文件，重温入党誓词，切实把工作重点转移到经济建设上来，带领群众走脱贫致富的道路。

党支部多次召开群众座谈会，制定出因地制宜，“山、田、土、圈综合发展，靠科技务农致富”的脱贫战略。

山上，发动群众造林。十年来，共造林4500亩，平均每年450亩，平均每户有山林174亩。眼下，村里有上千亩幼杉胸径已有10厘米以上。

田里，他们大力推广杂交稻，使水稻产量以每年30000至50000斤的幅度递增，解决了吃饭问题。

土里，种植经济作物，辣椒、烟叶、生姜、中药材，仅此一项，全村又增收42900元。

圈里，大养猪牛羊、鸡鸭鹅，仅牧业年收入达10多万元，户均收入395元。

朝坪村杂木资源丰富，村党支部派人到广西、湖南去学习食用菌生产技术，现全村普及了食用菌生产，年收入344000元，人均266元。

这样一来，朝坪村人均收入上千元的就有77户，占农户的30%。24家党员户，最差的也处于中等水平。然而，村里还有10多户人家生活有困难，党支部决定，支委包组，党员包户，尽快脱贫。

侗族村民张三和，底子薄、劳力差、办法少。党员张志和借给他300元，教他培植香姑、木耳技术，还帮他发展饲养猪牛。经一年多努力，去年年收入达2780元，人均478元，摆脱了贫困。

在带领群众脱贫致富中，党支部的自身建设也加强了。他们每次召开党员会、支部会和小组会，学文件、上党课，开展批评与自我批评。党员时刻不忘入党誓词，处处事事发挥模范带头作用。党员们，交粮交税走在先，回销救济不沾边，4 名支委，无一人拖欠公款，村里的好事，党支部发动党员们办了一件又一件，修桥、挖水井、开防火线、修电站、建学校……

这里的侗族群众信任党支部，爱戴党支部。朝坪村党支部也多次受到上级表彰，去年 7 月被评为全州“先进基层党组织”。

三什江村的好支书杨家勤

“当支书有什么好处？上面怪，下面赖，家里每年还减少收入几千块。你忘了，去年搞计划生育和社会治安，把人得罪了，结果，400 多株西红柿被人砍倒在地里。再干下去，不倒大霉才怪！”杨家勤刚进家。妻子的牢骚，连珠炮式的劈头盖脸而来。

可是，党组织理解他，村民们也理解他。黎平县地西乡三什江村大多数群众心里都明白：在支书杨家勤的引导下，村党支部带领村民艰苦创业，走脱贫致富之路，建设文明村寨，使群众开始从贫穷的困境中摆脱出来。数一数，全村有电视机 95 台，收录机 95 台，自行车 130 辆，全村还有 56 户住上了新房……

数字本身是枯燥的，但用它来检验一个农村党支部书记和基层党组织的政绩，却具有不同寻常的意义。村民们说：三什江村有今天，是杨支书和村党支部带领群众勤劳致富建立的功业。

1986 年，杨家勤还是村里的科技示范户。不久，村党支都换届，他无可推卸，抛弃已经找到的发财门路，挑起了支部书记的重担。

刚上任，他就碰上了“麻烦事”。当时，一些人在“富得快，砍树卖”的错误思想支配下，斧子一磨上了山。于是乎，乱伐林木，争山抢材，山林纠纷接连不断。

杨家勤立即召开支委会，讨论如何贯彻实施《森林法》。组织制订村规民约，查处了偷砍盗伐林木的人，刹住了毁林歪风。群众服了，称赞说：就是应该这么干！

可杨家勤面对群众“锅里有饭，手中无钱”的现实，心里夜夜不安逸。“得给致富无门的群众找出一条致富路。”他做出示范，在自己承包的一亩半责任田里搞试验，一田多用。春种粮食秋种菜。结果。当年收粮过千。收各种新鲜蔬菜 3800 多公斤，现金 5500 元。路，给乡亲们踏出来了。他还不撒手，还帮助种菜农户抽水灌溉，免费为他们运肥拉货。

在杨家勤的指导下，村里还组织了 40 多个致富小组，并投资 4 万多元购买柴油机、抽水机、钢钎、铁锤等生产设备和工具，扶持致富小组采石、淘金、造林、拦河筑坝引水灌田。给群众拓宽了致富门路，增加了经济收入。

1988年，三什江村连遭水旱两灾。汹涌的山洪冲坏了大片良田，杨家勤领着全村人民，不分责任田界限，日夜抢救受灾农田。他只顾把别人稻田里被泥沙淹没的禾苗一株株扶起，梳理救活，自己的稻田受了重灾却无暇顾及。为了减轻受灾害造成的损失，杨家勤发动群众对无水插秧的稻田及时改种其他粮食作物，使当年全村粮食总产仍达385302公斤，比1981年还增产粮食18056公斤。

1989年，村里又一次购进320多斤杂交水稻良种，推广种植面积占全村农田总面积的近90%，这一年，全村粮食生产又获得了好收成。人均经济收入也在1988年330元的基础上有新的增长。村里添置购买的拖拉机、抽水机、柴油机、打米机等农用和加工机械60多台件。为发展生产，进一步增收致富打下了更加坚实的基础。

三什江村开始脱贫致富了。为了社会的稳定和村民生活的安定，杨家勤又把加强社会治安和精神文明建设列入了党支部的重要议事日程。村里集资架设了一座高5.5米，宽3.9米，长56米的水泥桥，还集资新建了一栋315平方米的砖木结构新校舍，百分之百的适龄儿童入了学。村里也经州、县教育部门验收成为无盲村。

逢年过节，村里还组织团支部、民兵连开展球类、棋类、赛跑、书法等有益村民身心健康的文体活动。同时号召全村群众发扬我国人民的传统美德，开展争做，“好媳妇、敬老人”活动，使村风村貌焕然一新。

“家乡变样了，变好了。家乡的人也变得更加文明、更加情深意长了。”1989年3月18日，村里的两位台胞回到阔别四十余年的三什江探亲，看到村里的一切，由衷地发出了内心的感叹！

作为一位好支书，杨家勤受到了村民们衷心的拥戴。

支书有个贤内助

春耕大忙，岑巩县凯本乡平牙村田坝里有个妇女扛犁牵牛下田，承担起男人的活路来。她叫杨光珍，侗族，38 岁，是村支部书记瞿启良的妻子，这天，丈夫外出开会去了。

自从丈夫 1987 年当上村支书以后。杨光珍便承担起了六口之家的重担。下田种地、砍柴、养牛、喂猪、洗衣，煮饭……倒不是瞿启良当了“官”便不管家了，只是因为他担子更重，他管着全村 1700 多人的事，村里的工作是麻篮着火——事头多呀！

党支部号召村民走脱贫致富的道路，书记得做出样子来。杨光珍咬咬牙，饲养三头牛、四头猪，还种油菜烤烟等经济作物，年收入四五千元，做出了靠勤劳脱贫致富的榜样。

丈夫当支书，家里便经常人来人往，有干部来商谈工作，有村民来反映问题。杨光珍便成了义务招待员。倒茶、煮饭、端板凳毫无怨言。

身为支书妻，杨光珍从未对丈夫的工作吹过耳边风，她学着丈夫的样子，为村民服务，给群众排忧解难。村民罗万银和张大洪为宅基地扯皮，上门找支书，支书不在，杨光珍热情接待．并耐心地调解好了两家的纠纷。

类似这样的事还有不少。

去年，平牙村的各项工作在全乡夺得好几个第一，村党支部发挥了战斗堡垒作用，多次受到县、乡表彰。

村民们说，瞿启良在村里威信高，与他有个好老婆是分不开的。

瞿启良说，我任职这三年能干出些成绩来，要深深感谢妻子杨光珍。

党员统计表引出的忧思

最近，记者到岑巩县平庄乡采访，了解到该乡背鹅村党员队伍老化趋势严重，文化知识偏低，面临着后继乏人的“危机”。

请看：

背鹅村党员统计表

党员总数			年龄结构				文化结构				入党地点			发展现状			
合计	其中 男	其中 女	18至30	31至39	40至49	50至69	文盲半文盲	高小	初中	高中	本村	部队	工厂铁路	79年以前入党	80年以后入党	提出申请	培养对象
20	18	2	0	5	2	13	16	1	2	1	10	8	2	17	3	0	0

统计结果，令人忧虑。

忧思之一：党员队伍年龄结构出现“梯次型”断层，中青年党员少。预计近10年内，全村50岁以上党员将达70%，老化问题更趋严重。

忧思之二：近10年来，全村仅吸收新党员3人。党的思想教育和组织发展如不更新观念，继续“有则吸收”，“等待”条件成熟，不抓教育培养，党员队伍势必出现后继乏人。

忧思之三：党员队伍文化知识偏低，难以适应农村商品经济发展的要求，必然影响党员在农村中发挥“双带”和先锋模范作用。

“我就这样当支书”

——访岑巩县平庄乡榜上村党支部书记周定敏

周定敏今年53岁，当支书的时间并不长，工作干得蛮不错，不但自己是优秀党员，他所领导的村支部也被评为县里的先进党支部。为此，记者访问了他。

火塘边，他磕了磕烟斗，打开了健谈的话匣子。

我没有文化，没别的本事，只有两条：一是按照上级党委安排布置的干，二是凭实干。

1986年，我刚当支书时，上面一再强调抓教育，我到村民办小学去看，房子破破烂烂。还不如过去的土地庙。于是，我立即召开支部会，讨论集资建校。每人出3元，党员带头。接着又发动群众，挨家挨户去收，全村共集资2400元，扩建了校舍。随后，支部又发展了两位民办教师入党，结果，我们村民办小学在全乡名列前茅。

我们村有一半稻田被水打沙压，发动群众恢复这片稻田，是党支部应该抓的一件大事。我和村委会一起商量订好改造计划，面积落实到各家各户。群众在农行贷款改田要有人担保，我这书记就在担保书上签字画押。措施我也有，我一家家去走，去检查落实，不改的，贷款一分不给，征、定、购粮任务一斤不减；救济粮、款一律不发。几年工夫，全村530亩被洪水冲坏的稻田，又全部种上了庄稼。

村里民事纠纷多，干部们成天去处理扯皮打架，伤透了脑筋。我一上来就召开村民组长会，由村组干部包干，要求一般问题不出组。大点的问题不出村，一人处理不了集体研究，再处理不了才上交。去年，县里派人到乡里查处偷、摸、扒、窃、赌。全乡抓了16个，唯独我们村“榜上”无名。

计划生育是利国利民的大事。上面没有工作队来，我们村里自己干。支部开党员会议分工，两个党员包干一个“对象”，没有报酬，大家白天黑夜地跑，工作照样干得好。

说话间他又磕了磕烟斗。扯到党的自身建设上，支部会，党员会我也开得勤。组织生活也很严。按毛主席的老规矩办，三次不到会，就要问你的原因。

所以，党员们的组织纪律观念都很强。每次支部会，党员会，头天通知，第二天个个都到。生病和特殊情况，事先都必须请假。生活会上发扬民主，有话当面讲，意见当面提，谁也没有在背后犯自由，一班子人齐心团结、互相支持。

党员就要像个党员的样子。你穷，你带不起头，鸟喽，那群众会看得起你？会上会下我都讲我发展党员就要用得，用不得的发展了莫拿来害人。让群众看我们党员个个都是“饭包子”。

村里的事，集体研究讨论，最后按决定 的办，谁也别推翻。动不起来我找你。干工作没有一点强制性不行。我叫你办事。我先做花脚乌龟。想不通，先按我说的去办，过后我再慢慢给你解释。当然，当支书要说话管用，首先要办事秉公，自己不多吃多占，群众心里才服你。

周定敏最后说：当好村支书，说不难也难。管一千多人的事。负起责来，不得罪这个就得罪那个，不会“百货中百客”。所以。我的体会是：一要听得，二要装得，三要沤得，四要容得。

开会党员不拢边　找个支书靠动员

后进支部的情况究竟怎么样？

2月19日，记者走访了岑巩县凯本乡沈家湾村党支部。

“村里的工作麻纱多，不好搓。如果不是乡里再三动员，我也不耐烦当这个支部书记。”董正安毫不隐瞒自己的想法。

他告诉记者：我们村19名党员，40岁至77岁的就有16个。年龄最小的34岁。7名34岁至45岁的“年轻党员”中，有6人是部队入党复员回村的。村里已有8年没有发展新党员，党员队伍后继乏人。

“没有发展对象吗？”记者问。

“青年人对入党好像没兴趣。就说村委主任张元明吧，他年轻有能力，又有事业心和责任心。我曾两次动员他写入党申请，他当面满口答应，过后却无动于衷。若问他，回答的理由叫你哑口：自己条件不成熟。”据了解，这仅仅是借口。

提起党的建设，董正安感慨万千！

“唉！现在开个党员会也难。一年中，支部召开的党员会议不过六七次，可有些党员还是不拢边。有时只到1/3，最多时不超过90%。”

“党员的组织观念怎么这样差？”

“还有差的呢。去年，全村有3名党员一年不交党费。按党章规定，他们早该退党了。”

“造成这种状况的原因是多方面的。”董正安说：“从主观上讲，我们村党支部也没有很好地发挥组织和领导作用。党员的模范带头作用和主动参与议政的意识不强。前任支部书记任职5年，以权谋私，贪污挪用公款二千多元，下台时，拍拍屁股就走了。结果，党员们心也散了。”

令人欣慰的是，新任党支部书记董正安以党的事业为重，积极领导村民开展科学种田和大力发展经济作物。全村粮食总产达590吨，创历史最高水平。烤烟收入22500公斤，人均收入50元。去年，全村的征定购粮任务也完成得最好。

记者相信，经过全村党员的共同努力，沈家湾村党支部的后进面貌一定会尽快改观。

郎德上寨村——OK

你到过雷山县郎德上寨村吗？那可是个迷人的苗寨。

山村依山傍水，吊脚楼房鳞次栉比。村前三处寨门，把你迎入那铺满鹅卵石的村街巷道。村中流水透明如镜，街道卫生分段管理，空气清新，农舍收拾得整齐干净。寨子里建有民族民俗博物馆、露天纪念馆，陈列室、接待室和餐厅。寨后青山叠翠，飞瀑流泉。

1985 年，郎德上寨村开始接待来此观光旅游的外宾。迷人的苗家风情，令人如醉如痴。5 年多来，全村接待了 18 个国家的外宾，1400 多位中外游客，至今客人未发现丢失过一件东西。每当外宾们饱览过这里的风光跨出寨门总要回首驻足，指着门楼上“郎德上寨”四字，连称 OK！

有人说，郎德上寨村之所以有美好的寨容、美好的风光、美好的道德风尚，是因为有一个好的党支部和一位好支书。1964 年，村党支部书记陈正淘走马上任，立即着手建设村寨。办电站、搞加工，带领党员群众奋战一个冬天，将河沿一带被洪水毁坏的 100 余亩农田全部恢复，还改河造田 30 余亩。

在发展生产中，党支部始终坚持以粮为主，全村实行科学种田，推广杂交水稻良种。1989 年，水稻平均亩产千斤以上。村里还组织群众种烤烟，制作民族服饰，发展小加工业，拓宽了致富门路，年人均收入达 800 余元。

农民逐步从贫穷的困境中摆脱出来了，集体经济日益壮大，村有公共集累资金 17 万多元。村里筹资改造了村寨街道，修建了 5 条村道，3 条大道，全长 15 公里，还自筹资金 2 万余元架设了电网。

四季村党支部请报纸向州委转达他们的想法

我们需要启动力

记者在岑巩县凯本乡四季村采访时，他们要求借用黔东南报“今日村寨堡垒”专栏，向州委领导谈谈农村党员现状和加强农村党支部建设的看法，说说他们的困难、要求和意见。主要内容如下：

听说州委发出了向黎平县民胜村党支部学习的号召，说明州委十分重视基层党组织建设，我们为之鼓舞。

现在，为什么农村群众对入党不像过去那样主动追求了？主要原因是：自农村实行家庭联产承包责任制以后，由于利益关系的变化，一些党员的理想、信念、作用也发生了变化。有的“一事当前，先替自己打算”；有的对政治学习没兴趣，认为“学习不学习，都要找饭吃”。原任支书1984年卸任后，六年只参加过一次党员会，村里多次开会上门请他都不来。有的满足于不干坏事不犯法，把自己混同于普通老百姓。还有的甚至处处事事落后于群众。

更重要的，作为群众“靠山”和“主心骨”的党支部，由于主客观两方面的原因，没能充分发挥核心领导和服务群众的功能。这几年，我们党支部也做了一些工作，办了一些有益于群众的实事，如：发动全村群众推广应用农业新技术。讨论、修订保护村集体林场的措施和制度。在全村实行六千亩大面积封山育林，保护自然生态环境，等等。

我们的工作还缺乏主动性、计划性这是事实。但是，有些群众急需解决的问题，党支部这一级又不可能解决，时间长了，党支部的凝聚力，吸引力和战斗力也就自然削弱了。这样，上级也不满意，说村里是软弱涣散或瘫痪半瘫痪。可遇到难题找上面时，上面又怎样呢？你推我卸到处“踢皮球”。农民找村里要贷款、要农药、要化肥、要柴油，党支部、村委会如果有钱、有货，我们会不给农民吗？党支部如果批条子算数，会不批吗？我们想为群众办实事却办不了啊！就说我们村的水电问题吧，村里守着九坎洞水源，全村140多户无照明、加工无电，千余亩稻田灌溉靠天。

党支部多次开会研究决定修建九坎洞水库，用来蓄水养鱼、发电、灌溉，但村里集资困难，县里财力有限。勘测搞了若干次，规划改了若干次，报告写了若干次，计划至今仍是一纸空文。群众盼水盼电望眼欲穿，党支部干着急，村民对党支部也渐渐失去信任感。这些问题，希望能引起州委重视，给我们农村党支部一点启动资金，使我们有一点能办实事的实力，我们又咋个不能当坚强的战斗堡垒啊！

不负重望生威望

——记黄平县草绿坪村党支部

深秋，雨后初晴，秋阳柔暖。黄平县红梅乡草绿坪村刚刚收割后的千亩大坝上，吆喝声声，犁翻锄落。红红绿绿男男女女撒满田野。赶牛的、翻土的、锄沟的、栽苗的，一派秋耕秋播的繁忙景象。

村头靠山公路边的一丘大田里，37 岁的中年农民赵松平，与妻子正在移栽杂交油菜。记者拿起菜苗进田，和他们边栽边侃。提起村党支部，赵松平满意地说：论讲政策，讲原则，讲能力，办实事，起带头作用这几条，这届党支部村委会的确不错。支书石国志，村主任张光华都是我们村的致富带头人。就说石支书吧，他一家八口，两个劳力，家里就办有打米机、榨油机、榨粉机。还兼烤酒、喂猪和养鸭。又要操心村里的事，手里有权，但从来不搞歪门邪道，全靠心灵手巧和善于经营，年人均收入约 500 余元。

张村主任呢？除了忙村里的工作，还要带头致富，带头完成上级布置的各项任务。就说今年村里的征、定购粮吧，带头第一个交粮的就是张村主任家。再有，他俩当村干以来，为村里办了好几件事：修公路、修水渠，建提灌站。他边说边指着路边靠田那条水泥沟，要是没有这条引水渠，我这丘田高，年年掏水都受气。

今年有水保灌，一亩水稻单产就有 600 多公斤。说话间，他停下锄头伸了伸腰，转身指着村办小学，你看，现在多好！砖木结构的教学楼，有围墙、有大门、有厕所。村子里大伙心中都明白，那是石支书带着村干部，背着口袋，挨家挨户动员集资搞起来的。

正说着，石支书骑着“嘉陵”飞奔而来。赵松平接过话头：今年，我们村大面积推广两段育秧和高产规范化栽培，育秧时村里的育秧棚要有人照料，石支书丢下自己家里的农活，在育秧棚里整整守了 20 天。后来，稻田遇到干旱，水渠无水上沟，支书领着 400 多人上堤塞堰。今年水稻增产，他们身上却瘦了几斤肉。

在村子里转悠，到处都能听到乡亲们夸支部村委的好处。

村民王兴奎因穷养不起牛，又不会安排生产和生活，日子过得很艰难。支书石国志领着三名党员经常抽空去帮忙。三组农民王朝远的稻田被洪水冲坏，石支书帮他到处找秧苗补栽。贫困户丁双双人多田少经济拮据无钱买化肥，石国志将自家的化肥送给他使用。支部为民办实事，不负众望威信高。村里令行禁止，各项工作开展顺利，连最难做的计划生育工作都多次受到乡里表扬。

作者附记：

《今日村寨堡垒》栏目开栏后不久，因实事求是反映了当时农村基层党支部喜忧参半的基本现状，再次引起上级党的建设和领导部门的密切关注，在社会上也反响强烈，认为黔东南报又抓了件大事，也有一些心怀叵测的人故意挑刺，说栏目里有的文章揭了党的阴暗面，应该停止这个栏目。

社领导坚持认为，栏目宗旨既然是如实反映基层组织现状，就应该在保证正面宣传为主的前提下，坚持实事求是，有一说一。这不是为了别的，而是为全国即将开展的整顿党的基层组织教育活动提供决策依据，以利于提出整改方案。为此，报社着力排除干扰，坚持把栏目做了下去。结果，后来该栏目获得了当年的“贵州好新闻”一等奖。

《不负众望生威望——记黄平县草绿坪村党支部》一稿，是《今日村寨堡垒》栏目中众多正面反映农村基层党组织现状的一篇。文章见报后，受到了各级党委和组织部门的重视。后来，经有关部门推荐，草绿坪村党支部被中共贵州省委组织部评定为“全省先进基层党组织”。

岑湖村党支部带领群众艰苦创业

村民们为支部成员刻立记功碑

黎平县岑湖村党支部牢记全心全意为人民服务的宗旨，带领群众艰苦创业，受到人民的衷心拥戴。记者最近欣喜地发现：该村村民已将支部成员的名字和功绩刻在村寨对面灯盏山的石壁上。朱色碑文，红光闪闪。

岑湖村共有204户人家，1000多人口，90%是侗族。十年动乱中，年年吃粮靠救济，用钱靠贷款。三中全会以后，岑湖村党支部书记石永志，带领一班人，利用山多林多的自然优势，一手抓林，一手抓粮。

7年来，全村植树造林4000多亩，种植、养殖一起上，各种经济综合发展，现在，全村人均吃粮530多斤，比七年前高出300多斤。经济收入由过去的人均不到50元；翻到人均200多元。全村80%的家庭有存款，其中六户存款各达上万元。74家农户盖了新住宅，45户买了电视机，30多户买了收录机，150多户买了缝纫机。个别农户还买了汽车、洗衣机，以及电影放映机、打米机、榨油机、打浆机等生产加工机械。

近年来，新任党支部书记石华元，支部委员、村民委员会主任石秀达等，不负众望，一心扑在工作上，在帮助村民基本解决温饱问题的基础上，还积极兴办公益事业，为全村人民修了一座38千瓦的水电站，盖了一座影剧院，建了一座电视差转台。此外，还开办了图书阅览室和游艺室，修了一个水泥篮球场，兴建了一栋可容200名学生的砖木结构教学楼。而村党支部和村民委员会办公住的却是四面通风的破屋。干部的报酬，领的仅仅是固定有限的补贴。

编后语：

难怪村里的群众逢人就夸：爻村党支部赖贡（侗语“我村党支部好得很”）！

党为人民谋利益，人民为党立丰碑。在岑湖，党的威望多么崇高！党群关系多么密切！编发这样的新闻，心情十分激动。我们热切地希望，在新的一年里，全州各地出现更多岑湖式的记功碑，有更多鼓舞人心的好消息向本报飞来！

（原载《黔东南报》）

作者附记：

农村实行联产承包责任制后，由于各种各的田，各找各的钱。在一些地方，一些人忙着只顾自己先富去了，农村党的基层组织建设因受到一定影响而颇遭诟病。也有一些地方党的农村基层组织和党员，形势变而始终牢记党的宗旨不变，为人民谋利益的心不变，顺应形势的变化，做出了新的业绩和贡献。

1986年初，我下乡采访路过孟彦镇岑湖村，见公路边岩壁上用红漆写上了村党支部及其成员和党员为村民办实事谋利益，改变村容寨貌，促进文明建设的桩桩业绩。上面还写上了村党支部书记石华元和一些党员的名字，让我深受感动。我立即深入采访，写成一篇“岑湖村党支部带领村民艰苦创业，村民为支部成员刻立‘记功碑’”，新闻稿发往报刊、电台，引起新闻界的极大关注。黔东南报发稿时加了编后语。贵州日报也立即派出记者深入该村采访核实，以“记功碑”，为题在该报头版头条刊出（获当年“贵州好新闻”一等奖）。

随后不久，新华社贵州分社总编室主任（后调任云南分社副社长）张殿光来到黎平，带着我又赴岑湖村采访，并以《文明侗寨——岑湖》的通讯，向新华总社发了通稿。

重点培训　调整充实

黎平农村党支部建设见成效

黎平县委坚持抓农村基层党组织建设，使基层党支部面貌出现可喜变化。

1987年，黎平县委通过调查发现：全县403个村党支部中，支书文化知识偏低、年龄偏大的支部占50%。尤其是这些支部的绝大部分支部书记虽然资历深、有威信，但他们的知识、观念、经验和工作领导方法已与新形势不相适应。

此外，还有20%的村支部处于瘫痪半瘫痪状态。针对这一实际，县委从1988年开始，每年办一期村党支部书记培训班。围绕“当个好支书、建个好支部”这个主题，由县委领导、组织部长、宣传部长和党校校长授课，系统进行教育和训练。

三年来，全县共培训村支书1200多人次，70%的村支书通过三次培训有了显著进步。德凤镇民胜村党支部书记龙永清，虽然做了几十年的党支部工作，但对在改革新形势下如何加强党的基层组织建设一度心中无数。

县里举办支书培训班，他积极参加学习，思想观念和工作方法都有了很大转变。面对“各种各的田，各找各的钱”的分户经营新形势，他“以变应变”，组织制定了党内民主生活制度、学习制度、廉政制度、党员思想、工作汇报制度和组织发展制度；领导党员开展“双带”“双包”活动；积极发展村办企业和集体经济，逐步建立和发展双层经营体制，为全县深化农村改革和加强以党支部为核心的村级组织建设闯出了新路，先后受到中央组织部和省、州、县委的表彰。

在抓好教育培训的同时，县委还采取有力措施，先后对143个支书年龄偏大和处于瘫痪半瘫痪的村支部进行了调整、充实和整顿，调换支部书记41人，补充支部委员98人。通过培训和调整，村支部结构状况出现了可喜的变化：支书年龄偏大的支部由50%下降到30%；差支部由20%减少到2.5%；班子不健全、运转不正常的瘫痪支部没有了；先进支部逐年增多，全县有50%的村支部分别受到州、县、区、乡的各种表扬和奖励；10%的支部分别被中央、省、州、县授予先进基层党组织称号。

（《贵州日报》亦采用）

夯实大厦的根基

亚榜村社会主义新农村建设纪实

党的十五大召开前夕，记者到黎平县罗里乡亚榜村采访，所见所闻，深感这方热土的生机活力。

在这块偏僻的土地上，农村经济新潮滚滚。商品生产基地初步形成，股份合作企业陆续破土而出，农业产业化经营发展势头热浪奔涌……

兴一方经济，富一方群众，保一方稳定，着力夯实社会主义大厦的根基，亚榜村在社会主义新农村建设中取得了令人瞩目的成就。

1996 年，粮食和农业总产值比上年分别增长 14% 和 43%，增长速度和综合实力在全县村级经济发展中名列前茅。今年又是丰收在望，预计农民人均纯收入将达 2000 多元。

村里，小学新教学楼破土动工；村委会办公楼拔地而起；广播站、图书室恢复重建；农民技术夜校、农民业余党校相继成立；水泥街道、自来水、电灯、电视、电饭锅，使村民逐步过上了像城里人一样的生活。

全村政治稳定，社会安定，村寨无治安、刑事案件发生。村民安居乐业，各项建设事业欣欣向荣。

治山治水，治散、治穷、治愚、治差、治乱，治出了一方新天地，治出了一个生机勃勃的社会主义新农村。这就是亚榜人近两年来创造的业绩！

“形象工程”治“散”

1995 年以前，每逢村党支部开会，非党员的村主任就犯嘀咕：他们又在开黑会整我。相互猜忌，使村党支部、村委会领导班子成为一盘散沙。

于是，党员各顾各，干部各刨各，群众各奔前程。然而，前程却并不美妙。

散，使亚榜村在外界的形象越来越差。党支部12年无所作为；村委会12年不公布账目；经济发展12年原地踏步；村寨面貌12年山河依旧。12个春秋过去，亚榜成了后进村。

1996年2月，改选后的亚榜村党支部、村委会新一届领导班子，把治“散”凝聚人心，树立领导班子、党员、干部在群众心目中的优良形象作为首选“工程”，着力把党支部建设成为政治坚定，富民有方，团结战斗，务实创新的坚强领导核心。

村党支部从抓制度建设入手，陆续建立健全了学习、议事、民主生活、党课教育、党员评议，报告工作、支委，村干任期目标责任、廉政建设、村民代表民主监督等一系列制度。与此同时，又在党员、干部中开展“讲原则、讲团结、讲廉洁、讲实干、讲奉献”活动。这些措施，促进了党支部的自身建设，增强了党员、干部的事业心和责任感。

用行为展示形象魅力，用事实教育、影响群众。在带领群众改变亚榜贫穷落后面貌的奋斗中，村党支部一班人同心协力，抓大事，办实事。党员、干部处处以身作则，发挥先锋模范作用。新建小学校舍要捞河沙，寒冷的冬季北风刺骨，60多岁的老党员杨建基、杨建廷等第一个跳进河里。村里今年试种西瓜，群众怕冒风险，新党员杨美江一马当先，带头领办样板田。推广科学种菜，营养袋育苗种植玉米，青年共产党员杨通学、陈美善领头示范，带头创办试点和基地。

村领导班子的精诚团结和苦干奉献精神更让村民们感动。党支部书记杨光亚把全家的生产、生活重担丢给妻子一人承担；村主任杨世勇一年减少几千元收入；会计杨胜礼放弃了月收入600多元的钟表修理业。他们的心思只有一个，让群众尽快富裕起来。让全村发展兴盛起来。

“有这样的好支部、好支书、好村主任、好党员，我们村有希望了。”村民们激动地说。

亚榜从后进村一跃而成为全县先进典型。最近，县里又向上级提名申报亚榜村党支部为先进基层党组织。

“富民工程”治“穷”

存折上78元钱的村集体积累，银行里14万元的农民欠贷，两个冷冰冰的数字反映出亚榜村一个残酷的现实：穷！治穷，成为亚榜村社会主义新农村建设的中心内容。

去年初，新制定的“亚榜村社会经济发展规划”中推出一项重点工程——富民工程。

紧接着，思路、措施、方案相继出台：

——田里增粮，山上找钱，科技致富。

——远山栽杉，近山栽果。发展短、平、快经济林，改变千年一贯的单一用材林产业结构，培育新的经济增长点。

——坝田吨粮，冲、坡田高产稳产，水田稻——鱼间作，冬田绿肥、油菜。

——荒坡、旱地综合开发，果园幼林间作套种，房前屋后种、养结合。

——出租土地使用权，拍卖“四荒”，引资开发，股份合作开发，盘活土地。

——发展规模经营，建设商品生产基地，创办龙头企业。实现产业拉动，龙头带动，形成产、加、销一条线，农户、基地、公司一条生命链。

——完善双层经营体制，推行股份合作制，兴办村经济实体，自我积累，滚动发展，不断壮大集体经济。

边规划、边探索、边实施。经过一年多的努力，“富民工程”初见成效。95%的稻田实行规范化栽培，新增粮食10余万公斤；1780亩水果基地已经建成，初期间作套种经济作物创收50余万元；新造用材林绿化荒山保护了生态环境，为可持续发展创造了条件；村办股份合作经济实体“亚邦实业公司”已经组建，公司分支企业“粮油加工厂”开始购置机器设备，农副产品批发市场正在考察择点，农业产业化经营体系初露端倪。

“素质工程”治“愚”

建设社会主义新农村，需要有文化、懂技术的新型农民。

“中国农业几千年，虽是文盲也种田”。随着传统农业向现代农业的转化，这种现象已无法继续存在。

生态农业，生物防治，综合开发，规模经营，集约经营，农业产业化……这不仅仅是一串串亚榜人闻所未闻的新名词，更是一把把打开致富大门的钥匙。只有掌握和学会使用这些“钥匙”，才能打开大门，登堂入室。

靠科技致富不是一句简单的口号。欲致富，先治愚。为此，村党支部在制定村社会经济发展规划时，把提高村民科技素质作为一项重要目标任务纳入“规划”之中，将其定名为“素质工程”并立即付诸实施。

第一，建立“农民业余党校”，组织新老党员、村、组干部和农民入党积极分子，认真学习党的一系列方针、政策，不断提高他们的思想觉悟和政治素质。

第二，建立“农民技术夜校”，同时举办各种实用技术培训班。把扫文盲和扫科盲结合起来，把学理论和实际操作应用结合起来。一年多来，村里先后邀请州农校、县职业技术学校教师和乡农技站技术人员到村“农民技术夜校”讲课，介绍农业科技发展趋势，传授科普知识和实用技术。全村农民受训普及率达60%以上。

第三，抓好小学基础教育，集资改建新校舍，改善学校教学条件，加强师资力量，将具有丰富教学经验的公办教师请到村里任教，着力培养亚榜村新一代有文化、懂技术的农民后备大军。目前，全村适龄儿童入学率已达百分之百。

“造福工程”治“差”

生产的发展和农民收入的不断增长，使村民要求改善生活条件、提高生活质量的呼声渐高。于是，治理脏、乱、差、改变村容寨貌，美化环境，建设生活服务设施的事又提到了党支部、村委会的工作日程。村里拟制了“造福工程”计划，一项项分步加紧实施。

引电工程上马，党支部书记杨光亚亲任指挥长，一条高压输电线路很快架设进村，不仅解决了照明用电，生产加工用电也有了保证。

同时，全村电视普及率达90%。

自来水建设紧随其后。不久，一节节自来水管向各家各户延伸。农妇们那只祖祖辈辈以来拿惯了舀水瓢的手，颤抖着伸向了那一旋就自动来水的笼头……

山村侗寨房屋凌乱，茅厕、畜圈一串串布满全街，污水遍地，臭气熏人。这种状况必须彻底整治。于是，村干带头，群众集资投劳。男女老少齐动手，拆除沿街厕所、畜圈和占道建筑。仅用一个月时间，很快建成了一条总长1700米分别通向各家各户门前的水泥街道。寨中的两个污水塘，经过整治也改造成为堤栽垂柳，莲开水面的花园式鱼塘。

转眼之间，亚榜村令人耳目一新。街道整洁，空气清新。人们热情好客，谈吐文明。

年近七十高龄的老党员杨建基现仍担任村党支部委员。这位“古来稀”的老党员依然精神饱满。他领着记者绕村转了一圈，谈起亚榜未来的发展前景，话语间充满着激情。他边走边谈绘声绘色，还不时用手指点：村前田坝建成田园式高产农田，村后这片山建成园林式基地果园，村中两寨之间那块空地建一所标准的村办小学，寨内建一个科技文化中心，村前沿河沙滩、堤岸橘园一带建成农民公园……

老党员这番梦境般的描绘，并不是信口胡言。他介绍的每一个内容，都已在村里的规划和建设之中，有的已出现在人们眼前。

“平安工程”治“乱”

前几年，亚榜村治安状况令人不安。偷盗抢劫时有发生，打架斗殴不断，治安、刑事案件连续出现，群众没有安全感。

去年以来，亚榜村党支部、村委会在组织带领群众发展生产的同时，逐渐自觉地意识到：没有稳定的社会环境，经济就不能持续发展。为此，党支部和村委会决定，把实施“平安工程”作为社会主义新农村建设的重要内容。实行两手抓，两手硬，两促进。保证经济发展，平安稳定，互为作用，相互推动。

在实施“平安工程”中，村里组建了护寨队，治安联防队。对外来人员严查身份证，对无身份证陌生人实行监控。村里设立见义勇为奖励基金，表彰维护治安有功人员。对刑满释放劳教人员，违反治安条例和有违法嫌疑人员实行帮教。对教育不改，管理不服，制止不听的人员，依照法律、条例，坚决查处打击。做好民事纠纷调解工作，及时化解矛盾。通过教育、防范、打击三管齐下，全方位进行治理。同时，结合创建文明村寨，开展评比遵纪守法模范户活动，积极树立正气，形成以正压邪的良好局面。

把经济发展起来，把正气树立起来．进而创造条件把“浪子”和“不安定分子”教育转化过来。村里红红火火的山区开发和基地建设场面，欣欣向荣的建设事业，曙光初露的经济发展前景，深深感动了那些曾经不大安分守己的“浪子”们。

村里一度丑名远扬的“三浪”杨辉林、杨辉义、杨胜培，如今都改邪归正，转化成为村里投身水果基地建设的积极分子和致富能人。

“三浪”的变化，带动了全村社会治安状况的变化。如今，全村社会治安是亚榜历史以来最好的时期。也是人心最稳，经济发展最快的时期。

（原载《黔东南报》）

良师益友篇

默默奉行战友的赠言

用时髦的话讲，陈有忠是我的偶像。他后来成了将军，但在我心中仍然是最亲密的战友。离开部队前，我在陆军40师组织科做营职组织干事，他是我的顶头上司——组织科科长。在与他朝夕相处4年的日子里，跟着他，下过基层连队蹲点，上过战场作战。他那平易近人、严苛而又充满挚爱；疾恶如仇，刚正而又温良恭俭的个性，深深影响着我，他的影子，一直伴随着我离开军营后的人生。

1981年国庆前夕，走过了14年军旅生涯的我，刚退下“自卫反击，保卫边疆”的战场，枪炮声余音仍绕，耳边又响起党中央“百万大裁军”的号召。军人闻号而起，我抖落战地烟尘，脱下戎装，又转向另一个没有硝烟，但仍会有“牺牲”的战场——地方。

临走，我面对呆了14年的军营，手捧刚刚从衣帽上摘下的红五星红领章，泪流满面，依依难舍。这难舍，不是战后即将到来的论功行赏，提拔升迁。而是14年来用心灵结下的那种情感；是军营里“团结紧张、严肃活泼”的那种生活；是战场上军人勇于为国捐躯的那种自豪；是枪响倒下时刻，战友牺牲与生命诀别的那种难舍……

汽车马达启动，我转身看了科里的战友们一眼，科长陈有忠走过来，抓着我的手深情地说：鸿周，你刻苦自学，敬业爱岗。这一点，你走到哪里，我都放心。别了，我再送你八个大字：高调做事，低调做人。

语重心长啊！我默默地点头，转过身，这八个字却牢牢地刻在了心里，一直影响着我的后半生。

回到地方，先在黎平县人大常委会担任秘书。在做好本职工作的同时，我把在工作中了解到的情况，写成新闻稿发往报刊、电台，累累被人民日报、贵州日报等中央和省州地方报刊电台和电视台采用。于是，一个通知，我从县人大办公室转到了黎平县委通讯组，从此开始了我的新闻职业生涯。

1987年，州委组织部一纸调令，我正式进入黔东南报，直到2007年退休。20年间，我担任过该报著名栏目《乡乡出新闻》《今日村寨堡垒》的专访记者，也写过不少有影响受好评的新闻报道。当过编辑，先后获得了“全国民族好新闻”特别奖，全国地报好新闻，贵州新闻奖一、二、三等奖若干。这期间，还参加过州委、州政府组织的机关干部下乡挂职扶贫。

我转业后，陈有忠凭着他的德才兼备，一步步前进为师政治部主任，31师政委，14军政治部主任，贵州省军区副政委，中国人民解放军昆明陆军学院政委、少将军衔。

为避“高攀”之嫌，我没有和他联系。但我一直牢记他的“八字”赠言。每当我遭到邪恶势力打击时，就愈加怀念与他相处的温馨岁月。

1980年2月，陈有忠带着我在师教导队搞政工干部培训。一天晚饭后，他把一张火车票递给我说：鸿周，你赶快回家，你母亲病故了。原来，那天我很忙，他看到我家来的电报后，没有告诉我，赶紧向政治部帮我请了假，又帮我买好火车票。我接火车票的那一瞬间，泪水哗哗直流。一为痛失慈母，二为他兄弟般的关爱。

20世纪90年代初，他出任贵州省军区副政委，查到了我的下落。便一个电话，把我叫到贵州省军区大院，由于想尽快见到我，他早早跑到大院岗亭旁，站在那里等我。久别重逢啊！一见面，他就拉着我，直奔他的住处。一坐下，他要我汇报到地方工作以来的情况。听了我的陈述，了解我的业绩和得知我后来被困入某种逆境时，他既为我的业绩高兴，同时又为我身陷逆境担忧。在我离开军区大院时，此时的陈将军再次嘱咐我：还是那八个字：高调做事、低调做人。不管世风如何变化，做个让人民信任，对社会有益的人的原则永远不能变。

由于我一直保持低调、仪表朴实、不张扬，使很多人闻其名不识其人。有一次，我到镇远县采访，进入县委大院，遇到值班巡逻的人，不由分说就把我赶出大院。这样的尴尬还先后碰到好几次。

保持低调，还让人看成软弱可欺。20世纪90年代，党内腐败比较严重，社会风气日趋恶劣。思想作风正派、业务能力很强的报社领导被排挤。我因为拒绝参与帮派活动而受到牵连。那些搞帮派的人上台后，公开扬言：“韩鸿周不是我们的人，不能用。”

“不能用”，无非是我在这帮人把持权力期间不能提拔重用，或故意卡死我的专业职称晋升。但并不能阻止我继续努力工作。此后，我编采的新闻依然受到社会的广泛好评。并且，每逢我下去采访，都感受到了受访者和受访单位那种出自内心的真挚热情。

一个单位，不论大小，只要被心地恶劣的拉帮结伙的人所控制，是非观和价值观就会颠倒。不管你上班时养鸟赚钱也好，不管你傍大款炒地皮也好，不管你投机钻营买官也好，不管你以稿谋私骗吃骗喝也好，不管你搞有偿新闻捞钱也好，不管你写言论写述评一窍不通也好，不管你为讨几杯酒喝把新闻稿写成黑板报表扬稿也好，只要你、我、他都是一伙的，副职正职照提，副高正高照评。而我从事专职新闻工作20多年，我进黔东南报社之前，就在新华社、人民日报、农民日报、中国法制报 、中国文化报、中国食品报、中央人民广播电台、贵州日报、贵州电台、贵州电视台等中央和地方报刊发表作品数百篇，进报社后，像我这样获贵州省和中国地市报好新闻一等奖、全国民族好新闻特别奖的采编人员，屈指可数。但到我退休时，我获得的还只是1989年评得的“助理记者”职称，由于我拒绝加入帮派团伙，连中级职称都不让我申报。

陈将军，亲爱的战友：我要告诉你，根源不是因为我奉行了你的“高调做事，低调做人”的嘱咐，而是因为我坚持了正义，不参与排挤好领导。陈将军，历史证明我是对的。新来的州委书记杨光林同志（后为省人大常委会副主任），得知他所熟悉而器重的报社领导，被外省当作宝贝挖走了，在不同场合表示惋惜，并告诫大家，这种不珍惜人才的错误行为，在黔东南不能再出现了！黔东南报社领导被引进到柳州后，又使柳州日报荣获了中国新闻最高奖——中国新闻奖，广告收入在他任期内名列全国民族地区地市级党报第一。他一人获得了两个全国荣誉称号——“全国百佳新闻工作者”和“全国报业经营管理先进工作者”。详情可见我的另一篇文章《如今他叫“老报人”》。

很多同行为我打抱不平，包括省记协的领导。有朋友还告诉我，州委一个深知报社内情的领导在一次谈话时说：“报社是个是非之地，池浅王八多。当然，大多数同志是好的，但有三四个是搅屎棍。一个单位，只要有一个心术不正的人，就不得安宁。像韩鸿周那样只干事不惹事，又有正义感的同志多一些才好……”

陈将军，亲爱的战友：我清楚，像我这种命运的人，在中国远不止我一个。我想对你说的是，这世上，哪怕只有一个人为我鸣不平，哪怕只有一个领导认为我是个好人，我就心满意足了！何况还有那么多呐，我非常非常感谢他们!!

陈将军，亲爱的战友：我做到了你说的“高调做事，低调做人”，我守住了做人做事的底线，守住了自己的道德良心。因此，在任何时候，在任何情况下，我都不会忘恩负义，都不会趋炎附势，都不会与邪恶同流合污，都敢于仗义执言。我自尊自重，视邪恶如雾霾。我不为谋求一官半职而摇尾乞怜，不为贪求蝇头小利而投机钻营。我活得堂堂正正，坦坦荡荡，自自在在！我的肉体虽然弱小，但我的心灵抗压能力却十分强大，因为我一直保持着一个正直军人应有的浩然正气。只要正气在身，魔鬼见我也畏三分！

有缘结识罗开富

20世纪80年代，罗开富因沿着二万五千里红军长征路徒步采访而名扬天下。如今，讲到《经济日报》报业集团总经理、常务副总编辑罗开富，很多人不知道他是谁。如果你说：他就是当年重走红军长征路，从瑞金到延安徒步采访的那个记者，人们会肃然起敬：啊，他就是那个罗开富啊！

没办法，中国同名同姓的人太多了。

和我一样，这个罗开富也是转业军人，职业新闻工作者。可从对国家、对新闻事业的贡献，以及其他任何方面，我和他都有着无可比拟的天地之差。他沿着二万五千里红军长征路徒步采访的壮举，创造了中国新闻界最辉煌的业绩，他是新中国建立以来名副其实的"范长江"式的新闻记者、新闻界的骄傲。他的壮举和他的无私奉献，敬业精神和广阔胸襟，可光耀千秋。

论年龄，他是兄长；论出身，我们同是军人；论职业，我们同行；论职务，他是领导；论贡献，无可比拟；论胸襟，他是大海；论精神境界，他是楷模。他的影子伴随着我走过了22年的新闻职业生涯。

阴差阳错，一次失败的向导，竟将我和罗开富这样辉煌的名字联系到一起。我感到自豪，更感觉惭愧和内疚。

1984年12月初，我刚从新华社贵州分社新闻培训班结业回到家，13日，县委就交给我一项重要任务，到湘黔边境接应《经济日报》沿红军长征路徒步采访的记者罗开富，并担任他在黎平采访期间的向导。14日一早，我赶到湖南通道县与黎平县交界的地方，等待罗开富到来。由于那里是三岔口，中央红军当年进入贵州黎平分两条道走，右边是旱道，左边过河没有桥。当时是冬季，我估计他不会往左走，就在右边小道上等他。结果由于估计错误，我们走岔了。随后我沿着他走的道一路追寻，直到夜里才在地青乡找到了他。

19日，也就是中央政治局召开黎平会议的第二天，一早，罗开富先到绞便村代表时任中共中央总书记胡耀邦去看望在长征期间曾经住过村寨的群众。随后，再沿着中央红军纵队原路线经大稼出剑河。赶到大稼乡时，天已黑了。刚找到住的地方，罗开富立即坐到火塘边，赶写当天要发的稿子。天寒地冻，他一边烤火，一边写稿，我陪坐在身边，看着他一把鼻涕一把泪（鼻涕是冻出来的，泪是没电照明用松柴当灯被烟子熏出来的）把稿写完。第二天一早启程，他离开大稼经高洋出剑河，我因脚伤结束向导返回县里。此后，我的心一直牵着，直到他到达陕北吴起镇。

我崇敬罗开富，是因为他一直向着光明前进。不畏困难、不惧艰辛、不计名利，心里永远装着人民的利益。

1987 年 5 月，我调入黔东南报社，年底，报社策划推出《乡乡出新闻》专栏，我自告奋勇报名担负专访任务。在我的新闻生涯中，是罗开富的“魂”，引领着我一直在基层奔波，走在人民群众中间，借助手中的笔，为人民鼓与呼，扬正气、斗邪恶。说良心话、做良心事，使内心得到了安宁。

说实话，我做过 20 年记者编辑，这期间，我彷徨过、失落过，陷入过逆境，但都在罗开富同志美好的心灵、高尚的品德、大海一样的胸襟影响下最终走了出来，完成了自己作为一个正直记者的使命。

几十年来，有几件事一直让我难以忘怀：

一是 1985 年 2 月 3 日，罗开富走到贵州习水县土城镇，这里距 50 年前红军一渡赤水的主要渡口浑溪口很近。当地人得知中央派一名记者来到这里采访时，一位名叫赖名成的老人便来到路上拦住记者，再三要求记者呼吁一下，并在记者的笔记本上写下了这样的话：“当年毛主席率红军过赤水河有浮桥，现在什么桥也没有，请政府关心群众疾苦，修一座长红桥。”

罗开富看后心里一惊，老百姓的批评很尖锐啊！要求也十分迫切。于是，他立即采访调查，写成了《土城人民的心愿》一稿。稿件见报后，很快引起国务院有关部门和云、贵、川三省领导的高度重视，不久几个渡口就都建起了桥。2012 年 12 月，贵州都市报以“赤水河因他有桥”再次提到了这件事。这让我深深感受到罗开富作为新闻记者的职业良心。

二是 1985 年 3 月 24 日，罗开富沿中央红军中路军的行军路线，经姚哨抵达惠水县城。

离开长田乡时，罗开富听到一些农民反映，当地有些干部作风蛮横、打骂群众。打人最凶的是原公社书记陈某，另一位是李某。据说这些干部在1976年底以后指使人或亲自打人，达到了肆意妄为的程度。农民交公余粮慢了几个小时，就要被捆起来。男女青年在一起说笑，他们看着不顺眼，也要写条子叫人捆绑起来。他们打了人，还不准人家向上反映，越反映越要挨打。

对陈、李等人的违法行为，县委曾派出调查组进行调查。调查组只把调查材料和处理意见交县委后就不管了。陈某却在去年当了三都区区长，李某也入了党，当了乡党委书记。

罗开富根据群众反映后，认真调查写了一稿：《打人升官法制何在》。仅看标题，就让我感受到了他的凛然正气。

三是罗开富沿二万五千里红军长征路徒步采访，不仅在国内而且在国外都引起了很大的反响，受到了很高的评价。日本《朝日新闻》（晚刊）1985年2月15日在第三版用相当大的篇幅，刊登了该报驻北京记者加藤千洋访问罗开富的长篇报道。文章开头就是："在中国，不，在世界上今天用"脚"长途采访的记者，可说就是他了。"

老红军战士，原成都军区副司令员陈明义在谈到罗开富时说："当年范长江从草地开始，沿着红军长征路进行采访，现在罗开富从瑞金开始，进行了全程采访，了不起！从某种意义上说，罗开富是第二个范长江。"

是啊，虽然范长江《中国的西北角》与罗开富《来自长征路上的报告》，在内容和写作方法上有一定差别，但范长江是体现的一种精神，今天，罗开富正是继承和发扬了这种精神。后来我听说中国记协和全国新闻工作者联合会要共同举办"范长江新闻奖"评选活动，我认为非罗开富莫属。遗憾的是，结果宣布时，他竟然莫名其妙地落选了。

我不想追问是何原因，也不想埋怨那个年代社会不良风气对新闻界的影响。我只是佩服罗开富在面对落选时，那海一样的胸襟。他平静地说："我觉得自己得到的已经太多，而不是太少。一个罗开富没有什么了不起，没有安岗的支持，我是走不成长征路的。没有长征沿途老乡的帮助，我根本走不完长征路。作为记者，我为人民做一些力所能及的事情真是应该的。党和人民给我的荣誉很多了"。看到这番话，让我顿生敬意。

他在首都北京，我在苗乡侗寨，他是高级干部，我是平头百姓，他却一直像兄长、像战友一样关心、开导着我。

罗开富——我为今生有缘结识这样的心灵导师而庆幸！

如今他叫“老报人”

2012 年以来，有个署名“老报人”的作者，常在雪漠文化网和广东国学研究院网上发表弘扬善文化的作品。此人简洁犀利、直奔主题的文风，很像我 30 年前的一个同事。经打听，这个“老报人”果然是他——黔东南报复刊后的第一任总编辑兼党组书记——陈颖。

1984 年《黔东南报》复刊时，十几个人挤在几间破烂不堪的车库里办公。复刊的办报宗旨、编辑方针和栏目设置，都是陈颖精心制定的。他特别强调党报的指导性和可读性。

实行夏时制的第一天，陈颖把报社的所有人员派到州委、州政府等各个州级党政机关，观看这些机关干部上班情况，在头版头条刊发了《按夏时制上班的第一个早晨》，有些迟到的，提着鸟笼上班的，都如实作了报道，这篇舆论监督引起了很大反响，比新华社报道中央国家机关干部不按时上下班的获奖新闻早了一年多。

当他看到中央要求尽快解决农村党支部瘫痪半瘫痪问题的文件后，立即开设了《今日村寨堡垒》专栏，报道农村党支部的现状，历时一年，发稿 100 篇，其中我写了数十篇，获贵州省和全国地市报好新闻一等奖，这个栏目比人民日报同类专栏早办一年多。

1987 年，陈颖在从江县办通讯员培训班，课间闲聊时，有个通讯员说占里村家家户户都只生一男一女，世世代代都不变。他一听，立即派记者和这个通讯员去调查，帮他们将调查报告改写成消息《占里村自古实行计划生育》。此消息在《黔东南报》发表后，很快被《光明日报》《中国妇女报》《北京晚报》转载，中央电视台闻讯拍摄出纪录片《在大山深处》。从此至今，全国各地（包括台湾）的记者、作家、人口问题专家不断到占里村去考察，都想解开那里的生育之谜。

当年，《黔东南报》令全国新闻界刮目相看的主要原因有这样几点：

一是当时全国少数民族地区的地、州、盟党报发行量有很多都在一万份左右，三万以上的很少。而黔东南报复刊后，从不到一万份很快上升到三万份，1986 年超过了 36000 多份，引起同行们的关注。

二是李葆中的通讯《跑在世界前面的老人》荣获了全国好新闻二等奖，这篇作品是陈颖亲自指导修改和编辑的。当时《黔东南报》复刊才两年，贵州省还没有获得过这么高的奖励，在全国地市州盟报中，更是爆炸新闻。

三是全国首届民族好新闻评选，只有黔东南报一家得了两个大奖，一个是陈颖策划的系列报道《乡乡出新闻》荣获特别奖；另一个是陈颖写的人物通讯《您的心是国宝》荣获一等奖。《乡乡出新闻》是陈颖派我和廖奇勋完成的。我们把全州 16 个县市的每个乡镇采访了一遍，历时一年多，行程 7300 多公里，发稿 250 多篇，他亲自带着记者采写了第一篇稿件。

四是《乡乡出新闻》结集出版时，陈颖写的《“乡乡出新闻”序》，荣获全国报纸副刊优秀作品一等奖，是贵州省此项最高奖的第一个获得者。在新闻界的各项全国评奖中，如果哪家地市级报纸偶尔获了一等奖，都会在圈子内成为新闻中的新闻，引起一阵惊讶。

五是《乡乡出新闻》好评如潮，入选了当年的《中国新闻年鉴》。

1988 年 11 月，“中国少数民族新闻研究会”（即现在的中国少数民族地区报业研究会），经全国新闻学会批准在贵州省凯里市成立，陈颖被推选为首任会长。在他的任期内，创办了会刊《民族新闻》；每年举办一次民族新闻学术研讨会；每年评选一次全国民族地区报纸好新闻，包括少数民族文字好新闻。1989 年首届评选会由首都新闻专家评定，特别奖两个，一等奖 5 篇、二等奖 14 篇、三等奖 29 篇。当天晚上，新华社率先播发了通稿《首届全国民族地区报纸好新闻评选揭晓》。这个多民族、多文字的泱泱中国，从此开创了评选民族地区汉文和少数民族文字好新闻的先河。

陈颖主持黔东南报社期间，新华社贵州分社副社长刘思扬以《不愧是党和人民的喉舌》评价过《黔东南报》。

在新闻界同行的眼里，陈颖是个难得的办报人才。当州里决定他去文联当主席的消息传出后，省内外三地同时要他去当总编。结果，广西柳州市，按市里引进人才的文件半天办完各种手续，将陈颖“挖”到了柳州日报社。

此后，我一直期待着黔东南报高举改革大旗，“破除陈规”——即：废除陈颖制定的“给党政传声 替人民说话 为社会服务”的办报宗旨，废除陈颖采用毛泽东体集字的“黔东南报”报头之后，出现新辉煌。谁知报纸的数量，从3万多份不久就徘徊在1万份左右了，报纸的质量，“实现了历史性的跨越”——由套红变成了彩印，不过，再也没有得过全国新闻大奖了。

此后，我还一直关注着陈颖在柳州的动向。在《中国地市报人》等报刊上我看到，他主持创办柳州晚报时，柳州市区人口80多万，晚报发行量就有9万多，人均8人一份，首都专家誉为奇迹，媒体称作“柳州晚报现象”，全国36家兄弟报社前去参观学习。陈颖又在柳州日报实现了中国新闻最高奖——“中国新闻奖”的零突破。《柳州晚报》和《柳州日报》在新闻出版署组织的全国晚报和党报编校质量评比中先后获奖；柳州日报社广告收入2002年超4000万元，在全国民族地区地市党报中名列第一。2002年陈颖荣获“全国百佳新闻工作者”称号；2004年获“全国报业经营管理先进工作者”称号。

为了扩大柳州晚报的发行量，陈颖还策划了《柳江来去千里行》大型专题报道，带领两个青年记者历时3个多月，行程8000多公里，沿江采访了黔桂粤三省（区）的38个县市，发稿91篇，柳州读者天天等着看连载。这次的采访活动，被誉为柳州新闻界的壮举。

陈颖主持黔东南报和柳州日报两家报社期间，出版有《小心·大胆》《童心灿烂》《打工传奇》《淘气鬼》等新闻、文学、戏剧和德文翻译作品8部。有50多件作品获60多次省级以上奖项，帮记者改写了50多篇获奖作品。为了激励采编人员出成果，他还主编了《苗岭风姿》《柳园絮语》等20部采编人员的作品集，由报社出资公开出版。

我还在《民族新闻》上看到，陈颖退二线，报社召开领导班子新老交替大会时，主管组织人事的副书记说他“以先进的办报理念和科学民主的管理方法，创造了柳州日报和柳州晚报的辉煌业绩，赢得了社内外广泛的赞誉，在职工中享有很高威望，陈颖同志多次要求辞去社长职务，市委对他的高风亮节给予高度评价”。主管意识形态的副书记一连用了四个“非常”，说他：“政治上非常强，业务上非常精，作风上非常正，成就非常突出，是名副其实的全国百佳新闻工作者。”

所有这些，令我感慨万千！

下面，我再从《小心·大胆》一书中，摘录几段充满陈颖个性的语录，你看后，就知道我为什么要写这个“老报人”了。

2001年10月，在柳州市的党报党刊发行会上，陈颖说：“作为党报，本应是最好看的、最有市场的，是其他任何报纸都无法与它竞争的。夺取政权前，共产党的报纸老百姓是抢着看的。可如今呢？各级党报党刊官话套话千篇一律，老百姓不爱看，弄得各级党委出面摊派发行，作为一级党报的总编辑，我感到很羞愧。我希望决策者用心研究如何办出老百姓喜闻乐见的党报，以便更好地宣传党的方针政策。”

2000 年 10 月，他在《我的“回头看”》中写道：“在报社，首先要监督我，发现我有什么问题，及时提醒，或向上级举报，有出入也没有关系。当然最好是实事求是地举报。想做坏事的人怕监督，做了坏事的人怕举报。有监督才能使自己永远处在警醒之中。我会千方百计增加职工收入，但违纪违规的钱，一分也不发。否则，有人得了钱又去举报，变成大家得钱，我一个人去坐牢，这样的事情我不干！”

2004 年 9 月 6 日，陈颖在柳州日报社向市委和员工作的述职报告中和《我的感悟》中写道：“我的报业管理理念是：将人管快乐，把事理如意。我要用人品、能力和业绩三个关键词统帅全报社的思想。努力为员工营造一个政治上增辉，事业上增绩，经济上增收的团结、高效、快乐的工作环境。我认为，将一个家庭、一个单位、一个城市乃至一个国家管理成了快乐的家庭、快乐的单位、快乐的城市和快乐的国家，才是管理的最高境界和终极目标。”

听说过，也走过，两万五千里

——记者罗开富的长征路

黄桂花

28 年前，他重走长征路，与贵州结下不解之缘；28 年后，他重返贵州，免费救助长征路贵州段的少数民族贫困先心病儿童。

他是继红军之后，完全按照原线路、原起止时间地点、徒步走完二万五千里长征路的第一人；他是我国新闻史上连续步行的路途和时间最长、发稿最多的记者。1984 年至 1985 年，他历时 368 天，以差点付出生命的代价，走完了长征路。

他叫罗开富，今年 70 岁。曾任全国政协委员、经济日报报业集团总经理、常务副总编。11 月 15 日，记者在北京采访了退休 3 年的罗开富。为感恩长征路贵州行，他和慈善机构计划在贵州开展一项活动——对长征路上的少数民族贫困家庭先心病儿童进行免费救助。

11 月 22 日，罗开富抵达贵阳，除协商救助事宜外，还见到了 28 年前在黎平送他铁拐杖的 66 岁老友韩鸿周。重走完长征路后，这跟铁拐杖硬是被磨掉了 3 厘米。几年前，有港商欲出价 38 万港币购买，但被拒。

旧闻

走不厌的长征路

中央红军从 1934 年 12 月转兵贵州，到 1935 年 4 月底离开，活动 4 个多月，占长征时间的 1/3。因此，红军长征时在贵州的时间最长，范围最广。

1984 年，罗开富开始长征路的徒步；当时，他在贵州段所经历的故事，贵州的媒体并没有翔实的报道。本期旧闻新说，就为你讲述这个“第一人”与贵州的不解情缘。

重走长征路后，那 368 天的往事让罗开富一直念念不忘。2009 年，他带着几个志愿者，驱车用了 3 个月的时间，再次重返长征路。以下是本报

2009 年 5 月 8 日的报道：

5 月 4 日，罗开富在重返长征路的途中抵达历史名城遵义。

25 年前的 1984 至 1985 年，罗开富按中央红军长征用的 368 天时间，也在 368 天里，每天走红军走过的原路，每天写一篇文章，成就了中国乃至世界新闻史上一年间走路最多写稿最多的壮举。

25 年来，罗开富多次重返长征路甚至两次重返雪山草地，但都不是重走全程，所以这次不叫重返长征路，而称为“重返二万五千里”。今年 3 月底，67 岁的罗开富办完退休手续后，又踏上了二万五千里的征程。

谈到此行的目的，罗开富说主要是看一看长征路上的新变化，听一听新呼声；并将核实一些史料，补充了解长征时期当地军民关系的动人故事；帮助在京老红军寻访当年失散的战友及其后人。

罗开富说，他发现当前一些红色纪念地在保护、开发上存在认识误区，个别地方甚至把历史原貌按照现在的眼光夸大了，破坏了文物保护的价值。而他认为遵义在这方面做出了表率。“遵义的红色纪念地文物和我 25 年前见到的是一模一样的，不同的是参观的人更多了，气氛更加庄重肃穆了。”

新说

一根铁拐杖的情缘

11 月 15 日上午 11 时，按照约好的时间，记者在北京的深圳大厦见到了罗开富老师。

穿着中山装的罗开富神采奕奕，说到兴头上时眼睛会突然瞪得老大，右手的烟一支接着一支，就算吃饭时也没熄过。看上去，11 月 8 日记者节当天刚满 70 岁的他身体倍儿棒。

“我的身体，看着是不错，但只要是矮沙发，就没办法坐下去。”重走长征路，罗开富除了患上多种伤病外，还在我省高洋雪山滚下悬崖左腿摔成骨折，之后由人扶着用一条腿走路。也就是从那时起，他的腿落下病根。

出发采访长征路时，当时的经济日报社总编辑安岗就要求，走长征路就必须学红军来真的，要不怕苦不怕死，并提出“六个必须”——

必须走原路，不准抄近路；必须徒步，不准骑马、不准坐车；红军长征走了 368 天，罗开富也必须 368 天完成；每天平均走 75 里路后，还必须写一篇当天的见闻稿；小伤小病必须坚持，大病大伤再考虑换人；中央红军因战事休整的路段里，必须设法采访到红二、红四方面军的路线。

罗开富身高176cm，出发时体重74公斤，途中一度瘦了50斤。368天走下来，共有2800多位陪同和向导给他引路，240多位医生为他治伤治病。

“平均每天睡3个多小时，到了驻地还要写稿，然后把稿子誊到电报纸上，再请邮电所的同志去最近的乡发电报。”罗开富说，当时的文字必须得转换成代码，而很多字的代码他至今还记得，“比如说你的姓氏‘黄’，代码就是3219。”

一年多的时间里，《经济日报》“来自长征路上的报告”栏目中，共刊登文章320篇。1987年6月，这些报道集结成书，书名就叫《来自长征路上的报告》。

1984年12月18日当天的“来自长征路上的报告”栏目，罗开富用3/5的篇幅叙说了一个故事：

黎平县委得知我14日进入贵州时，立即派宣传干事韩鸿周同志到省界去迎接。由于风雨较大，山高林深，视线不清，加上山道小路多，我们走岔了路。当他在省交界处得知我已进入贵州，就转身来追我。

此刻，雨夹着雪扑面而来，寒冷刺骨，身上又出了很多汗，山上村寨极少，我必须赶80里到地青乡住宿。韩鸿周同志一路追来，到老虎山时，天快黑了，加上雨大，两脚立即抽起筋来，就地倒在冰冷的雨水中。

他躺在地上把双脚揉了半个多小时，看到远处有灯光，就拖着抽筋的双脚，用臂弯支撑着雨伞，边走边爬5里多路，到了杨梅塝寨，再由寨里的两位侗族老乡扶着他送了10多里，深夜终于摸到地青乡。他见到我时，第一句话就是：“老罗，我来迟了，没完成县委交给我的任务。”说完，人就瘫倒在床上。

“后来，老韩还特意用钢筋给我做了一根铁拐杖，重走完长征路后，这跟铁拐杖被磨掉了3厘米。”2000年11月8日第一个记者节，罗开富拿着这跟拐杖走进中央电视台，讲述了这个感人的故事。当晚，就有港商出价3万港币想购买，最近几年甚至有人出价到38万港币，但均被他拒绝。

“现在，这根拐杖还放在我的办公室里。采访完我之后，希望你回到贵州再采访采访韩鸿周，帮我还原当年他找寻我的过程，这也是我的一个心愿，毕竟当年的细节我并不清楚。”罗开富嘱咐记者道。

差点丢命的向导

11月20日，记者采访了从黔东南日报社退休后迁居贵阳的韩鸿周。

1984年12月14日，罗开富进入贵州境内。此前一天，受黎平县委指派，该县宣传部干事韩鸿周担任黎平境内采访的向导。

14日一早，韩鸿周赶到湘黔边界去等罗开富，但等了一会不见人影。他怕误事，就向路边干活的农民打听，农民们说有个带着相机的人已过去好一会了。原来，当年红军从湖南入境贵州时，就从韩鸿周等待罗开富的三岔路口，分两路行军。一路为中央红军主力往左沿河逆流而上，一路则往右走小道。由于是冬季，往左要蹚水才能过河。没有船没有桥，韩鸿周万万没想到罗开富走的恰好是这条道，而他则从右边的小道过来，因此没有遇上。

为了追上罗开富，韩鸿周一路小跑。过河时，河水冰冷刺骨，他险些站不稳。虽然一路咬牙急追，但还是没有追上。山路人烟稀少，天色渐暗又有雨夹雪，韩鸿周一不留神走进了一个叫老虎山的深林。幸好他当过兵有常识，很快便退出来往草坡高处攀爬。爬到山顶，终于看到远处一个村寨有灯光。正当韩鸿周辨别好方向准备继续前行时，一种不好的感觉袭来。因蹚水赶路，两条腿冻得完全没有知觉，就算他用随身携带的雨伞支撑也没用。如果倒在当地，不被野兽侵害也会被冻死。同时，没见到罗开富，韩鸿周也不放心。心一横，他索性趴在地上爬了起来。

5里多路，韩鸿周不知道爬了几个小时，他只记得，当见到村民时，自己全身是雪渣，话也说不出来。韩鸿周指了指衣服口袋，示意村民去拿里面的东西。

看到韩鸿周的县委机关工作证，村民知道他不是坏人，赶紧把他抬进屋。而当时正在赶稿的罗开富得知向导到来时，放下笔就过去看他。听村民介绍了韩鸿周的情况后，差点落下泪来。后来，韩鸿周找来钢筋特制了一根铁拐杖。此后，罗开富一直拄着这根拐杖走过乌蒙、遵义、赤水、大渡河，翻过雪山草地，直到抵达陕北吴起镇。

5年后的1989年9月，韩鸿周出差路过北京，特意去经济日报社看望了罗开富。罗开富把他带到当时的总编辑范敬宜面前说，“这位就是用生命保障我长征采访的黎平向导老韩。为了帮助我，他连命都差点丢在路上。”言语间充满感激，之后还特意请韩鸿周到家里吃饭。几年前，韩鸿周的儿子到北京工作，因春运买不到票，万般无奈之下，韩鸿周便请罗开富帮忙。第二天，罗开富就买了一张卧铺票。“虽然当年我们仅有相处不到两天的情义，但罗总不管地位有多高，始终把我牵挂在心上，而且一记就是几十年。”韩鸿周说。

赤水河因他有桥

时光荏苒。长征路上贵州人的恩情，罗开富一直铭记在心，他也一直想为贵州做些什么。经多方联系，近期他将与慈善机构一起，在贵州开展少数民族贫困家庭先心病儿童救助活动。

“长征路上的贫困家庭孩子，医疗队一律免费治疗。如果医疗队治不好，就把他们带到北京来治。”罗开富说。

11 月 22 日，罗开富抵达贵阳，与卫生部门等协商慈善救助事宜。次日一早，听说罗开富来到了贵阳后，去凯里办事的韩鸿周立马坐车赶来贵阳。时隔 23 年，老友再次相聚，但遗憾的是，相聚的时间只有短短 2 个小时。

“老韩，你还是那么瘦。要多吃点，现在生活好了，不要舍不得吃啊。”

“老罗，你精神看上去不错，我高兴呢。”

一见面，两位老友就紧紧握手寒暄。几句问候后，罗开富对记者说，除了韩鸿周，在贵州还有一个让他牵挂的人，可惜已经过世了。

1985 年 2 月 3 日，罗开富走到贵州习水县的醒觉村，这里是红军二渡赤水靠近太平渡的地方，只见几位老人跪在赤水河边。

原来，事先得知北京一位记者前来重走长征路，当地百姓专门等在这里向他反映情况。当时，68 岁的村民赖名成怕罗开富听不懂方言，就在他的记录本上写了如下一段文字：“50 年前，毛主席带领红军过赤水有浮桥，50 年过去了，现在什么桥也没有了。老百姓要过河，年年淹死人，盼望早日修一座长红桥。”

经过一番深入采访，罗开富把赖名成写的话及实地调查情况写成《毛主席过赤水后，五十年后河上还没有桥，年年淹死人》一稿。稿件见报后，很快引起国务院有关部门和云、贵、川三省的高度重视，不久几个渡口就都建起了桥。

但是，2009 年 5 月 11 日罗开富再次去到赤水河时，赖名成刚离开人世没多久。“25 年前日子过得苦，喝不上茶，赖名成曾因为让我喝了白开水而难过。但那一次，我带去了浙江的白茶，他却再也喝不上了。”之后，罗开富将茶恭敬地放在了赖名成的坟前。

对话

“烛照”长征路

记者：退休后，您现在的生活工作情况怎样呢？

罗开富：还是延续从前的习惯。早上8点半起床，看书写稿；中午午睡一个小时；晚上7点半睡觉，9点半起床；工作到次日凌晨4点，就开始喝啤酒，喝到6点，杯子一丢，烟头一掐，睡觉。

给你说个故事吧。2006年8月16日凌晨3点，突然响起了敲门声，我心里嘀咕着，谁会在半夜三更敲门啊？结果一开门，原来是中央电视台“东方之子”栏目组的编导，他们来突袭验证我的作息时间。后来他们就拍到了这样一幅画面：在我的书桌上，点着5支蜡烛，蜡烛旁边，是稿纸和钢笔以及烟灰缸。

记者：怎么是点着蜡烛写稿呢？

罗开富：我到现在都不会用电脑，一直都是手写稿。重走长征路，有200多天是要点蜡烛写稿的，因为没电啊。我就是那时候养成的“毛病”，只要一点蜡烛，就有灵感，就能集中精神。我的很多作品，都是晚上10点到凌晨4点点着蜡烛写出来的。

在贵州黎平的时候，我写稿子是用松柴照明。天寒地冻的，柴火燃烧的半边身子暖和，另外半边身子就冷，身子就得经常转来转去。由于烟大，眼泪都被熏出来了。稿子写完，连鼻孔都是黑的，但那些日子，却是最温馨的。

记者：能谈一下您对贵州的感情吗？

罗开富：哈哈，贵州的方言我基本上都能听懂。还有，肠旺面、丝娃娃、酸汤鱼、腌鱼都很好吃。

2009年，我去黎平一个招待所问还有没有房间。结果服务员说，有是有，但就怕你不敢住。我当时觉得很奇怪，这有什么不敢住啊。结果走进房间一看，墙上写着一行字：此房间是《经济日报》记者罗开富记者重走长征路时住过。我顿时笑了，感动得不知道说什么才好。

我给很多大学生做报告时都说，最美的溶洞，在贵州开阳；最美的风景，是贵州兴义的万峰林。什么五岳归来不看山，你到万峰林看看，那就是一幅天然的水墨画。我想给贵州提个建议，就是夜郎国究竟在贵州什么地方，要有一个定论。

记者：在美国作家索尔兹伯尼的笔下，“长征是前所未闻的故事”。您认为你们的不同之处在哪里？

罗开富：索尔兹伯尼是坐汽车“走”完长征路，而我是真正的徒步。他采访的目的，就是了解中国人怎么在30年代用毅力征服一条路，而我的采访目的不仅仅是这样，我还在探寻长征精神，以及记录沿途的变化。

我们还不一样的是，索尔兹伯尼被茅台酒厂拒之门外，而我走了进去，哈哈。

记者：1984年和2009年两次重走长征路，贵州给您的感觉有什么不同？

罗开富：最大的变化就是老百姓的生活确实变好了。比方说贵州的施秉县，根据当年的日记，红军在1934年底经过那里的时候，百分之百都是草房，大概有五六十间。

1984年我第一次重走长征路的时候，施秉县有170多间房子，其中一半还是草房。但在2009年去时，草房当然看不到了，整个施秉县城都高楼林立变得年轻了。我在那里自言自语说，28年过去了，我和施秉谁也不认识谁了。

1935年，红军的日记里面提到有个小孩，妈妈把他背在身上。时值腊月很冷，妈妈穿着一件破衣服，孩子只挂了一块布。红军看到后，就把衣服披在小孩的身上。50年后我重走长征路，想不到趴在妈妈背上的小孩，后来成了施秉县的县长。老百姓生活好了幸福了，这是长征路上最显著的变化。

记者：作为新闻界的前辈，您能给我们年轻一辈的记者一些建议吗？

罗开富：现在的记者思想开阔、思维敏锐、文笔优美，写文章也很快，胸中还装满了世界的大事小事。但是，不少记者的生活积累少了点，对历史的深度和厚度的了解还差了点，这方面要加强。不过，新闻永远在路上，一代记者更比一代强。

记者手记

一次没有提问的采访

采访之前，在网上查了很多罗老师的资料。有媒体说，“众多成名记者的经历，比如黄远生、邵飘萍、邹韬奋、范长江、穆青、罗开富等，他们的名字都和知识、艰苦、劳累、勇敢甚至生命紧紧联系在一起。”

没见面之前，对于这样一个新闻界的泰斗，我是胆战心惊的，生怕自己提问不到位，细节没掌握好。“姑娘，你坐着喝茶，听我慢慢讲。”在深圳大厦的包房里坐好后，罗老师点燃一支烟，开始细细回忆。

这是一次很奇妙的采访，因为整个过程，我几乎没有提问。闲聊间，罗老师便如行云流水般，将一个个和贵州有关的故事娓娓道来。作为新闻界的前辈，他完全知道我想要的是什么素材。不要我问，他便已将最精彩的部分一一说出。

“我喜欢抽烟，出国时，不准抽烟的餐厅我宁可不去。”罗老师的烟瘾很大，一天要抽四五包。采访时，服务员每次端茶倒水换烟灰缸，罗老师便惊呼一次，哎呀呀，姑娘，又麻烦你了。

一个采访下来，罗老师对服务员说了不下20次谢谢。后来说的次数多了，大抵看着罗老师随和，服务员竟开起了玩笑，“没事儿，您抽烟的时候特别帅。”

为照顾我，罗老师点了一桌辣味儿的菜。我不好意思地连连说自己什么口味都能吃，罗老师便很细心地说，没事儿，我也很想念贵州菜，是我自己想吃。那瞬间，因他的周到我竟然不知道该说什么好。

手机响了，罗老师会朝我这个晚辈先说“对不起”再接电话。我一看，他的手机是很老式的诺基亚。看到我的诧异，罗老师说，他的手机用了9年，当年花了不到300块钱买的。

“我不会发短信，手机能打电话就好，智能机那些玩意我弄不过来。”罗老师说，就像写作必须用笔写在稿纸上一样，看着笔画变成文字才会觉得特别舒服。

11月23日中午，罗老师和卫生部门在贵阳协商好救助事宜后，我们有一个简短的聊天过程。我递过当天的《贵州都市报》请他看看。没想到他竟然说，大清早起来，他就已经看过这份报纸了。“《寒夜，搜救队在行动——本报记者直击救助站上街搜救流浪儿童》，这样的报道很好，贴近民生又有深度。”他说。

“夜郎国到底在贵州的哪里，贵州人一定要花心思。”短暂的见面后，在去机场的路上，罗老师又再一次嘱咐。

（原载《贵州都市报》2012年12月）

后记

这本名为《精心写精品》的书，并非完全是我个人的作品。它是由我的老领导、老同事、挚友、亲人和经济日报出版社的领导、编辑帮我共同完成的。收入这本书的文章，也不能完全都称为精品。

我是个半路出家的记者，2016 年暑季，从黔东南报调到贵州日报报业集团旗下《贵州都市报》工作的黄桂花，以及我的一些老领导来我家看我，聊起我的后半生，力劝我把曾经写过的一些东西搜集起来，编个集子。我犹豫再三，因为原来没有出书的心理准备，现在一下要出书，文章收集很难。但他们从我的书架上，发现了一本发黄了的剪报本，那是我儿子平时在一些报纸上看到有我的文章，而零星剪贴下来的。上面只记下采用报刊的名称，没注意留下具体时间。我翻了翻后，看到虽有很多遗漏，但篇数基本上能结成一本小书，也就答应了。接着，黄桂花将稿子作了些归纳整理，又请我的老领导陈颖写了篇序，书稿大体上也就完成了。

我怀着忐忑不安的心情，把书稿寄给原经济日报常务副总编辑罗开富审读。没想到他很快就回答我说：书可以出，请经济日报出版社帮你出版。接着，我很快又收到出版社副编审、出版社编辑部肖小琴主任发给我的短信，并前前后后为这本书的出版运作，做了很细致很周到的安排。出版社社长韩文高和其他社领导也为这本书的出版提供了很多关照，责任编辑郭明骏为书稿的润色费了很多心，可以说，为了这本书的出世，他们确实是很精心的。借助此书出版的机会，我衷心地感谢他们为这本书的出版付出的心血。